两个人指畔，

在对方眼里看到的是余生。

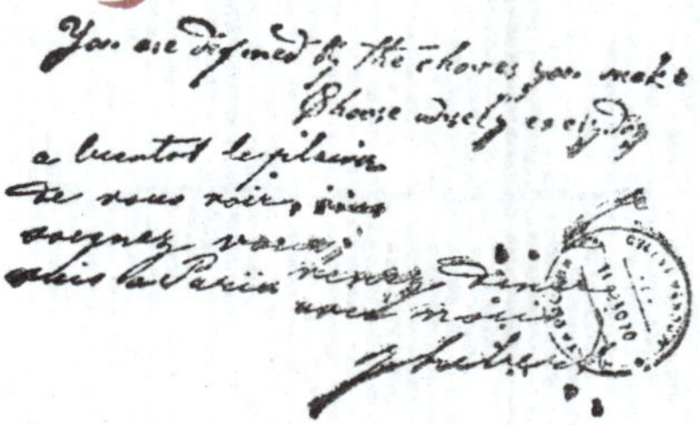

达尔林

2023.12.31.

魅丽文化 花火工作室

嫁给喻先生 2

达尔林 著

江苏凤凰文艺出版社
JIANGSU PHOENIX LITERATURE AND ART PUBLISHING

图书在版编目（CIP）数据

嫁给喻先生 . 2 / 达尔林著 . -- 南京 : 江苏凤凰文艺出版社 , 2024.1
ISBN 978-7-5594-8207-5

Ⅰ . ①嫁… Ⅱ . ①达… Ⅲ . ①长篇小说 - 中国 - 当代 Ⅳ . ① I247.5

中国国家版本馆 CIP 数据核字 (2024) 第 002394 号

嫁给喻先生 . 2

达尔林 著

责任编辑 张　倩
出版统筹 曾英姿
特约编辑 黄　欢　江佩仪
装帧设计 刘芳英
出版发行 江苏凤凰文艺出版社
南京市中央路 165 号，邮编：210009
网　　址 http://www.jswenyi.com
印　　刷 湖南天闻新华印务有限公司
开　　本 880mm × 1230mm　1/32
印　　张 8
字　　数 200 千字
版　　次 2024 年 1 月第 1 版
印　　次 2024 年 1 月第 1 次印刷
书　　号 ISBN 978-7-5594-8207-5
定　　价 46.80 元

目录

Contents

第一章
赠予协议

喻文州看着满脸疲态的时笙，伸手摸了摸她的头：“闭上眼睛休息一会儿，待会儿就到家了。”

时笙睁眼才发现不是回公寓的那条路，问：“要回老宅吗？”

喻文州点了点头：“嗯，妈不是说有礼物要给你吗？”

时笙看着喻文州的样子，疑惑道：“你知道礼物是什么吗？”

喻文州轻笑：“知道，但是还不能告诉你。”

因为他的这句话，时笙一路上都在想到底是什么东西能搞得这么神秘。

很快他们到了老宅，一家人都跑到外面来接他们。

时笙总觉得，这天家里人好像特别热情。

时笙刚刚下车，喻妈妈就直接过来将她拉进了怀里，摸了摸她的头发，又摸了摸她的脸，说：“哎呀，我们笙笙又好看了。”

时笙被夸得脸红，还是笑着说：“谢谢妈妈。”

喻妈妈趁时笙没注意悄悄抹了抹眼泪。

喻文州把时笙的情况都告诉了家里人。虽然省略了很多细节，但喻妈妈也听出来了，时笙童年不幸。

有的人用童年治愈一生，有的人用一生治愈童年。很显然，时笙是后者。

不过好在，时笙以后会是他们一家人的宝贝。

喻文州去停车，时笙就先跟着其他人进了房子。

虽然喻妈妈一早就说了有礼物送给时笙，但时笙也不好意思主动开口要。

吃过午饭以后，一家人一起坐在沙发上聊天。

“笙笙，出去玩有没有拍照片，能给爷爷看看吗？”喻老爷子对着坐在旁边的两个小辈开口。

时笙笑着点了点头：“拍啦！”

出去玩哪里有不拍照片的道理，虽然风景照居多，但拍的时候时笙很满意。

一老一小两个人坐在一起，喻老爷子一边看照片一边还要问当时的情况，时笙就耐心地坐在旁边讲给他听。

终于，喻老爷子看到了那个沙子堆成的城堡全貌。

那天时笙发在朋友圈的照片，画面一大半是喻文州，下面的城堡只拍到了一部分。

喻老爷子继续夸夸模式：“哎哟，我当时就说这个城堡堆得好嘛，你看看，这个全图，是不是很不错？”

说完，喻老爷子还把手机拿起来向全家人都展示了一遍。

时笙有点儿不好意思地挠了挠头：“爷爷，其实这个城堡是州州堆的……”

喻老爷子听到这里，上扬的嘴角迅速落了下来：“咦，真难看。”

喻文州沉默了。

“哈哈哈——”喻爸爸在旁边没忍住，直接大声地笑了起来。

喻妈妈最后也没忍住笑了。

喻老爷子倒是没什么表情，就像自己说的是大实话。

喻文州坐在那里满脸无语的表情，那副敢怒不敢言的样子实在是好笑。

时笙咬着嘴唇才忍住没让自己笑出声。

看完了时笙手机里的照片，喻老爷子又转头看向喻文州：“你拍的呢？”

喻文州将自己的手机递了过去。

喻老爷子翻了翻，除了喻文州发在朋友圈的那张时笙的照片，其他的也全是风景照，而且还只有几张。

喻老爷子对着喻文州恨铁不成钢地说：“出去玩不知道给你老婆拍照？”

“我……”

喻文州解释的话还没说出口，喻老爷子又转过头去看时笙了，脸上带着笑不说，语气还很温柔：“笙笙，你跟文州的婚纱照还没拍吧，爷爷给你们找了个摄影工作室。”

时笙张了张嘴，喻老爷子继续说道：“我把摄影师的微信推给你，你想要什么风格跟摄影师商量。反正最近文州休假，让他去给你当背景板。”

此话一出，换来的又是喻爸爸的一阵大笑声。

喻文州无奈地吐了一口气，望向喻爸爸：“爸你别笑。”

喻文州可是清楚地记得，自己小时候看过父母的婚纱照，他爸也是个背景板。

喻父、喻母结婚的时候是八十年代，婚纱照没有那么多花样，所以在他们结婚二十周年的纪念日时他们又去拍过一次。

只不过那次当背景板的人还加上了喻文州。所以父子俩完全就是大哥不说二哥，谁也不比谁好。

时笙在旁边笑得不行，喻文州看向自家小娇妻的眼神充满了无奈感。

喻老爷子以为是喻文州不愿意，一眼就瞪了过去。

喻文州这天是真的有苦说不出：“要拍的，笙笙喜欢什么样的我们就拍什么样的。”

就这样，时笙一句话还没说，喻老爷子就已经把摄影师的微信给她推过来了。

时笙看了看摄影师的名字。如果她没记错，这好像是一个特别有名的杂志专用摄影师。

“爷爷，这个摄影师……”

喻老爷子摆了摆手：“有什么要求你全部跟她提，你们先联系上，服装什么的她知道给你们准备。”

时笙就这样又一次被安排得明明白白的。

喻妈妈趁时笙跟喻老爷子说话的工夫上了一趟楼。这会儿下来了，对着时笙招了招手。

时笙有点儿不明所以，但还是乖乖地走了过去。

喻妈妈神神秘秘地递了两份文件过来：“礼物。”

时笙接过文件，看到里面的内容时吓得手抖了一下，房屋赠予协议！

时笙摇了摇头：“这个我不能要的。”

喻妈妈摸了摸她的头，说：“你和文州结婚，妈妈都没送你什么像样的新婚礼物，这个你就当是新婚礼物了好不好？”

时笙依旧拒绝：“可是这个礼物真的太贵重了。”

其实这不只是贵重，是她根本承受不起。

喻妈妈叹了一口气，悄悄在她的耳边说：“你还记得妈妈前面怎么跟你说的？”

时笙偏头望向喻妈妈，眼中瞬间就蒙上了一层水雾。

喻妈妈摸了摸她的脸，继续说道：“我说了嘛，我们女人结了婚还是得为自己考虑的。”

房子是前几天喻文州打电话让喻妈妈找的，因为喻文州从去玩的第一天起就发现时笙好像很喜欢那种布局的小独栋房子。

喻妈妈想买新开发的楼盘，但最近好像也没什么合适的。加上喻文州急着想要换新房子，最后她才想着找现成的。

说来也巧，有一套刚刚装修好不久的小独栋房子，还没住过。

房主生意亏了急着出手，喻妈妈就买了下来。

喻文州本来是想自己买下来送给时笙的，但喻妈妈想着还没送过时笙什么像样的礼物，最后决定自己买下来把房子作为新婚礼物送给时笙。

她已经去那边看过了，按着喻文州和时笙可能喜欢的风格先改了改部分陈设。

最后她还和喻文州商量了一下，又新添置了一些东西搬进去。

现在就差他们直接住进去，一切就都完美了。

给时笙的两份文件一份是过户的，把房子从原房主那里过户到时妈妈名下，还有一份是赠予协议。

因为是全款，加上只写时笙一个人的名字，为了防止后期出什么意外，签一份赠予协议最为妥当。

喻妈妈看着时笙的样子，又想到她的那些经历，心疼得不行，伸手将她抱进了自己怀里，哄道："我们笙笙值得，房子就是给你一个人的，以后喻文州要是欺负你，你就直接把他扫地出门，把他关外面，让他在外面哭。"

时笙本来还感动到想哭，结果又被这一番话逗得笑了出来。

一旁喝水的喻文州真的差点儿被呛到。他这天到底是做了什么要被全家人针对？

喻妈妈见时笙笑了，怜爱地摸了摸她的头："笙笙听话，你相信妈妈。"

话虽然是这么说的，但时笙还是不敢签字。她好像还没有资格随便收这么大的礼。

喻文州从旁边走了过来，拍了拍她的背，道："签吧。"

时笙抿着唇看着他，眼中依旧满是犹豫之色，捏着笔的手悬在半空中，始终落不下去。

"笙笙。"喻老爷子突然开口。

时笙抬头看了过去，喻老爷子就笑着看着她："你听爷爷的话，签吧。”

喻爸爸随即也看了过来，时笙现在就被全家人盯着。

时笙现在是又想哭又想笑，犹豫了片刻，最终还是在两份文件的后面签下了自己的名字。

见她写好，喻妈妈赶紧把自己准备好的印泥拿了出来。

喻文州在旁边等时笙按好了手印，用湿纸巾把她沾满红色印泥的拇指擦干净了。

“让文州带你去看看吧。”喻妈妈一边收文件一边开口。

一家人的目光现在还在时笙身上，她也只能点了点头。

喻文州牵着时笙的手一起出去了，直到上了车，时笙都觉得事情发展得很梦幻。

喻文州见她这个样子有点儿想笑，摸了摸她的脸，说道：“我们笙笙现在好像不只是小富婆了。”

时笙望着他，还是一个字都说不出来。

喻文州知道她在想什么，望着她郑重地说道：“你不用有这么大的压力，爸妈和爷爷给你的任何东西你都有资格收下，你是我的老婆，是他们的儿媳妇和孙媳妇。”

安全感本来就是个很玄学的东西，虽然他可以一直对时笙好，但他也希望时笙可以有一个属于自己的房子。

这是除了他这个人，为数不多的还能给她带来安全感的东西了。

时笙的原生家庭可能不太幸福，但喻文州希望她可以在他的家庭中感受到爱意。

喻文州笑着看着时笙：“我们的宝贝值得全世界的好东西。”

时笙也不知道新房子距离老宅有多远，只能乖乖地坐在车里。

不过好在刚刚加的摄影师微信通过了她的好友请求，两个人已经开始讨论拍婚纱照的事情了。

“州州，你喜欢什么风格的照片？”时笙转头问道。

喻文州微微侧头瞥了她一眼：“让我想想。”

其实他想说，时笙喜欢什么样的他都会喜欢。但是能说出随便这种话的人十有八九不上心。

喻文州像是想到了什么，嘴角忽然就勾了起来。

等红绿灯的时候，喻文州侧身过来贴在了时笙的耳边，说：“穿校服的可以吗？”

明明只是再正常不过的话，时笙的脸还是一下就红了。

他们现在去拍校服写真，实在是有装嫩的嫌疑。但是，谁让这是喻文州主动提出来的呢？

时笙有点儿不好意思地点了点头，随后又问：“摄影师能去哪里找校服？”

喻文州轻笑：“交给我就好。”

时笙总觉得喻文州的眼神富含深意，想了想，问道：“州州，你以前也是九中的？”

她思前想后，也就只有这么一种可能会让他执着于校服这件事情了。

喻文州一下就笑了，他家时笙好像反应越来越快了。他答道：“是。”

从第一次知道时笙开始，他就知道她是九中的学生了。

他们跑过同一个操场，听过同一个教导主任的唠叨，呼吸过同一片天空的空气，晒过同一片天空的太阳。

他坚定地认为，这就是天赐的缘分。

时笙见他又是说话说一半，撇了撇嘴道：“州州，你好像有很多事情瞒着我。”

喻文州笑道：“不多。”

是真的不多，他只是藏得太久而已。

很快到了别墅区，车停好以后喻文州带着时笙进去了。

前几天喻妈妈给他拍过视频，这边的环境他比时笙熟悉一些。

两个人从大门进去，入目的就是一片花园和一个露天的泳池。

现在有太阳出来了，喻文州怕晒到时笙，说：“我们先去看看里面，等天阴了再来看外面。”

时笙点了点头。

一路看过去，时笙觉得房子的内部布局有些眼熟，反应了一下才想起来，和出去玩的那几天住的那个房子差不多。

“你问的找到了就是指房子？”时笙开口。

喻文州点头：“是，看你很喜欢那种布局。”

时笙抿唇，喻文州的细心真的超出了她的想象。

她以为自己表现得并不明显，看样子以后出门都不能随便看了，她都担心自己多看两眼什么东西，第二天那东西就会出现在家里。

一楼就是客厅还有其他公用的空间，二楼才是真正的主场。采光最好的一间房间做了书房，更准确地说是书房和画室的结合体。

喻文州一开始打算给时笙单独弄一间画室，但还是更喜欢他们可以随时随地在一起。

时笙看到一整个架子的颜料，眼睛都要放光了，还有各类的画纸、画册、画笔、画架，真的是深得她心。

“谢谢州州！”时笙笑着看了过来。

喻文州勾了勾嘴角，笑道：“我说过谢谢要用实际……”

“不对，应该谢谢妈妈的。”

说完，时笙赶紧把手机拿了出来，拍了一张照片给喻妈妈发了过去。

婆媳俩干脆来了个视频通话。

喻妈妈并不懂这些东西，但是去给时笙买的时候也觉得有趣。

时笙笑道："妈妈要是想学，我可以教你的！"

喻妈妈在那头也笑得开心："好，好。"

喻文州又一次话说到一半被打断，还根本就没人关注他。他这天也就是受到了"亿"点点暴击吧。

好不容易视频通话结束了，时笙就准备出去了。

喻文州一把将她拉住："不去那边看看吗？"

时笙不懂："那边是你的地盘。"

她一直坚信两个人就算结婚了还是应该有自己的独立空间，只要喻文州不主动带她去看，她肯定不会主动去问。

喻文州直接伸手敲在了她的头上，说："那张书桌是我们两个人的，书架也是共用的。"

为了满足两个人坐在一起办公且不拥挤的需求，喻文州特意托喻妈妈去买了一张跟老宅那边他的房间里的书桌一样的大书桌，还有一个和原房主的一模一样的书架，就为了把两个人的东西都放在一起。

听到他都这么说了，时笙还是乖乖地过去准备参观一下。

往里走了几步，时笙一眼就看到了上面的宣纸和墨汁。她转头看向喻文州，指了指放毛笔的位置："州州会写毛笔字吗？"

喻文州点头："嗯，小时候跟爷爷学的。"

时笙看向喻文州的眼神里突然就带上了崇拜之意。

她是学国画的，每次画完画以后都有心在旁边题字，奈何她的毛笔字水平实在是有限。与其把她那手毛笔字写上去破坏整张画的美感，她还不如就此作罢。

"州州，我可以看看你写的字吗？"时笙继续用星星眼看着喻文州。

喻文州笑着捏了捏她的脸："好。"

喻文州从旁边的书架上将自己写的毛笔字拿了下来，还特意挑了几年前写的那一沓。

时笙看得很认真。但因为她对毛笔字的理解有限，所以欣赏水平也有限，看了半天，她只冒出来一句话：“真好看，州州好厉害。”

喻文州挑眉：“不再继续看看？”

时笙有点儿不好意思地摇了摇头：“主要是以我的水平……我只能看出来好不好看。”

其他的专业评价她肯定一个字都说不出来，要是再看一会儿，她都怕喻文州要让她说一个观后感出来了。

喻文州有点儿无奈：“嗯。”

从书房出来，喻文州又带着她开始参观别的房间。

先是影音室、客房，然后是主卧，最后他打开的是主卧旁边的那个房间。里面还没装修，只做了最简单的处理。

“这间房还有别的用处吗？”时笙又问。

喻文州思考了一下：“有。”

时笙“哦”了一声，然后转身又准备走了。

喻文州一把将她拉住：“不问问要干什么用的？”

时笙疑惑地看着他，很明显是不知道他为什么要这么问。

喻文州捏了捏她的脸：“这是你的房子，你想干什么都可以。”

似乎是觉得他说得有道理，时笙点了点头：“那你等我想想。”

喻文州笑了笑：“那我有一个建议。”

时笙不解地抬头：“什么？”

喻文州凑在她的耳边说：“我觉得做婴儿房应该很不错。”

时笙的脸又非常不争气地红了。

“州州，你很喜欢小孩子吗？”时笙开口，又一次问了这个问题。

喻文州点了点头。但他担心时笙误会他的意思，郑重地看着她的眼睛解释：“笙笙，你先听我说完。”

关于孩子的问题，他希望时笙自己做决定。

要还是不要，什么时候要，一切都由时笙说了算。

时笙望着他，眼底尽显犹豫之色。

她其实挺喜欢小孩子的，加上爷爷也一直盼着有曾孙，如果喻文州提出想要孩子的决定，她肯定不会反对的。

反正不管早晚，孩子肯定都会有的。

现在他却告诉她："女性拥有生育决定权，这是法律赋予你的权利，所以关于孩子的任何决定，我都会接受。"

两个人安安静静地站了片刻，喻文州也没催她。待她再次抬头望向他的时候，他笑道："可以大胆地告诉我关于你的想法。"

时笙抿了抿唇，说道："我们会有小孩，但是我觉得不是现在。"

婚姻需要经营，更何况他们直接略过了谈恋爱的环节，目前他们的婚姻生活可以和别人的热恋期对等。

他们短时间内相处得很不错，并不能代表以后的情况。如果在没有确定是否磨合好的情况下，现在要小孩，对大人、对小孩都不好。

"州州。"时笙喊他。

喻文州点头："嗯。"

"三年，如果三年以后，我们依旧能够相处得很好，我们就要孩子好不好？"

喻文州笑着将她搂进了怀里："好。"

其实他更想说"谢谢"。生育对女性的身体伤害是不可避免且不可逆转的，时笙能愿意孕育他们的宝贝，他真的已经很感谢了。

时笙像是突然想到了什么，猛地从他怀里抬头："我有一个不成熟的想法。"

喻文州笑道："嗯，说说看。"

"孩子以后就叫喻宝贝吧。"

场面一时间安静了下来。

喻文州难得语塞，他家宝贝给以后的宝贝起的名字还真是有些敷衍。

“你是不是嫌弃我起得不好听！”时笙气呼呼地看着喻文州。

“好听，好听，就叫喻宝贝。”喻文州赶紧给她顺毛。

过了片刻，时笙也觉得是太敷衍了，试探着问：“那要不喻宝贝当小名吧？”

喻文州点头，无奈又有点儿好笑：“好。”

时笙又看了一眼空荡荡的房间，说：“那这三年，我们就一点点地把它装扮起来吧。”

喻文州笑道：“好。”

外面太阳还是有些晒，加上这天一路奔波，两个人决定去睡个午觉。看着自觉拱到自己怀里来的时笙，喻文州的心都要化了。

醒过来的时候，太阳差不多下山了，喻文州又带着时笙去外面看了看。

“走吧，回公寓那边。”

时笙点头：“摄影师说她三天以后就有时间了。”

喻文州答了声“好”，又继续补充：“那争取这三天我们就搬过来吧。”

时笙又点了点头。

车一路往公寓的方向行驶，但是最后停在了附近超市的地下停车场里。

时笙迷惑，自从宋婶来家里以后，他们好像从来就没有操心过这些事情了。

“是宋婶有什么东西要带回去吗？”时笙问。

喻文州不着痕迹地躲了躲时笙探究的眼神：“宋婶的儿媳妇儿快生了，她回去照顾她儿媳妇儿坐月子了。”

时笙点了点头：“那我们要送礼物吗？要去看看吗？”

喻文州轻咳了一声：“暂时还不用。”

宋婶的儿媳妇儿确实是有了，但是距离生产还有三个月。

前面宋婶跟他提过，说等儿媳妇儿生了要回去照顾她。

趁着出去玩这个机会，喻文州直接给宋婶放了假。

喻文州看着一副思考状的时笙，牵住她的手往里走："走吧，待会儿我给你做饭。"

两个人一起走进了超市，一人一只手推着购物车往里走。

路过零食区的时候，时笙的目光都快要粘上去了。

喻文州又无奈又好笑，伸手将她搂进了怀里，顺便还挡住了她的眼睛，说："看不见就不想吃了。"

好有道理，时笙竟然都找不到反驳的话。

到了蔬菜区，喻文州问她想吃什么。

时笙现在心思还在刚刚看到吃不到的泡面身上，回答问题心不在焉。

喻文州："要吃青椒吗？"

时笙："嗯嗯。"

喻文州："平菇呢？"

时笙："嗯嗯。"

听到这里，喻文州就知道这个人又开始自动回答模式了。

"胡萝卜、番茄、山药、茄子呢？"他一口气把时笙不吃的东西都问了出来。

时笙正欲继续回答"嗯"，但好在是反应过来了。

"你就知道耍我！"时笙气呼呼地看着他。

喻文州笑道："你不是反应过来了吗？"

时笙不管，气呼呼地继续说："反正我就是生气了。"

喻文州知道她心里打的什么小算盘，问："好，那你说说要怎么样才可以消气？"

时笙看了他一眼，看到喻文州嘴角带着笑就知道还有戏，说："我想吃泡面。"

喻文州摇头："不可以。"

时笙撇嘴，降低要求："就一包。"

"嗯，可以。"

时笙也没想到喻文州会松口这么快，怀疑自己这又是被喻文州算计了。但是，有总比没有好吧。

喻文州轻笑："就一包，去拿吧。"

泡面偶尔解解嘴馋可以，但绝对不可以长期食用，不然或多或少会影响人身体对纤维素和微量元素的摄入，人长期食用会让肠胃蠕动功能放慢，最终造成更大的问题。

总的来说，不是不可以吃，而是必须减少频率，至少喻文州不到万不得已是不会吃泡面的。

他还记得当初收走时笙的那一堆零食，像方便面这样的速食不在少数。那段时间她自己在家不会做饭，现在她有他了。

时笙现在可没时间观察喻文州的那些小表情，听到肯定的回答以后，一溜烟地跑回了零食区。

毕竟只能挑一种，这对有选择恐惧症的时笙来说真的很为难。最后没办法，时笙是闭着眼睛点兵点将点出来的。

喻文州在蔬菜区这边等着时笙，没一会儿就看到时笙抱着东西回来了。

"不是说就一包？"他指了指时笙左手捏着的两包泡面。

时笙笑了笑："我吃，州州肯定也要吃，好东西要一起分享嘛！"

喻文州若有所思地点了点头，说："嗯，真的不是因为觉得我会不吃，然后你就可以屯一包？"

时笙无言以对。

这天喻文州是不是专门来拆台的？！

时笙的嘴角耷拉了下去，倒是喻文州忍着笑继续问："那只手拿的又是什么？”

时笙不自觉地轻咳了一声，随即义正词严道：“吃泡面不加火腿肠、卤蛋、榨菜是不完整的。”

喻文州被她的语气逗得不行：“好，没说不让你吃，放过来吧。”

时笙赶紧点了点头走了过去，宝贝似的将东西放进了购物车。她看到喻文州这天好说话，又嘴馋，软磨硬泡道：“可是我今天晚上就想吃。”

喻文州点头：“正餐不可以，可以当夜宵。”

时笙不解，按照他们现在的作息时间，还能吃夜宵？

但是既然他都这么说了，那就这样吧。

反正时笙也问不出个所以然，买菜的活全都落在了喻文州一个人的身上。

两个人挑挑拣拣地选了一阵子，总算是买完了东西。

这个时间点逛超市的人不少，结账的队伍都排了很长。

时笙有些站累了，干脆抱着喻文州开始闭目养神。喻文州走一步，她就跟着动一下。

喻文州看她这副样子，没忍住笑出了声。

时笙意识到自己被嘲笑了，气呼呼地睁开眼，还没来得及说话，就撞上另一个顾客小姐姐笑眯眯的眼神，顿时羞得满脸通红，赶紧放开了喻文州，乖乖站好。

结完账，时笙连袋子都没帮忙拎一下，仓皇而逃。

一路到了停车场，喻文州的笑意还没收住。

看到时笙在前面有点儿犹豫了，喻文州按了一下车钥匙，车灯闪了两下。

时笙以最快的速度钻进车子坐好，喻文州将东西放好后坐进了驾驶座，扭头一看，时笙已经闭上了眼睛。

“睡着了？”他带着笑意地问。

时笙微微张了张嘴，看样子是下意识地准备要回答的，但还是硬生生地给忍住了。

喻文州没忍住揉了揉她的发顶："怎么这么可爱。"

到了家，喻文州拎着东西去了厨房，时笙干脆就在沙发那边坐了下来。

很快，厨房里有水声传来，应该是喻文州在洗菜了。

时笙犹豫了一下，还是起身往那边去，站在门口问："要我帮忙吗？"

喻文州抬头，笑着道："不用，去坐着吧。"

时笙抿唇，站在门口还是没动。

家是他们两个人的，总不能以后什么都让喻文州做。

喻文州还在水池那边洗菜，时笙走过去从后面抱住了他。她将脸贴在他的背上，感受着他身体的动作，开口道："州州，你教我好不好？"

喻文州低头看了看圈在自己腰上的两只手臂，干脆将手里的东西放下来，转过去对着时笙。

喻文州的手上还有水，但他还是直接伸手捏在了时笙的脸上。

时笙没有生气，嘟着嘴看着他。

喻文州笑了，低头在她的唇上啄了一口："你不用什么都会。"

时笙摇头，她还是有自知之明的："你教我一些简单的菜，以后万一你不在家我也可以照顾好自己。"

她也没指望自己能学到什么程度，不用天天点外卖，真的就已经很不错了。

喻文州有点儿好笑，他家时笙这觉悟好像还挺高的。他说："那站好，今天看着我做，多看几次再上手。"

时笙点了点头："嗯嗯。"

就这样，两个人一个做饭，一个站在旁边看。

喻文州讲得细致，时笙也是真的在很认真地听。

可惜，如果她的估算没有出错，那一定是眼睛学会了，手和脑子都没学会。

喻文州看着她有点儿蒙但又在努力回忆的样子忍不住笑道：“先把菜端出去吧。”

吃过饭以后，两个人一起靠在沙发上看了会儿电视，但是人在吃饱喝足以后就是容易犯困。

终于在时笙打了第三个哈欠以后，喻文州没忍住笑了起来，说：“先去洗澡吧。”

最近时笙的作息调整得不错，偶尔晚睡她也不会像以前那样熬到两三点。

时笙点了点头，哈欠连天地往房间里去了。

喻文州等着洗碗机停了，简单地又把家里收拾了一下。

他回房间的时候，时笙刚刚从浴室里出来。她身上穿着睡裙，头发全都绾在了脑后，露出了白皙秀颀的脖颈，还有圆润光洁的肩头。

喻文州正想讲话，时笙放在床上的手机就响了。

如果可以，时笙想躲避各类来电，可惜电话是出版社的编辑打过来的。

时笙把手机屏幕给喻文州看了一眼，说：“州州你先去洗澡吧。”

随后，她就捏着手机去了阳台那边。

“喂，编辑老师？”时笙试探着开口。

毕竟都晚上了对方还打电话过来，实在是有点儿让人惶恐。

“奶茶大大，不好意思打扰你了，是这样的，你给见鹿画的那个封面，有一些细节可能还要处理一下。”

“好，具体是哪些地方呢？”时笙很干脆地答应。

编辑又大体上把要处理的细节说了一下：“您看您觉得这些地方可以动吗？如果不能动，我们还可以再商量。”

因为这本书现在是网络上的大爆款，不出意外的话，出实体也会引起一阵风潮。

这是见鹿和时笙这对搭档第二次合作，出版社对见鹿这个作者以及时笙这个画手也是给予了最大的尊重。

其实前几天编辑就跟见鹿商量过封面的问题了，那几处细节是他们商量好的可能要修改的地方。

因为当时不急，见鹿就说他自己去和时笙说。结果几天过去了还是一点儿消息都没有，编辑才只能打电话过来问。

时笙依旧满口答应："好，我先去看看，如果有其他问题我们再联系。"

挂断电话后，时笙才登录了微博，在无数条后台私信中找到了见鹿。

他们也算相识很久了，但一直靠微博联系，手机号、微信号他们互相问都没问过。

按道理来讲，他们任何一个人去找出版社编辑要对方的联系方式都是可以的，但对合作伙伴来讲，保持神秘感还是很不错的。

加冰的全糖珍珠奶茶："见鹿大大，不好意思才看到你的私信，刚刚编辑已经给我说过封面的细节啦，我待会儿就开始改。"

毕竟不是谁都没事就关注微博，时笙也没指望着见鹿会秒回。她重新回到卧室里，对着紧闭的浴室门开口："州州，我要去书房改画稿，待会儿你先睡！"

过了几秒，也没听到里面的喻文州给出任何回复，时笙怕他没听到，又微信给他发了一次以后才出去了。

浴室里的喻文州倒不是没听到，只是听到了不知道该怎么回答。

老婆的灵感总是半夜来，老婆的工作也总是半夜来。他心里苦，但是他也不敢说。

喻文州从浴室里出来，去厨房端了杯热水才进了书房。

时笙正坐在书桌前，眼睛一动不动地盯着手绘屏。听到门口的动静，她也只是微微转了转头，根本就没抬眼看他一下。

喻文州微微地叹了一口气，最后在时笙斜对面的椅子上坐下了。

最近休假，他可不想把时间又花在工作上。反正现在也没事做，他干脆就手撑着脸一直盯着时笙看。

一开始时笙还能感受到对面某人炽热的眼神，但后面手感来了，根本就没空搭理他。

虽说只是几个细节需要处理，但始终是有地方动过，她不免又要修改其他地方才能让画面看起来更和谐。

最后时笙哈欠连天地抬头，看到墙上的挂钟，已经很晚了。

“画好了？”喻文州见她抬头，问的第一句话就是这个。

时笙知道她这是又连累喻文州跟自己一起熬夜了，有点儿不好意思地点了点头。

她担心喻文州生气，虽然让他消气的方式有千千万万种，但撒娇绝对是首选。

时笙坐在位子上，打着哈欠对着对面的喻文州伸手：“我要州州抱……”

喻文州笑着起身过来，手搭在她的肩头：“宝贝这么困？”

时笙刚刚打过哈欠，现在眼底还有一层水雾，现在乖乖望着他点头的样子，看起来实在是好欺负。

喻文州掐着时笙的腰将她抱了起来，时笙也顺着他的意思整个人都挂在了他身上，双臂环住他的脖子，双腿圈在他的腰间，身上沁人心脾的香味也随即侵入他的鼻腔。

喻文州正准备抱着时笙回房间，时笙突然想起来了什么：“我的泡面还没有吃。”

她很困，但是更怕这天晚上不吃进去喻文州就反悔不让她吃了。

喻文州轻笑出声：“好，吃，我去煮，你先休息一会儿。”

时笙点了点头：“要是我睡着了，你把我喊醒。”

“喊醒了不生气？”他继续笑着问。

时笙眯着眼睛：“不行，我今天必须吃到。”

喻文州无奈地摸了摸她的脸，说：“好。”

时笙刻意地想让自己保持清醒，但喻文州过来喊她的时候，她还是已经睡得迷迷糊糊的了。

喻文州哭笑不得。

到了餐厅，时笙盘腿坐在椅子上，眼巴巴地等着喻文州端泡面出来。

看他端着小锅，手里还有两只碗，时笙的表情有点儿绷不住了。

等喻文州把锅放下来，看到里面的泡面的分量，时笙的眼泪都快要掉下来了。

“你真的把两包面都煮了？”她仰头不可思议地望着喻文州。

她以为喻文州不会吃的，结果他还真的把两包面都煮了。

喻文州看着情绪变化这么快的时笙也有一点儿慌：“明天再买。”

时笙撇嘴，一副不服气的表情：“我要吃十包。”

喻文州只觉得自己太阳穴有点儿痛。他扶额，试图跟时笙讲道理，泡面这个东西真的不能多吃。

时笙不管，继续威胁道：“我生气了。”

喻文州也是真的被唬住了：“好，买，买，买。”

时笙怕他要赖：“你去房间里把我的手机拿来。”

喻文州挑眉，他家时笙指挥他做事是真的越来越顺口了。

手机到手，喻文州看着时笙打开了录音界面，理直气壮地说：“我要录音，不然你赖账了怎么办？”

喻文州吐了一口气：“我在宝贝这里信任度这么低？”

时笙点开录音：“有备无患，你再说一次。”

喻文州无奈：“我答应明天给宝贝买泡面。”

时笙摇头：“你不可以说别称，你还要说清楚数量。”

喻文州扶额，他家时笙现在怎么特别鬼精灵？他顿了片刻才开口：“我，喻文州，答应明天给时笙买十包泡面。”

确定保存好录音以后，时笙才笑着抬头：“哼，这还差不多。”

喻文州揉了揉她的发顶：“快吃吧。”

两个人坐在一起吃泡面，喻文州难得觉得，这东西味道好像还可以。

喻文州怕刚吃过东西就睡觉会消化不良，又拉着时笙在客厅一边看电视一边站了一会儿。

两个人正式睡觉的时候已经很晚了，第二天喻文州醒过来时已经是九点多了。

他看时笙还在睡，想到昨天晚上她也累了，加上最近也没什么事，自己起床以后又放任她继续睡了。

他一边在厨房里做早饭一边感叹，自己好像真的越来越没有原则了。

时笙也没睡多久就醒了。见喻文州不在，浴室又没声音，她直接选择出去找人。

她走到厨房门口，看到喻文州还在里面忙活。

时笙走过去，直直地撞在了他的背上，圈着他的腰不撒手。

喻文州笑了起来：“有没有撞痛？”说完，他腾出一只手去捏了捏时笙的手。

时笙闭着眼睛打了个哈欠：“我饿了。”

喻文州夹了一只刚刚出炉的蒸饺出来，转身放到时笙的嘴边，说：“吹一下再吃。”

时笙撒娇：“你吹。”

喻文州勾起了嘴角：“好，我吹。”

时笙闭着眼睛，一个温度适宜的蒸饺吃进了嘴里。她咬着蒸饺，含糊地开口：“我先去洗脸。”

语毕，时笙直接就转身往外走了。

喻文州看着锅里的粥，只能冲着时笙喊：“眼睛睁开，好好看路。”

时笙依旧是背对着他，点了点头：“嗯。”

等时笙再出来，喻文州刚好把最后一个盘子端出了厨房，招呼道：“过来吃饭。”

时笙看着一桌子种类丰盛的早餐心动不已，本来还以为宋婶走了以后她就没这个口福了，谁知道喻文州这么愿意花时间做饭。

时笙踮起脚在喻文州的脸上亲了一口：“嘻嘻，州州真棒！”

喻文州捏了捏她的脸：“油嘴滑舌。”

第二章
坠入爱河

根据“做饭不洗碗”的不成文约定，吃过饭以后，时笙主动收拾起了桌子上的碗筷。但喻文州还是拦下了她手上的动作，说道：“去收拾东西吧，厨房这边我来。”

搬家最困难的地方就是收拾东西。

虽然喻文州没打算把公寓卖掉，但要带走的东西也不少，收拾衣物也是比较私密的事情，他们不太好请人过来帮忙。

时笙思考了一下，还是点了点头。

没一会儿喻文州也进来了，甚至还动手帮她叠起了衣服。

时笙按住了他的手，非常严肃地看着他的脸，说：“州州，你是不是有事情忘记了？”

喻文州确实是一下没反应过来：“什么？”

时笙以为他是故意装不知道，气呼呼地指责道：“喻文州你说话不算话。”

喻文州沉默了。

老婆变脸太快了该怎么办？

时笙偷偷瞥了他一眼，看他好像真的有点儿茫然，于是提示道：“十包泡面！”

喻文州勾唇。一晚上过去了，他差点儿忘了，结果有些人记性出奇地好。

他无奈地点头：“好，买。”

时笙推了推他的手臂：“那你现在去。”

喻文州微微地叹了一口气：“嗯。”

按道理来讲，反正都要搬家了，他完全可以去那边以后再买。但这是答应好的事情，他总不能反悔。

看到喻文州走到门口了，时笙还不忘提醒：“还有我的泡面三件套！”

喻文州轻轻点了点头：“好。”

最近的超市离公寓也不远，没一会儿喻文州就回来了。

时笙听到门口的动静，直接从房间里冲了出去，甚至非常狗腿地接过了喻文州手里的袋子：“州州辛苦了。”

时笙看了看购物袋里口味没重样的泡面，立刻露出了一个大大的笑脸。她纠结地看了看袋子里面，下定决心挑了两包泡面出来。

时笙是想着跟喻文州分享，于是笑着说：“州州，今天中午吃泡面可以吗？”

喻文州摇头：“我只说了买，没有说你可以吃。”

时笙发现了，喻文州就是有八百个心眼子！哄她的时候一套一套的！

时笙撇着嘴看着喻文州，但他依旧是坚决地摇了摇头。她气呼呼地说：“哼，渣男！”又回了房间里。

她发誓这天一定要给喻文州一点儿颜色看看，不能以后就这么轻易地被他拿捏了。

因为这件事情，时笙一直到吃午饭时都没有搭理喻文州。

两个人现在都养成了午睡的习惯，吃过午饭休息了一会儿，一前一后地进了房间。

喻文州先去了浴室洗漱，出来的时候就看到时笙正在衣柜里翻箱倒柜地找东西。

"在找什么？"喻文州开口。

时笙"哼"了一声，将毛毯抱在怀里："我要去隔壁睡。"

喻文州挑眉："这么生气？"

时笙看了他一眼："对，超级生气。"

说完，也没等喻文州有反应，时笙抱着毯子就出去了。

喻文州看着时笙倔强的背影又好气又好笑。

时笙感受着喻文州跟在后面的脚步，出了房间门以后直接跑了起来。

喻文州跟在后面，眼睁睁地看着时笙的身影消失在了自己眼前。"咔嗒"一声，门被关上顺便还上了锁。

喻文州无奈地拍门："老婆。"

时笙还站在门口，喻文州的声音近在耳边。这好像是她第一次听到喻文州直白地用这个称呼喊她。

这种感觉虽然有点儿奇妙，但是里面溢出来的无奈感她都感受到了。

"哼，你老婆生气了。"时笙忍着笑开口。

喻文州叹了一口气："我错了。"

时笙现在就贴着门板，自然也听到了他的叹气声。

"我要睡了，等我睡醒了再说。"语毕，时笙还真的就去床上躺着了。

喻文州在门口站了一会儿，确定时笙是不会来开门了才又回了房间。

时笙这一觉睡得很香。半梦半醒间她想拿手机，眯着眼睛在枕头周围摸了一圈也没有摸到，最后只得气呼呼地坐了起来。

刚刚睡着的时候，她迷迷糊糊间好像听到了"咯噔"一声，难道是手机掉地上了？

她起来寻了一圈，终于在床头柜和床的那个缝隙中看到了自己卡在那里的手机。

直接伸手下去拿难度是有些大的，时笙只能把床头柜给搬开。

明明蹲下去就可以捡，她也不知道自己这天怎么偏偏就选了一个跪坐在地上的姿势。

只是习惯性地扭了一下头，她就看到了床底下的东西。

一个很眼熟的圆圆的小盒子，就在床边里面一点点的位置。从上面看是挡得严严实实的，但只要有人蹲下来，还是很容易就能发现盒子。

时笙伸手将盒子摸了出来，看到里面的东西差点儿激动到流下眼泪。

时笙猛地站起来，冲出去就开始拍喻文州的房间门："州州，开门！"

喻文州刚刚起来正在浴室里洗脸，听到时笙着急的声音，连脸上的水都没擦赶紧来开门了。

"州州！"时笙激动地喊道。

她看到喻文州的第一个动作就是踮脚在他的唇上啄了一口。

喻文州还没反应过来，就看到时笙献宝似的将藏在背后的东西递到了他眼前。

这东西从里到外都是他亲自准备的，他怎么会不知道是什么？

时笙望着他："州州，我找到戒指了，还好我没有真的把它搞丢。"说着说着，她的愧疚感也跟着冒了出来。

她回忆了一下，应该是第一天搬来收拾东西的时候不小心让它滚进了床底下。

前面找了那么多次，她也没想到趴下来看看床底下。不过还好，她总算是找到了。

喻文州一把将她抱进了怀里，唤她："笙笙。"

时笙闷闷地点头"嗯"了一声。

"你知道吗？"说完，他稍微和时笙分开了些，捧着她的脸继续说道，"这是我自己设计的戒指。"

戒指是喻文州去国外的第一年就做好的。他除了去研究所报到，另一件很重要的事情就是去学了一段时间的戒指设计。

画好了图以后，他找到了当地最有名的匠人帮忙做戒指。

那个匠人告诉他，迄今为止，戴上他做的戒指的夫妻，每一对的婚姻都长久又美满。

回国后，他那么巧就在相亲时遇到了时笙，又那么顺利地他们就去领了证。

那段时间他很忙，加上两个人也不太熟悉，他都不知道该怎么主动把戒指送给时笙，最后没办法只能直接塞给了她。

听到时笙说弄丢了戒指的时候，生气并不是他的第一反应，害怕才是——他害怕自己和时笙的婚姻并不能像匠人口中那样幸福和长久。

在其他事情上，他从来都是坚定的唯物主义者，但凡是和时笙有关的事情，他总是会过多担心。

不过好在，戒指找到了。

时笙望着喻文州，听到他这样说只觉得更抱歉了，说道："对不起。"

如果一开始就知道这枚戒指承载了喻文州那么浓重的爱意，她一定会小心又再小心。

喻文州摇头："笙笙，没有对不起，谢谢你找到了它。"

——谢谢你再次让我觉得，我们的婚姻受到了上天的祝福。

时笙伸手拽住他的衣领，将他往下拉的同时自己也踮起了脚。

第一次，她主动吻喻文州的时候没有浅尝辄止。

一吻结束，时笙揽着他的脖子喘着气，说："州州，我们以后一定会好好的。"

喻文州笑道："好，我们会好好的。"

二人抱在一起，这一刻，世界里好像只有他们的心跳声。

时笙像是突然想到了什么，转而牵住了喻文州的手，拉着他就要往外走。

“去哪里？”喻文州问。

时笙将自己脖子上的项链拉了出来，上面挂的是喻文州的那枚戒指。她说道：“去买项链。”

两个人现在有对戒，既然喻文州的那枚戒指现在给她当项链了，那她希望她的这枚也可以送给喻文州。

喻文州看着说风就是雨的时笙无奈又欣慰：“好。”

拿着车钥匙出了门，到达商场以后，两个人直奔上次的那家珠宝店。

说来也巧，上次的那位柜姐还在，而且还认出了他们。她笑着出声：“先生和太太这次想挑点儿什么？”

时笙很难得在买东西的时候有这么明确的目标。她将自己的项链拉出来给柜姐看了一眼，说：“要这样的项链，素的，细一点儿，男士可以戴的。”

柜姐点了点头，迅速按照时笙的要求拿了一条项链过来，介绍道：“这款简单又素雅，男女是同款的，先生和太太刚好可以当成情侣款来佩戴。”

时笙笑着点了点头：“好，谢谢你。”

说完，她将口袋里的戒指拿了出来，穿起来直接对着喻文州伸出了手。

喻文州嘴角带着笑容，直接掐着她的腰将她放到了旁边的高脚凳上，随即自己也低头对着她。

时笙的眼睛都笑得弯弯的，她微微直起腰将项链戴在了他的脖子上。

时笙帮他整理好衣领，喻文州没忍住在她的脸上亲了亲。

虽然有些害羞，但时笙还是大胆地回吻了他。

一旁的柜姐看得都有点儿不好意思了。

时笙轻轻推开喻文州，从高脚凳上滑下来以后，对着柜姐开口：“就这条结账吧。”

语毕，她才反应过来，自己刚刚好像太心急了，都忘记让柜姐先拿去结账了。

柜姐一眼就看出她的犹豫之色：“没关系的。”说完，她又去柜台那边拿了一条一样的项链出来，说，“用这个结账也是一样的。”

时笙有点儿不好意思地点了点头，跟着去了柜台那边。她连价钱都没问一下，直接把卡递给了柜姐。

喻文州在一旁瞥见了她的动作，嘴角的笑意更深了。

柜姐递了一把小剪刀给时笙，说：“项链上面还有一个小标签，就辛苦太太帮先生剪一下吧。”

时笙只得继续点头。她这天是真的着急得过分了。

喻文州全程配合着她的动作。直到从店里出来，他才开口：“要不我把学校的工作辞了吧。”

时笙一时没反应过来，疑惑地看着喻文州。

喻文州笑道：“笙笙好像可以养我。”

结账的时候他就注意到，时笙拿的不是他给她的那些银行卡。如果他没有猜错，她拿的应该是她自己攒钱的那张卡。

喻文州很开心。这难道不是证明，时笙真的把他放在了心上吗？

时笙有点儿脸红。她的那些钱，在喻文州面前肯定是不算什么的。但既然她决定要送东西给喻文州，好像用自己存的钱会显得更有诚意一点儿。

戒指的事情她一直心存愧疚，喻文州没怪她真的就已经很好了。

时笙看了一眼喻文州，故意傲娇地轻哼了一声，说：“是，那你可不得对我好点儿？不然以后我不给你零花钱。”

喻文州配合地点了点头：“嗯，一定，毕竟笙笙说了算。”

说到这里，时笙立刻露出了一个狡黠的笑容，说：“笙笙说她今天晚上要吃泡面。”

她本来是准备说“想吃”泡面的，但话到嘴边还是改成了态度更强硬的“要吃”。

喻文州刚刚张嘴，时笙看他一脸严肃的表情就知道他准备说什么了。

“嗯？”她抿着唇转头看着喻文州。

看喻文州的表情依旧没有变化，时笙伸手拍了拍自己的衣服口袋。卡还装在里面，这动作，可以说是威胁意味十足。

喻文州无奈地吐了一口气：“好，吃。”

时笙又傲娇地轻哼一声，只是很快她脸上的表情就没绷住，直接“扑哧”一下笑了出来。

喻文州看着时笙这副样子是真的有些好笑，比起一开始对他避之唯恐不及的时笙，这个灵动又有生气的时笙才更像真正的她。

“回家。”时笙拉着他的手，继续往前走去。

喻文州笑了，没忍住用另一只手摸了摸她的发顶：“嗯，回家。”

晚上，时笙如愿地再次吃上了泡面，这次甚至连汤都喝了。

这次她能唬住喻文州，下次是什么时候还不确定。

时笙有了一些画画的灵感，洗完碗出来本想直奔书房，但看到喻文州正坐在客厅里看书，觉得两个人待在一起好像也是个不错的选择，便将工具都搬到了客厅里。

虽然编剧课基本等于没上，但关于人物的形象设计她已经有些想法了。

也是这天下午，回来的路上她突然迸发出了灵感。

她记起了《疯狂动物城》结尾的时候Nick（尼克）和Judy（朱迪）的那段对话名场面。

Nick：“Sly bunny（狡猾的兔子）.”

Judy：“Dumb fox（愚蠢的狐狸）.”

Nick：“You know you love me（你知道你爱我）.”

Judy：“Do I know that（这事我知道吗）？”

Judy：“Yes，yes I do（算吧，算我知道）.”

时笙竟然有一瞬间觉得，自己和喻文州偶尔出现的对话和场景，真的很像里面的尼克和朱迪。

时笙坐在画板面前，微微侧头看了看正在一旁认真看书的喻文州。短暂思考后，她拿起铅笔开始描绘自己心目中的那个狐狸先生。

喻文州余光瞥见时笙开始画画了，嘴角勾起了一个浅浅的弧度。

客厅里静了下来，只有时笙的铅笔和画纸摩擦的声音，还有喻文州偶尔翻书的“沙沙”声。

灵感爆棚，加上手感也好，时笙画好初稿的时间比她想象中的早不少。她有点儿激动地去拿了手机，想快点把图分享给粉丝看。

她答应了很久一直没有做到的漫画，这天总算是有点儿眉目了。

加冰的全糖珍珠奶茶：“我终于来啦，人物形象初稿，大家觉得还可以吗？”

喻文州早在时笙起身找手机的时候就将书合起来了，看着满脸笑意的时笙，他也起身站了过去。

时笙本来回复评论回复得正开心，突然感受到头顶的一道阴影吓了一跳。她赶紧将手机背了过去，仰头望向喻文州。

喻文州看了她一眼，眼睛随即看向了一旁的画板。

时笙无端有一种考试的时候被监考老师盯着做试卷的感觉。她有点儿不好意思地想挡一挡，结果被喻文州攥住了手腕。

喻文州勾起嘴角：“是我？”

他承认自己在漫画方面的欣赏水平有限，但画板上的这个人物形象还是有迹可循的。

当面被拆穿，时笙更觉得不好意思了。

喻文州摸了摸她的发顶："画我还不让我看？"

时笙有点儿脸红，但毕竟自己的灵感来源确实是喻文州。她望着他，小声问："你要当我的漫画的男主角吗？"

喻文州低头在她的嘴角上亲了亲："我的荣幸。"

时笙抿着唇笑了笑。

喻文州看着她，继续问："那女主角呢？"

时笙也不知道自己该不该承认，她的灵感就是来源于他们的日常生活。

本来也是第一次尝试画漫画，她有一开始就不顺利的准备。只是如果原型是他们的日常生活，她收集素材会没有那么困难。

而且，如果顺利，她希望这是一本永远不会完结的漫画。

时笙继续仰着头问他："如果是以我们的日常生活为素材，你会介意吗？"

喻文州笑了，只要不是现实生活，任何文学艺术类的东西呈现出来肯定都会有加工。他不只不会介意，甚至心里还会有些庆幸。

他家时笙愿意把他介绍给别人，愿意向别人分享他们的生活，他真的很开心。

喻文州摸了摸她的脸："我会很开心。"

时笙站起来抱住了喻文州："州州最好了。"

时间已经有些晚了，吵架的事情就这么过了，两个人一起回了房间。

时笙先洗完澡，靠在床头准备等着喻文州出来再睡。

闲来无事，她继续看了会儿微博，那个被她屏蔽的闪闪工作室竟然又来了。如果她没看错，这家工作室换了好多个小号，并且坚持不懈地每天给她发私信。

时笙随便点了一个进去，内容和上次的无异，邀请她去他们公司当美术总监。

时笙都没想通，素未谋面的人，到底是什么给了他们公司勇气敢这么信她？

但鉴于对方如此执着，时笙还是犹豫了一下。

加冰的全糖珍珠奶茶：“您好，很开心收到你们的邀请，如果可以，贵公司可以先发一份公司的简单介绍给我吗？稍后我也会发一份我的简历给你们，我希望是在我们双方都有意的情况下，继续谈接下来的事情。”

虽然现在是晚上，但对方仿佛是蹲在微博上一样，时笙的消息发出去不到五分钟，很快她就收到了回复。

闪闪工作室⑤号：“啊啊啊！奶茶大大，你终于理我了！我马上把公司的介绍发给你。”

接下来就是各种关于工作室的介绍，上到业务范围下到人员构成，甚至连营业执照对方都给她拍了照片发了过来。

时笙将公司介绍的那个文档点开，一个字一个字地认真看着，生怕错过了什么细节。

喻文州从浴室里出来就看到时笙愁眉苦脸地坐在床上。

“怎么了？”喻文州开口。

时笙抬头望着他：“我可能需要州州的帮忙。”

喻文州挑眉，走过来坐在了床边。

时笙直接将自己的手机递了过去，喻文州一目十行地把公司介绍简单地看了一下，语气温和地问她：“笙笙有什么想法呢？可以直接告诉我。”

时笙还在组织语言。虽然她很想一直待在家里就把工作完成了，但她从来都没有真正地出去工作过，心里始终是有些好奇的。

虽然有些许“社恐”，但她仍然想尝试，试着改变自己的现状，想看看自己可不可以和这个世界和平共处。

如果可以，她希望自己可以借着这个机会交到朋友；如果不可以，大不了再回家就好了。

喻文州摸了摸她的头：“嗯，明天我找人查一下这个公司的基本情况。”

时笙点头，喻文州又说道：“如果顺利，我先陪你去看看。”

时笙笑着扑进了喻文州的怀里：“谢谢州州。”

喻文州无奈，捏了捏她的脸：“我是不是跟你说过，不要对我说谢谢？”

时笙重新趴在他的肩头蹭了蹭：“嗯嗯，以后不说了。”

反正东西也都收拾好了，第二天时笙和喻文州干脆打算提前搬过去。

虽然新家那边都打扫过，但要把带过去的东西全部都收拾好也不是件轻松的事情，等全部收拾妥当，时笙差点儿直接累趴下。

吃过午饭，她回房间后直接倒床上就睡。

等她再醒过来的时候，喻文州不在身边，外面的天色已经暗下来了。

时笙出了房间，房子里也是安安静静的。根据直觉，她觉得喻文州应该是在书房里。

她轻手轻脚地往里走，将书房门推开了一个门缝。

喻文州确实是在里面，还正在写毛笔字。

旁边的台灯已经打开了，有光从他的侧面打过来。明明只是最简单的家居穿搭，因为他手里握着的那支毛笔，整个人竟也生出了一丝儒雅的气息。

时笙无端觉得自己的心跳有一点儿快。

“进来吧。”喻文州开口。

虽然他没有偏头，但依旧可以感觉到门口的那道目光。

时笙不好意思地摸了摸鼻子，进去以后再次将门关上了。她缓缓地往前走，最终停在了书桌的对面。

喻文州抬头，勾着嘴角看着她：“笙笙，过来。”

时笙抿唇望着他的脸。

他的嘴角始终带着笑意，眼神仿佛还在重复那句话：笙笙，过来。

时笙一步步地走了过去，喻文州抓住她的手腕，一把将她带到了自己的身前。

喻文州将下巴抵在她的发顶上：“笙笙。”

时笙现在也不敢动，只能轻轻地应了一声：“嗯。”

“我教你写毛笔字吧。”他说道。

时笙犹豫了片刻，还是回道：“好。”

她是学过毛笔字的，只能说学得不佳。所以她没想到，喻文州说的教会是手把手地教。

他的手直接握住了时笙的手，炽热的温度仿佛直接从手背烫到了她的心底。

每写一笔，喻文州还要讲一次写这个偏旁部首的注意事项。

时笙也很想集中注意力仔细听，但他温热的呼吸就在耳边。

“看字。”喻文州轻笑出声。

时笙猛地回神，目光落在了桌面上的宣纸上，“喻文州”几个字赫然呈现在眼前。

喻文州继续笑道：“笙笙很棒。”

时笙只觉得脸有些烫，走神被抓了还要被夸。

她轻咳了一声，看到晾在旁边的几张纸，上面密密麻麻的全是她的名字。她侧头望着他，眼底尽是不解之色。

喻文州看着时笙一脸迷糊的样子，没忍住在她的耳垂上捏了捏，说道：“我的字这几年好像还算有进步。”

——所以和几年前你看到的可能有点儿不一样。

时笙更不懂这句话是什么意思了。

喻文州笑道：“笙笙觉得那天看到的字眼熟吗？”

时笙抿唇，认真思考，但是脑海里依旧没有任何印象。

“大学录取通知书还在吗？”喻文州继续问。

听到这里，时笙心里突然有了些猜想。

录取通知书虽然不会随时带在身边，但她拍照留念过。她换过手机，如果她没记错，照片应该是存在手机的云盘里。

“我去拿手机。”说完，时笙从他怀里钻了出去。

时笙急匆匆地跑回了房间，拿到手机就开始在云盘里翻找以前的照片。很快，她翻到了收到录取通知书那天拍的照片。

时笙又急匆匆地跑回了书房里，对着喻文州说的第一句话就是：“我想再看看那天你给我看的字。”

喻文州笑道：“好。”说完，他走到一旁的书架前，将那天给时笙看过的那沓宣纸又递给了时笙。

时笙将手机里的照片放大，又仔仔细细地跟纸上的字对比起来。

因为没有找到相同的字，时笙始终觉得这样对比不够准确。最后，她只得将喻文州这天写的那几张纸拿过来看了又看。

一个人的字无论再怎么进步，有些小习惯和字里的韵味始终是难改的。

时笙发现，通知书上她的名字，和喻文州写在纸上的她的名字，是真的很像：在写“时”字的日字旁时，都没有写成完全封口的样子；在写“笙”字的竹字头时，连笔的位置都一模一样。

时笙有点儿不敢相信，不可思议地望向喻文州：“我的录取通知书上的名字是你写的？”

喻文州看着她笑，随即点了点头承认：“是。”

她的大学录取通知书就是他写的，一笔一画，都是他写的。

喻文州的姨夫是招生办的老师，那天喻文州本来是去找他的，结果有一位书法老师不舒服先走了。但录取通知书急着要，喻文州就是在这种情况下被拉上去顶替的。

很巧，那个老师负责的就是写美术学院学生的录取通知书，他已经写过两张了，喻文州看到的第一个录取信息就是时笙的。

因为看到上面的高中毕业学校写着九中，喻文州没忍住多看了两眼。

照片里的时笙扎着高马尾，对着镜头抿唇在笑，看起来青春又靓丽。因为照片是黑白的，喻文州并没有觉得看得有多真切。

时笙是美术学院第三名被录取进来的，因为她的专业课排名是第三。

直到把美术学院的录取通知书写完，喻文州才发现，她的文化成绩在美术生里算是高得离谱。

姨夫看到喻文州一直盯着时笙的那张录取通知书看，也跟着感慨："这个时笙厉害嘞，五百八十分这种文化成绩都能直接挑学校了，结果还是个艺术生，后生可畏哪。"

喻文州也跟着点了点头，这就是他和时笙最开始的缘分。

她不知道他，但他知道了她的名字，看过了她的照片。

虽然对时笙的印象还算深刻，但过去了就是过去了，他也没有过多的想法。

直到年底的校庆，也就是十二月七日这一天，喻文州临时接到导师的通知，要去邻市帮他开一个研讨会。

喻文州匆匆忙忙地从学校这边准备赶过去。

快走到校门口的时候，他远远地看到有一群学生还在布置周围。再走近一些，他看到一个女生正背对着自己，看样子是在挂什么东西，站在凳子上还踮着脚。

片刻后，估计她是弄好了，准备从凳子上下来。

但可能因为刚刚一直踮着脚，从凳子上跳下来的那一刻，她有点儿没站稳。

看到这样的场景，任何人的反应应该都是想过去扶一把，喻文州也不例外。

他企图加快脚步，但旁边有人的反应比他还激烈。他看到一个男生对着她喊道：“时笙！”

喻文州脑海里关于这个名字的记忆在这一刻全都涌了上来。

不过，时笙在那个男生跑过去之前，自己扶着凳子站稳了。她绕开男生试图过来扶她的手，客气地说：“谢谢学长。”

随着这声音落地，时笙也转了过来。

这张鲜活又灵动的脸，几乎是一秒就和喻文州印象中的照片里的那张脸重合了起来。

时笙，原来她就是时笙。

这是看到时笙的时候，喻文州心里冒出来的第一句话。但是因为那天实在是着急离开，他只能用目光紧紧地追随着她，并在心里默默地祈祷，祈祷她能看到他，哪怕是一眼也可以。

但事与愿违，直到他们擦肩而过，她的目光也没有一刻为他而停留。

喻文州在邻市待了四天才回来，本来还在想什么时候才能再遇到时笙，结果又在校门口不远的位置遇到了她。

不过她旁边还站了一个人，如果他没记错，那人应该就是上次想要扶她的那个男生。

听到那个男生向她告白的那一刻，喻文州都不知道该怎么形容自己的心情。

好像有一个心心念念很久的东西，他终于攒够钱准备去买了，结果到的时候被告知东西已经被买走了。

不过还好，时笙干脆地拒绝了那个男生。

喻文州承认，听到时笙拒绝的话语时，他幸灾乐祸了。

但当他意识到自己也喜欢时笙时，他才知道那个男生其实是勇敢的。

那天急着回去交差，他们再次擦肩而过。

但说来也是神奇，从那天开始，他们开始频繁地在校园里相遇。

只是喻文州看到的时笙，不是在去图书馆的路上就是在去画室的路上，不是手上抱着书就是背后背着画板。

更让他有点儿费解的是，她好像大多数时候是一个人。但没过多久，他就连着好长时间没有见到时笙了。

还是有一次他在实验室里坐着发呆，宋修远发现了他不对劲。

宋修远拍了拍他的肩膀："不舒服？"

喻文州摇头。

"实验的问题？"这话问出来，宋修远都有点儿不信，毕竟最近的实验进度简直是一帆风顺。

喻文州继续摇头，宋修远有点儿不信。喻文州是谁？比他还拼命的人竟然还有在实验室里发呆的一天。

宋修远看着他若有所思的样子，最后像是突然想到了什么："感情问题？"

喻文州毕竟也是自己的师弟，宋修远顺便当起了情感导师。

喻文州组织了一下语言，将自己和时笙的事情简单地说了一下。

等到他说完，宋修远的笑意根本就掩饰不住，自家闷葫芦师弟总算是开窍了。

宋修远拍了拍喻文州的肩膀，语重心长地告诉他："恭喜文州，你坠入爱河了。"

被这么直白地一说，喻文州好像才有点儿明白自己这些不对劲的反应到底是因为什么。

如果不是喜欢，他又何必在意这天有没有遇到时笙；如果不是在意，他又何必难过已经好久没有见到她了。

从小到大追喻文州的人不少，但是他从来没有过这方面的心思，以至现在事情突然发生在自己的身上，他才会这么不知所措。

那天回去喻文州思考了很久。如果这就是喜欢，那他对时笙应该是一见钟情。

他连夜爬起来查了一下时笙的基本情况。

院系他是知道的，他顺便看了一下她的班级还有课表。

那时候喻文州才反应过来，本科生已经是考试周了，马上就要放寒假了，怪不得自己一直遇不到人。

他还发现，时笙前面参加的那个社团她也退了，大概就是因为被那个男生告白了。

这样极其有分寸感的女生，他甚至已经预料到以后如果自己追她会有多难。

喻文州还了解到了时笙的基本家庭成员组成，知道她的母亲是九中初中部的数学老师时，他的第一反应就是认真回忆自己有没有被时笙的妈妈教过。

不过还好答案是否定的，不然他都担心自己有没有在不经意间做过什么不好的事情。

虽然在寒假期间，喻文州没有休息几天，但还是无时无刻不在期待寒假能早点儿结束，这样他就可以早一点儿见到时笙了。

他找到了时笙新学期的课表。偶尔她上大课，只要他有空，也会跟着一起去。

明明没有任何交流，但只要坐在同一个教室里，他就觉得空气都是甜的。

她没有很多朋友，但对谁都是温柔有礼的；她也没有过多的娱乐项目，经常在图书馆里一泡就是一下午。

喻文州以前很喜欢把自己关在寝室里写论文，后来也学会了去图书馆。

有时候两个人隔着一张桌子坐着，他抬眼就能看到她，能因此开心一整天。

他去过她吃过饭的餐厅，喝过她常去的奶茶店的奶茶，也慢慢地了解到了她的喜好。

但就是这么一个看起来温和乖巧的女生，喻文州始终觉得她的身上蒙着一层纱，带着神秘感，让人想要看清真正的她。

时笙给人的感觉一直都是温柔中带着拒人于千里之外的漠然，饶是如此，还是有人前赴后继地去告白。

光是喻文州遇到的，时笙就被告白了三次，被要联系方式至少五次。

平心而论，来给时笙告白的男生长相都不差，带着他们那个年龄段独有的朝气。

但无一例外，时笙全都干脆地拒绝了。

在庆幸的同时，喻文州也在想，到底要什么样的男生才能得到她的喜欢？

那些男生虽然没有得到她肯定的回答，但至少他们表达了自己的感情。而他，好像连这一步都做不到。

那时候距离他毕业只有几个月了，他给了自己一个缓冲的时间——等到毕业就开始追时笙。

为了以后他们没那么生分，喻文州开始故意在她面前出现，努力制造各种正面相遇的机会。

但他渐渐发现，时笙只要沉浸在自己的世界里，眼里根本就没有别人。

她做事情很认真，在图书馆那就一定是认认真真地看书；她在画室，那就一定是在认认真真地画画；她在食堂或者餐厅里就喜欢看着手机。

总的来说，时笙给他的感觉就是一个孤独但又自足的灵魂。

这年的夏天来得很早。

喻文州拿到毕业证书的那一天，以学生身份在大学的生活就结束了。他一边往校门口走，一边思考着自己该怎么开始追求时笙的计划。

隔得很远，他就看到校门口的马路边围着一堆人。

“你们谁打一下 120？快点儿！”女生的声音很大，还带着一丝急切感。

喻文州一秒就反应过来这是时笙的声音。

他急匆匆地跑过去，扒开人群就看到一个男生躺在地上，一个女生站在旁边哭，时笙正蹲在旁边。

她应该是学过急救，确定好病人有无意识等基本情况以后，直接跪在地上准备做心肺复苏。

大热天，柏油路面早就被晒烫了，她穿的是短裤，但还是毫不犹豫地就跪下去了。

“我是医生。”喻文州赶紧表明身份上前。

时笙抬头看了他一眼。她的眼底已经蓄上了泪水，能看出来，她也很着急。

喻文州猜测躺着的男生和站在旁边哭的女生是情侣关系，赶紧向那个女生了解了一下基本情况。

男生患有先天性心脏病，刚刚是心脏骤停了。

时笙的急救措施没有任何问题，只是心肺复苏是一件很费体力的事情。

听到喻文州表明身份以后，时笙主动给他让了位置。但她还是站在一旁焦急地等待着结果。

救护车来的前几秒钟，男生醒了过来。

喻文州迷迷糊糊地抬头，看到一旁的时笙竟然直接哭了出来。

医生来了，男生被抬上了担架，喻文州跟在一旁跟医生说了一下基本情况。等他再回头的时候，时笙已经不见了。

他扫视了一圈，看到有个模糊的背影，正一瘸一拐地往学校里走去。如果他刚才没看错，她的膝盖是破皮了。

原来看似冷淡的时笙，也有这样的一面。

接下来本科生的考试周结束，美院的学生又集体出去采风了。

喻文州的追求计划只能一拖再拖，一直拖到学校和欧洲一个研究所的合作确定。

这个研究名额的首选本来是宋修远，但他在年初提前评上了教授的职称。加上女儿才几个月大，他也不愿意走太远。

喻文州虽然刚刚毕业，才评上副教授的职称，但他的科研能力有目共睹。

学校几经评估，名额最终落在了他的身上。

喻文州都不知道自己当时的心情是怎样的，这个机会是可遇不可求的，但时笙也是他无法舍弃的。

但权衡利弊后，他还是选择了出国。

这次去国外，快的话两年，慢的话要三年，他改变了计划，想等着时笙毕业以后再追求她。

临走的前一天晚上，喻文州捏着手机第一次拨通了那个烂熟于心的电话号码。

“你好。”这是他的第一句话。

有了那天在校门口的碰面，他以为时笙可以听出他的声音。

时笙却疑惑地问：“您好，请问是哪位呢？”

他根本没有想好该怎么回答这个问题，只能随便胡诌了两句就挂断了电话。

在国外的那两年里，喻文州努力地做实验，就想着什么时候能早点儿回国。

第二年年底，爷爷生病，他不得不提前回了国，那么巧在相亲的时候遇到了顶替时娆而来的时笙。

曾经他们也算是打过照面，虽然已经过了这么久，他依旧奢望时笙可以认出他。

但再一次，事与愿违。

好在接下来两个人领证，搬到一起住，一切都很顺利。

但是喻文州依旧很惶恐。他不止一次怀疑过，自己喜欢了那么久的女生，难道就这么顺利地成了他的妻子？

他和异性打交道的机会并不多，所以面对时笙的时候他也有些手足无措。

时笙面对他是小心翼翼的，他何尝又不是呢？

他承认自己的生活严谨又无趣，但为了时笙，他一次次地打破了自己的原则。

最终，他们融入了彼此的生活。

听到她说有点儿喜欢自己的时候，喻文州知道自己这么多年的暗恋终于开花结果了。但他一直害怕把这些事情告诉时笙。

虽说自己是暗恋，但那些人为制造的偶遇多少有跟踪的嫌疑。

喻文州发誓自己真的没有坏心思，但任谁听到这样的情况应该都会生气。

他惶恐又担心，所以只想尽可能地对时笙好一点儿，再好一点儿。他爱她，怕她怪他，更怕失去她。

他一直在找机会，想向时笙坦白自己曾经做过的那些错事。

比如在很早以前，喻文州就说过他已经认识她很久了，但时笙并没有多想。所以在两个人互相表明心意以后，他才会那么慌张。

度假回来以后，喻文州也是故意给她看那些毛笔字的。他希望她能发现端倪，但时笙还是没有多想。

这天，也算是择日不如撞日了，既然时笙都知道了，他想一次性全部告诉她。

婚后他们一开始相处的情形并不是喻文州想象中的样子。但他知道，要是他再不主动，他们不会有结果。

现在虽然是他们的热恋期，但也是最不稳定的时候，他怕自己现在再不说，以后说出来会更困难。

喻文州抱着时笙，絮絮叨叨地说了很久，告诉她关于他的歉意和爱意。

时笙也是第一次听到喻文州一次性讲这么多话，甚至中途没有停顿和犹豫。但听到这一切，她不知道该怎么形容自己的心情。

她的心情沉重得令她有些喘不过气。

“笙笙？”喻文州出声。他已经说完话很久了，但是时笙一直没有反应。

时笙仰头望着他，眼底看不出什么情绪。

喻文州却很慌。哪怕她是生气，也比什么情绪都没有来得好。

虽然一开始他就预料到了这样的结果，但真正需要直面的时候，他发现自己依旧无法承受如果时笙不原谅他的后果。

“笙笙，对不起。”喻文州真诚地看着她的眼睛说。

时笙抿了抿唇，说道：“州州，我觉得我可能需要消化一下这件事情。”

语毕，时笙轻轻地推开他准备往书房外面走去。

时笙听到了跟在自己后面的脚步声。她停下脚步，转身说道：“我们也需要冷静一下。”

喻文州愣在了原地。他只能眼睁睁地看着时笙的背影消失在自己的眼前。

随后，书房门被打开，又被关上。

一切都归于平静。

喻文州闭上眼睛在原地站了很久。但他知道，这是他和时笙这段感情必须过的坎。

无论结局是好是坏，他都毫无保留地努力过了。

已经到晚饭的点了，喻文州还是照常去做了饭。

时笙在房间里，门也没有锁，他去喊她吃饭的时候她也出来了。

两个人坐在餐桌前，都没有开口讲话。这样的相处模式倒有点儿像相敬如宾。

晚上两个人一起躺在床上，一人占据了床的一边，安安静静地互不打扰。

第三章
暗恋往事

时笙很困，思绪却异常地清醒，脑海里和喻文州的事情一遍又一遍地闪过。

后来，她都不知道自己是什么时候睡过去的，翻了个身，往事全都入了梦。

“笙笙？”时笙正在看综艺节目，门被敲响了，传来时娆的声音。

时笙赶紧按了暂停键，一边往门口走一边说：“来了。”

时娆看着穿着睡衣的妹妹可可爱爱的，没忍住在她的头上揉了一把。

“姐。”时笙有点儿疑惑地开口。

时娆扯着嘴角笑了，拉着她的手往房间里面走去：“你帮我个忙呗。”

从回国开始，她的相亲就没断过，每天她除了工作，空余的时间全部都用来相亲了，做的还尽是些无用功。

第二天好不容易可以休息一下，时娆约了朋友去泡温泉。她真的也是没办法了，才想让时笙来帮个忙。

时笙对时娆的请求很少有拒绝的时候，更何况时娆被相亲折磨的情况，她也是看在眼里的。

“好。”时笙应了下来。

时娆开心得不行，直接在时笙的脸上亲了一口：“我们家笙笙真好。”

时笙有点儿不好意思地看着时娆，见姐姐满脸笑容，没忍住也在她的脸上亲了亲。

第二天，时笙是被冻醒的。她缩着脖子打开了窗户，一阵凉风袭来，入眼是白茫茫的一片雪景。

初雪来了。

这年的初雪比往常任何一年都要晚，但终于还是来了。

到了下午，时笙借口有事情要蹭车，于是正大光明地跟着时娆出门了。

她本来想自己打车去，但时娆还是把她送到了约好的地点。

时笙到得比较早。她给自己点了一杯热拿铁，然后坐在位子上发呆。

其实比起咖啡，她更钟爱奶茶，但这天她是时娆，所以装样子还是必需的。

时笙看了看时间，距离约好的时间还剩十分钟。她无聊到头靠着窗户看外面的风景。

很快，有一个穿着黑色大衣、撑着黑伞的身影出现在了她的视野里。

身为美术生，她总会不自觉地去观察生活中她觉得美的事物。

她的视线追随着那道身影，看着他一步步地往前走，最后那人停在了咖啡馆的门口。

他将伞收起来放在了外面的伞架上，动作矜贵又优雅。

他的个子很高，推门进来的时候，他不小心碰到了挂在门口的风铃。

清脆的响声将时笙的思绪拉了回来。冥冥之中她有一种直觉，他就是这天姐姐的相亲对象。

喻文州从门口进来，远远地就看到约好的位置坐着一个女生。但因为她低着头，他有点儿没看清楚她的样子。

虽然没有迟到，但自己比女生来得还晚，喻文州心里是有点儿抱歉的。他加快了走过去的脚步。

大概是听到了他的脚步声，座位上的女生也抬起了头。

二人的视线在空中交会，两个人都没有过多的表情，但都望着对方没有挪开视线。

片刻后，时笙先扯着嘴角礼貌地笑了笑，随即便低下了头。

那一刻，世界好像都安静了，喻文州的脑袋里也一片空白。他望着时笙的方向，只能听到自己如擂鼓的心跳声。

他知道这天的相亲对象是时娆，答应过来是想趁此机会打听一下时笙的近况，谁知道来的人就是时笙。

他很紧张，甚至紧张到手心都冒了一层汗。

他在时笙对面的位子上坐了下来，伸手跟她打招呼之前，还悄悄地在裤腿上擦了擦手。

“你好，我是喻文州。”他郑重地对着时笙自我介绍道。

时笙望着他，有点儿蒙了。她回握住他的手，说道：“我是时娆。”

喻文州几乎一秒就猜出来是怎么回事了，但没有拆穿。能有时间和时笙相处，他真的求之不得。

这是他们的第一次肢体接触，她的手很小很软，和她给人的感觉是一致的。

喻文州只觉得心跳更快了。

时笙有些奇怪，总觉得对面的喻文州看她的眼神很炽热。但在她的印象中，他们并不认识。她甚至开始怀疑，这是不是姐姐以前就认识的人。

她不得不承认，喻文州的脸生得很好看，气质也很好，但气场太强。尤其是得知他现在是大学教授，还就是他们学校的教授时，时笙有点儿不敢看他。

喻文州在尝试找话题，时笙就盯着他的手看。

他的手指细长，骨节分明，指甲修剪得很整齐，这几乎满足了她对手所有具有诗意的幻想。

见她有些走神，喻文州试探着开口：“时……时娆？”

时笙是反应了一下才想起来对方是在喊自己。她抬头看着他脸上善意的笑容。

“要一起吃晚饭吗？”他问。

时笙以为这是相亲的必备流程，短暂思考后还是点了点头。

那天晚上他们去了一家西餐厅，那也算得上是烛光晚餐了。只是隔壁桌的是你侬我侬的小情侣，他们却是僵硬到根本不知道可以说什么话。

冬天的天黑得很早，两个人吃过晚饭以后，外面已经完全暗下来了。

“我送你回家吧。”喻文州再次提出请求。

其实从这天短暂相处的情况来看，喻文州是一个很绅士的人，说话做事都很有分寸、有条理。

秉承着既然是相亲就要做戏做全套的想法，时笙还是点了点头。

外面的雪还在下，在路灯昏暗的灯光下，雪花显得那么缥缈。

时笙全程就侧着头看着窗外的景色。

很快到了小区门口，时笙率先下了车。她正准备给喻文州道谢，结果就看到他从驾驶座里出来了。

他撑着下午的那把黑伞，从侧面绕过来将伞举到了她的头顶，说：“下雪了。”

时笙点了点头：“嗯。”

喻文州勾起嘴角看着她：“伞给你。”

时笙抬头，张嘴就想说拒绝的话。

“你走进去还有一段路，我开车淋不到的。”他继续解释。

时笙犹豫了片刻，最后还是点了点头。

喻文州将伞递到了她的手里，她甚至觉得自己感受到了伞柄上的温度。

“今天……”喻文州的话还没有讲完，他口袋里的手机就响起了铃声。他有点儿不好意思地对她笑了笑，说，“我先接个电话。”

时笙也笑着点了点头。

现在两个人都站在外面，下着雪还只有这一把伞，既然喻文州没有主动走开，时笙也没有一个人撑着伞走开的道理。

两个人离得很近，她能清晰地听到他的电话里传来的声音。应该是某种外语，她完全听不懂。

过了几分钟，他挂断了电话。

喻文州抱歉地看着她：“不好意思久等了。”

时笙摇了摇头：“没关系。”

喻文州似是有话要说，但片刻后还是只冒出来一句：“我今天还有点儿事，你先进去吧。”

时笙没作声，只是点了点头。

时笙想等他的车开走了再转身，喻文州想等她进去以后再走。双方出于礼貌，一时僵在了原地。

最后还是喻文州给两个人找了台阶下，说：“我先上车，你也先回去吧。”

时笙还是点了点头。

喻文州重新回到车里，将副驾驶座的车窗降了下来，看着她说：“时笙，下次再见。”

旁边一辆车呼啸而过，带起了一阵风。

时笙为了不被吹到眼睛，只能微微侧头去躲，喻文州的这句话也被掩埋在了风里。

时笙只隐约觉得听到了喻文州讲话，但根本没听清楚他讲的是什么。

待她再转头看向他时，他的表情依旧如常，她甚至觉得是自己幻听了。

“进去吧。”他对她挥了挥手。

时笙笑着对他摆了摆手，随即转身往小区里走了。

随后，一阵车子启动的引擎声响起，这天的相亲活动结束了。

周末过去了，时笙再次回了学校。

那天相完亲两边都没有动静，所有人都以为事情结束了。

然而周五那天，时笙刚刚下课，就接到了母亲打过来的电话。她代替时娆去相亲的事情暴露了。

不过更神奇的是，过了一周，对方竟然主动打电话过来说对相亲对象很满意，希望进一步发展。

时笙怀着忐忑的心情回了家，但面对的并不是想象中的责备话语。毕竟一开始是相亲，双方对彼此的基本情况还是有一些了解的。

时妈妈对喻文州的职业和能力都很满意。

时爸爸知道喻文州算起来跟自己是同事的时候，还特意去医学院那边打听过。

事情一下子就从催时娆相亲结婚，变成了时笙对喻文州是什么看法。

从小到大，时笙连个喜欢的人都没有，更别说谈恋爱了。

突然走上相亲这条路，还直接一下子就扯到可能要结婚的事情上，她的第一反应就是惶恐。

时笙在房间里待了一个下午，在临近吃晚饭的时候接到了喻文州的电话。

“喂？”看着屏幕上陌生的电话号码，她是抱着忐忑的心情接听的电话。

“时笙，你好，我是喻文州。”电话那头的人赶紧表明自己的身份。

时笙猛地从床上坐了起来：“你好。”

喻文州说这话的时候明显也有些犹豫：“今天晚上有空吗？我想请你吃晚饭。”

时笙顿了一下，最后还是说了“好”。

她起床简单地洗漱了一下换了身衣服，临到出门的时候才想起来，刚刚没有问喻文州地点和时间。

她忐忑地拨了他的电话号码。

“我在楼下。”他说道。

时笙毫不犹豫地冲到了窗边，打开了窗户往楼下看去。可惜楼层过高，她不确定楼下的那个人是不是喻文州。

时笙推开房间门，时妈妈看到她换了衣服的第一句话就是：“又要去哪里？”

“和喻文州吃晚饭。”

时妈妈听到这里，脸色好看了些。

虽然相亲对象一开始是给大女儿物色的，但整体条件这么好，跟小女儿成了也不错。

得到时妈妈肯定的回答，时笙就出门了。她怀着忐忑的心情下了楼，果然刚刚在楼上看到的那个人影就是喻文州。

看到她来了，他主动走了过来，问：“冷不冷？”

时笙摇了摇头，只是对着他扯着嘴角笑了笑。

喻文州也不知道该说什么了，只能尽量让自己的表情看起来温和一些。

那天相完亲他连夜飞了意大利，紧赶慢赶才把时间压缩到了一周内回来。

相亲的事情是爷爷张罗的，于是他先跟喻老爷子说自己对相亲对象很满意。

所有人都以为喻文州满意的是时娆，所以喻老爷子把电话打到时家的时候说的就是时娆。

然而喻文州坐在一旁纠正："是时笙。"

喻老爷子虽然有点儿疑惑，但这可是他这个孙子第一次在相亲这件事情上松口，他怎么样也不能成那个拖后腿的人。

于是喻老爷子按着喻文州的提示，改口说满意的是时笙。

很显然，时妈妈听到这样的答案也蒙了。

就这么简简单单的几句话，时笙代替时娆去相亲的事情暴露了个干净。

但通过喻老爷子不懈努力，时妈妈这边也松了口，说先问问孩子的意见。

电话结束，喻文州在喻老爷子充满疑惑的眼神下出了门。

另一边的时笙还在学校就被打电话喊回了家。

她一下午都在消化喻文州说对她这个相亲对象满意的事情，结果还没思考出个所以然，喻文州的电话就打过来了。

重点是她还答应了跟他一起吃晚饭。

两个人在楼下碰面，并肩一起往小区外面走去。

时笙本来话就不多，更何况是面对喻文州这种身份的人。

喻文州看着她一路低着头，只能主动找话题："最近一周过得还好吗？"

时笙礼貌性地对他笑了笑："还好，你呢？"

"去了一趟意大利，实验室有点儿事情，今天刚刚回来。"喻文州预料到了时笙的回复，主动说起自己一周没有联系她的原因。

时笙闷闷地点了点头："你们教授应该都挺忙的。"

她也不是随便乱说，毕竟她爸就常年不在家，还是连续十几二十年。

喻文州否认得很快："也还好，意大利那边的事情还没处理完，等正式入职，应该就不会那么忙了。"

时笙依旧点头，话题到这里也就结束了。

两个人一起坐进了车里，时笙也没问要去哪里，但最后车停在了一家她常去的餐厅门口。

一顿饭快要结束的时候，喻文州才开口："你觉得我还可以吗？"

时笙刚喝了一口果汁，直接一脸蒙地望着他。

喻文州被她这个表情逗笑了，继续解释道："我是说，如果把我当成结婚对象的话，你觉得还可以吗？"

时笙这次不争气地被嘴里的那口果汁呛到了，一直咳到脖子都红了才止住。

喻文州有些抱歉地看着她："不好意思，是我有些唐突了。"

时笙没有讲话，本来想喝口果汁压压惊，但想到刚刚的经历，还是硬生生地忍住了。

二人都放下了碗筷，面对面坐着。

时笙觉得这场面很像小时候被班主任叫去单独训话的场景，脑子里什么想法都没有，只想逃。

"我知道你才认识我不久，所以接下来的话可能会有点儿唐突，但是我希望你可以听我讲完。"喻文州的语气很温和，连脸上都带着笑，时笙最终还是没能说出反驳的话。

"我叫喻文州，医学院博士毕业，现在留校评了副教授，前面两年在意大利做一个合作的实验室项目，今年年底刚刚回来，不出意外的话，这周会正式入职。

"我是家里的独子，奶奶已经去世很久了，现在家里还有爷爷和爸妈，家庭成员构成不复杂，他们也都很开明、很好相处。

"我现在名下有房产，有车，还有一些存款，养家还是没有问题的。"

喻文州在不断地斟酌着用词，生怕把时笙吓到了。

可她还是被吓到了。

喻文州说了这些，一时不知道还能补充些什么，只能问："你有什么想问我的吗？"

回答他的是时笙猛地摇头。

他抿了抿唇，继续说道："你知道的，我现在这个年纪也不算小了，家里也一直在催，加上我爷爷今年生了场大病，身体状况也一直不太稳定，他一直就盼着我能早点儿结婚生子。"

他一直在说，但是时笙看着他的表情越来越蒙。

喻文州没办法，只能赶紧表达出自己最终的目的："时笙，其实我还不错，跟我结婚的事情，你要不要考虑一下？"

话题结束，两个人良久地沉默。

喻文州心里很忐忑，时笙心里是慌张。

他们才认识一周，把这天算上也就是见了两面，突然说结婚这种话题，给她带来的冲击力不亚于第二天外星人就要入侵地球。

喻文州看着已经完全停止思考的时笙，也不敢再多说什么。

晚上，又是喻文州送她回去的。

这次时笙想要先下车，喻文州先喊住了她："我们可以加个微信吗？"

时笙犹豫了一下，还是点了点头。

喻文州本来还想下车送她进去，时笙又开始摇头："不用，不用，我自己可以。"

见她拒绝得干脆，喻文州也怕真的吓到她。

时笙依旧礼貌地站在车旁准备等着他先走。

喻文州把副驾驶座的车窗降了下来，说："时笙，下次再见。"

这天，没有雪，没有风，没有呼啸而过的汽车，他的话，每一个字都清晰地传到了时笙的耳朵里。

时笙望着他，片刻后还是点了点头。

因为时笙的这个点头动作，喻文州回去的路上都是开心的。她对他没有很明确的排斥行为，那就说明他还是有机会的。

时笙回了家，时妈妈又问了她对喻文州的看法。

她对感情的反应向来迟钝，非要问她有什么想法，那就是真的没有想法。

第二天时妈妈所在的学校，也就是九中，发布了新的教师招聘启事。

关于未来的职业规划，以及喻文州的事情，母女二人又大闹了一通。

自己的想法再一次被无情地否定，时笙是哭着回的房间。她想过无数种脱离原生家庭的打算，到头来发现竟然只有结婚这一个选项最现实。

时笙突然就想起了喻文州那天问她的话。她几乎毫不犹豫地找到了喻文州的微信。

宝贝：“好。”

消息来得很突然，但喻文州几乎只用一秒就反应过来这句话是在回答什么——时笙答应跟他结婚了。

他以为可能很久都等不到答案，竟然这么快就有了回应。

不管出于什么原因，他真的高兴到快要疯掉了。

那天晚上回去，喻文州失眠了，不是因为别的，只是因为太激动了。

虽然他知道他和时笙的流程不对，人家都是先恋爱再结婚，他们可能只能先结婚再恋爱了。因为他实在是有些等不及了。

另一边时笙的情况也没比他好到哪里去。只是她的脑子里全都是关于童年、关于未来的事情，她只希望自己的这个决定不要错得太离谱。

接下来的一周，喻文州忙着入职的事情，时笙马上也要考试了。

两个人简单地商量了一下，把领证的日子往后推了些。

两个人也有些奇奇怪怪的默契，都是直到约好的领证的前一天才告诉家里的。

喻文州家里开明，加上他愿意结婚，众人都谢天谢地，自然不会多说什么。

时笙这边情况就没有那么好了。

时妈妈一开始确实是觉得喻文州不错，两个年轻人愿意在一起，她也不会反对。但是决定结婚这么大的事情，时笙连家里长辈都不说，这一点时妈妈很生气。

时笙也是没办法了，只能给喻文州发了微信。

喻文州的电话是秒打进来的。

时笙接了起来："喻文州。"

喻文州沉默了片刻，随后开口："先把电话给妈。"

时笙望着还在客厅里坐着的时妈妈，乖乖地把手机递了过去。

电话讲了十多分钟，时妈妈的言辞从一开始比较激烈也慢慢地缓和了下来。

时笙也不知道他们讲了些什么，时妈妈讲完话以后把手机还给了她。

时笙看着还没有挂断的通话界面，犹豫着又将手机放到了耳边，喊："喻文州。"

喻文州先"嗯"了一声，说："抱歉，前面是我考虑不周到。"

时笙抿了抿唇："怪我自己。"其实是她不太敢说。

喻文州微微地叹了一口气："不怕，在家等我，我一会儿就去。"

"嗯。"时笙闷闷地回答。

电话挂断以后，她不敢在客厅里待，只能重新将自己关进了房间里。

喻文州那边挂断电话以后，赶紧把事情告诉了喻老爷子和喻家爸妈。

就这样，一家人着急忙慌地开始准备去上门提亲的东西。

因为时间过于紧迫，大家只能简单地买了些礼品，然后拿了一张做彩礼的银行卡。

喻妈妈还不忘数落喻文州："喻文州，你知不知道你现在这样叫什么？临时抱佛脚。"

喻文州规规矩矩地在旁边听着，有点儿不好意思地摸了摸鼻子。

前段时间他确实忙，不过主要还是因为第一次结婚，没经验。

他连给时笙打电话、发消息都犹犹豫豫的，更别提这些事情了。

喻妈妈看他不说话就生气："就你这个样子，能讨到老婆我改天得去拜拜菩萨，幸好你丈母娘没多说什么，要是我，直接把你的腿打折。"

她一开始听到时笙不到二十二岁的时候，真的都要吓死了。

就这样，一家人紧急准备了一些东西，然后浩浩荡荡地往时家去了。

几个长辈在客厅里商量着两个人的婚事，喻文州就带着时笙去了阳台那边。

说到底他们现在并不算熟，站在一起讲话都全靠喻文州找话题。

两个人有一搭没一搭地在这边说话，没一会儿喻妈妈就喊他们进去了。

刚刚几个长辈已经商量到婚礼的事情了，毕竟他们才是主角，所以还是要问问他们的意见。

时笙也是听到这里才想起来，结婚得有婚礼这个流程。

但是她一直觉得婚礼特别像动物园观猴，台上的人说得感天动地，但台下的人十有八九没在认真听。

况且如果是她和喻文州的婚礼，估计连说得感天动地这一点都做不到。

喻文州见她犹豫，伸手捏了捏她的指尖，说："有什么想法可以直接告诉我。"

时笙犹豫了一下，说："我暂时不想办婚礼。"

她一开始是打算说不要婚礼的，但想了想还是改成了暂时不想办婚礼。

事实上，在场的所有人只有她觉得婚礼不重要。

喻妈妈出来打圆场："确实现在办婚礼可能会比较仓促，要不我们就再缓几个月？"

话都说到这里了，这也算是目前来说最好的解决方案了。

这边商量完，喻老爷子邀请了时家的所有人一起去老宅那边坐坐。

毕竟第二天要领证，在喻家老宅吃过饭以后，时笙就跟着回去了。

第二天他们约的是早上九点在楼下见面，结果喻文州不到八点半就已经到达了时笙家的小区门口。

想到女生收拾可能会比较麻烦，他也不敢催，只能在门口等着。

没过一阵子时笙就出来了，还没提前给他打电话。

时笙本来就怕别人等她，所以想着出来以后再给喻文州打电话。谁知道她一出去就看到了喻文州，车停在门口，他站在车边。

时笙小跑着过去："不好意思，久等了。"

喻文州点了点头，帮她开了车门。

本来也不是什么特殊的日子，两个人去领证没排一会儿队就轮到他们了。

填资料的时候喻文州觉得自己的手都有点儿抖。不过他瞥了一眼时笙，她也没比自己好到哪里去。

两个人就在这种略显奇怪的氛围中办理好了结婚证。

本来喻文州是打算带时笙去玩一天的，结果刚刚出民政局就接到了学校那边领导打过来的电话。

时笙也好说话，当他说可能有事要先离开一下的时候她也没有半分责怪的意思。

他能做的最后一点就是把时笙送回了家。

临到下车前，时笙犹犹豫豫地开口："那个……结婚证是不是要放一本在我这里？"

喻文州抿唇，脑袋里开始疯狂运转，思索该怎么回答这句话。

"放我这里吧，我怕你搞丢。"他只能睁着眼睛胡说八道。

时笙顿了一下，但还是点了点头。

本来也是放寒假了，在喻文州的计划里，时笙应该很快就可以搬过来跟他一起住了。

结果好死不死，他刚从学校回去，国外又来了电话。那边的实验室又出了点儿问题，他作为曾经的一员，必须得回去帮个忙。

就这样，领完证的那个晚上，喻文州又给时笙打了电话。

"喻文州？"时笙开口。

喻文州思索了片刻，说："我明天又要去一趟国外，回来的时间不确定，很抱歉。"

他是觉得刚刚结婚就把她丢下很抱歉，时笙听到这里反倒是松了一口气。

两个人现在这略显复杂的关系，她还是需要再消化一下的。

第二天一早，喻文州去机场之前去找了时笙。

时笙本来还在睡觉，接到他的电话的时候整个人都是蒙的。

"我在楼下。"这是电话接通后喻文州说的第一句话。

时笙猛地从床上爬起来，和上次一样，推开窗户就看到了下面有一个模糊的人影。

她怕喻文州久等，直接裹了件外套就出去了。

时妈妈正坐在客厅里，问："干什么去？"

时笙已经跑到门口了："喻文州在楼下！"

语毕，门被快速打开又合上。

时笙出了电梯几乎是跑着出去的，只是脚上穿着拖鞋，跑起来影响发挥。

喻文州先看到她，也急着往前走了两步："不急。"

时笙站定，喘了喘气："你有什么事吗？"

喻文州想抬手摸摸她的头，但刚刚有点儿抬手的趋势还是硬生生地止住了。他回道："来看看你。"

感受着他略显炽热的眼神，时笙有点儿想躲，毕竟自己还没有洗脸。

喻文州的左手一直揣在大衣的外套里。他纠结了片刻，还是把里面的盒子拿了出来。

时笙接过盒子打开看了一眼，明显被吓了一跳。

喻文州轻咳了一声，转移话题道："我今天走，回来的时间不确定，到时候再联系。"

"好。"时笙点头。

喻文州也不知道说什么了，两个人就这么僵持着站在原地。

他一直看着时笙，想把她的样子牢牢地印在脑海里，也许只有这样才能让自己去意大利的日子能够不那么难熬。

"那我先走了。"最后还是喻文州先开了口。

时笙继续点头："好，一路平安。"

喻文州笑了笑，转身就准备离开。还是时笙先喊住了他："我送你吧。"

听到她这么说，喻文州心里是开心的。只是他转身看到她脚上的拖鞋，还有露出来的脚踝，实在不想她去吹冷风。

"不用了，回去吧。"他说道。

时笙抿唇，犹豫了一下还是点了点头。

喻文州突然上前抱了抱她，说："在家乖乖听话，等我回来了，再接你去我那边。”

时笙在他怀里闷闷地点头：“好。”

喻文州这一去，差点儿就是一整个寒假。他回来的时候，距离医学院开学只有两天的时间了。

他到机场的第一件事情就是先给时笙打了电话。

喻文州还在思考要怎么委婉地说希望时笙搬过来的事情，没想到电话那头的时笙却主动问：“喻文州，我可以搬过去跟你一起住吗？”

大概是寒假在家的时间过长了，时笙和时妈妈几乎是三天一大吵两天一小吵。

一是因为时笙偶尔赶画稿不想被打扰，生活作息被时妈妈一通吐槽。

二还是因为未来的职业规划问题。时妈妈想让时笙趁着寒假好好复习等着教师考试，结果时笙的心思根本就没在这上面。

所以等喻文州打电话过来的时候，时笙第一反应就是想到他临走前的话，他说等他回来了就来接她。

因为他们只是领了结婚证，时笙还没有搬走。她和时妈妈也都还没有她已经结婚的真实感。

所以当时笙说喻文州待会儿来接她的时候，时妈妈短暂地沉默了一下，然后开始叮嘱：

“过去了慢慢学着做家务，不然什么都不会，以后你看人家嫌不嫌弃你。

“人家是大学教授，你做错事了人家可能不会多说，但时间久了难免会生嫌隙，你自己好好把握。

“还有，你们早点儿要个孩子。如果你是生完孩子去应聘工作，说不定还能有点儿优势。

“记得好好复习教师考试，等要考试的时候我再通知你。”

就这样，在时妈妈的一阵唠叨中，喻文州按响了门铃。

时笙拖着两个大的行李箱出了房间，喻文州顺手帮她接了过去。

两个人跟时妈妈道别以后就出门了。

一路上时笙都很忐忑，回忆起来还是觉得自己很大胆。

很快到了公寓，喻文州带着她一路从大门口开始录制人脸识别。

到了公寓门口，喻文州捏着她的手帮她录了指纹。

因为他也好久没有回公寓这边了，进去的时候，两个人都显得有些局促。

行李箱放在了客厅里，喻文州开始给时笙介绍房子里的布局情况。

最后他推开他的房间隔壁的客房门，试探着开口："你住这间可以吗？"

他能感觉到，听到他的这个问题，时笙明显松了一口气。

他只觉得未来自己的追妻路漫漫。

参观完房子，喻文州主动说起了自己平常的习惯：

"我稍微有点儿强迫症和洁癖，家里一般比较整洁。

"我会做饭，一般有空都在家里做饭，你以后也尽量少吃零食和外卖。

"我不太喜欢气味很重的东西，吃的用的都是。"

他发誓，他说这些只是希望时笙可以更了解自己一点儿。

结果这话到时笙的耳朵里就变样了。

他有洁癖和强迫症，等于她不能随便打乱他对家里的各种陈设；会做饭，等于不允许她在家吃外卖；不喜欢气味重的东西，等于她在家里就要跟香水、螺蛳粉和榴梿告别了。

喻文州全程说话的语气都很平淡，但其中似乎夹杂着一丝不容置疑之意。

时笙本就对教师这个职业充满恐惧，这下更是直接被他这通话给吓到了，喻文州在她心里的恐怖指数直接变成了等于小学加中学班主任的总和。

喻文州见她没说话，又简单地说了一些日常生活的事情。

不过他要是早知道时笙的脑补能力这么强，他当初一定不会说这些话。

医学院开学要早几天，喻文州每天都很忙。

他们住一起的头两天他早出晚归，第三天开始晚上直接没回来。

正是因为他这个非常不固定的回家时间，才给了时笙自由发挥的空间和时间。

从小到大她都没有在外留宿的机会，更没有这种一个人可以赖在家里狂欢的机会。所以一开始她还只是偷偷摸摸地在房间里吃零食，后来发现喻文州不回家，加上零食没地方放，她就直接转战到了客厅里。

把榴梿放在冰箱里，真的也只是她临时的举动。

被喻文州抓住在冰箱里放榴梿的那一刻，他说他不喜欢气味重的东西那条警示猛地跳了出来。

时笙真的吓得要死。

喻文州当时确实是觉得额角有些跳，但真的没有要怪时笙的意思。他确确实实不喜欢气味很重的东西，所以才会让她收拾。

但要是知道是因为自己没控制住表情让时笙害怕了，他一定会后悔当时的反应。

后面两个人终于有相处的机会了，但毕竟从来没有真正一起住过，一切都需要磨合。

喻文州只想着她只顾着画画不吃饭会对胃不好，但是忘记了这样会破坏她的灵感；他只想着她每天熬夜对身体不好，但忘记了一切习惯都需要时间来养成；他只想着为了她好所以提了一些生活上的要求，但忘了她还需要适应他的存在。

他也承认，在看着两个人毫无进展的关系时，他耍了些花招儿。

不过好在，他们逐渐适应了彼此的存在。

从尴尬期过渡到了热恋期，但他也承认，他必须直面自己做过的错事。

第四章 少女心事

时笙只觉得这一觉睡了很久，久到她在睡梦中把自己和喻文州的事情从头到尾过了一遍。

其实仔细回想，能让她从一开始就不排斥的男生真的少之又少，喻文州就算是其中一个。

她承认自己缺爱，在不断渴望被爱的过程中突然有一个人出现，对她宠爱有加，关爱备至，所以她也一步步地心动了。

但在时笙的心目中，她一直觉得他们是先婚后爱，只是喻文州先一步喜欢上了她。

现在猛然得知一切都是他蓄谋已久，她一时有点儿反应不过来。得知他的爱那么猛烈又那么深沉，她只觉得有些手足无措。

虽然他随意调查她的事情她很生气，但归根结底他并没有做什么伤害她的事情。

在感情里，做错事从来不可怕，可怕的是隐瞒。其实喻文州可以永远瞒着她，但他还是选择了坦白。

她只是觉得，她还需要一点儿时间来消化一下这件事情。

时笙醒过来的时候，头有些昏昏沉沉的，翻身一看，喻文州已经不在床上了。她伸手摸了摸那边的床单，早就已经凉了。

时笙洗漱完下楼，看到喻文州正坐在楼下的客厅里。

明明她已经尽量放轻脚步了，喻文州还是抬头看了过来。

“醒了？”他一如往常那般温柔，笑着对她说话。

时笙点了点头：“嗯。”

喻文州将腿上的笔记本电脑合上，起身往一旁的厨房走去。

时笙跟了过去，看到他一样一样地将热在锅里的早饭端了出来。她想去帮忙，喻文州却制止了她的动作：“去餐桌那边坐着吧。”

时笙看了他一眼，最终还是点了点头。

她坐在位子上，结果看到喻文州拿了两副碗筷出来，但现在的时间早已经过了十点。两个人就面对面地坐在餐桌的两边。

时笙抬头：“你还没有吃吗？”

喻文州摇头：“等你。”

时笙心底生出了一丝愧疚情绪，但她这点儿小心思又怎么逃得过喻文州的眼睛？他摸了摸她的头：“吃吧。”

时笙点头，拿起了筷子，突然开口：“州州。”

喻文州放下碗筷：“嗯？”

“我们这算是吵架吗？”她问。

喻文州摇头：“不算。”

他们没有争吵，没有冷战，更让他欣慰的是，时笙有疑问会直接提出来。

他很确定，只要他们好好沟通，解决问题只再需要一点儿时间就可以了。

时笙也点了点头，鼓足勇气道：“其实我也不是怪你……就是觉得太突然了，你知道的，其实我承受能力很一般。我发誓，我可以很快调整好心态。”

时笙说着，觉得自己的胆子都变大了。

按以往，她一定会把所有事情都藏在心里。她能消化掉情绪，只是可能需要很长的时间。

但是现在她学会把想法说出来了，而让她一点点变得勇敢的就是喻文州。

喻文州笑了笑："我知道。"片刻后他又继续补充，"但是之前的事情，我真的需要向你道歉，对不起。"

时笙抿唇，最终还是站了起来。她绕到餐桌的另一边，伸手抱住了喻文州："你说的，'谢谢'和'对不起'是对别人说的。"

喻文州无声地笑了笑，将自己的头紧紧地贴在时笙的身上："嗯。"

吃过早饭，两个人是一起收拾的碗筷。

因为只有几个碗，用洗碗机反倒是浪费了，两个人分工明确，喻文州在水池这边洗碗，时笙就拿着干毛巾擦碗。

收拾好厨房，两个人一起坐在了客厅里。现在家里就他们，一切都很安静。

时笙在玩手机，喻文州拿着电脑不知道在干什么。

"州州。"她突然出声。

喻文州转过头来看向她："嗯，怎么了？"

时笙组织了一下语言。按照计划，应该是他们先拍婚纱照，然后她再去闪闪工作室那边看看的。

但是她现在想把顺序换一下。婚纱照这种珍贵的东西，她希望是在他们状态最好的时候去拍。

"我想先去那边公司看看，然后我们再去拍照，可以吗？"她问道。

喻文州几乎毫不犹豫地点头："好，你决定就好了。"

时笙点头："可是我刚刚跟公司那边说，他们说今天就可以去看看。"

她刚刚也是真的心血来潮问了一下，谁知道那边的回复出奇地快。思前想后，她还是觉得得跟喻文州商量一下才可以。

喻文州看到她的小表情有点儿想笑："几点？"

时笙抿了抿唇："现在。"

喻文州没忍住笑出了声："嗯，那走吧，我送你去。"

车很快就到了写字楼附近，喻文州本来想陪时笙上去，但她还是阻止了。

这相当于是去找工作，喻文州陪得了她一次，总不能次次都陪着她。

时笙思考了一下，说："州州，你去找个什么地方休息一会儿吧，我这边结束了再给你打电话。"

她不确定要多久才能结束，总不能让喻文州坐在车里干等着。

喻文州不放心地摸了摸她的脸，但还是说道："嗯，那有什么问题及时给我打电话知道吗？"

时笙点头："嗯嗯。"

她下车后，一直看到喻文州的车开走才转身进了写字楼。

时笙坐着电梯去了相应的楼层，到的时候才发现门竟然是锁着的。她拿出手机一看，果然是周日。她就说刚刚整个写字楼怎么都那么安静。

也怪她玩糊涂了，竟然连日期都忘得一干二净。

时笙正准备发消息问问闪闪工作室是怎么回事，电梯门就开了，一个女生风一样地冲了出来。

时笙被她这个对着自己跑过来的动作吓得不轻，直接开跑。

"奶茶大大！！你别跑！！"女生在后面一边跑一边喊。

听到这话，时笙才停下了脚步，表情疑惑地看向女生。

女生站定在时笙的面前，一边喘气一边说道："奶茶大大好，我是闪闪工作室的前台接待员，我叫林浅，很高兴见到你。"

时笙见她伸手，还是礼貌地回握了她的手，说："你叫我奶茶就好了。"

林浅点了点头："嗯嗯，走吧，我带你去转转。"说完，她开始在包里找钥匙。

时笙有点儿疑惑："今天是周末，你还要上班吗？"

林浅不好意思地挠了挠头："本来是不上班的。"

这天是周日，本来确实是不上班的，但是早上收到了时笙的信息，她几乎是秒答应。

理由很简单，她怕时笙反悔。

当时林浅刚刚吃过早饭，换了一身衣服就开始往这边赶，结果还是时笙先一步到。

时笙有点儿抱歉："不好意思，耽误你休息了。"

林浅摇头："不、不、不，你能过来是我的荣幸。"

时笙也不知道说什么了，两个人本来也不熟，现在确实也只能说客套话。

林浅把门打开，一路从前台开始给她介绍公司的基本布局。

到了茶水间，林浅正准备问时笙要不要喝点儿东西，后面就传来了脚步声。

两个人同时转身。

明明有心理准备，但看到站在自己面前的高个子男生时，时笙还是被吓得耸了一下肩。

"不好意思，吓到你了。"男生友好地开口。

时笙微微仰头，才将面前的人的全貌看了个清楚。男生身上还穿着球衣，额头上还有些汗水，看样子应该是刚刚打过球跑过来的，现在都还在喘气。

他站在门口背着光，脸上还带着笑，是时笙见过的阳光校草长相没错了：温暖、阳光、帅气，还带着这个年龄段的男生独有的青春气息。

"哥。"林浅出声。

时笙这才疑惑地看了一眼林浅，然后又看了一眼面前的男生。

林浅站到了男生和时笙中间："奶茶大大，给你介绍一下，这是我们公司的老大。"

男生笑了笑，想跟时笙握手前还特意在衣服上擦了擦手，才说道：“你好，我叫林深，现在是闪闪工作室的总策划。”

时笙点了点头，嘴角扯了一丝笑容，回握住了他的手。

也出于自己的刻板印象，她一直觉得程序员应该是不修边幅的居多，结果这天看到的兄妹俩都是精致型的。

更重要的是，她没想到做到公司总策划的人看起来会这么年轻。

林深的眼神在林浅和时笙的身上扫过，然后他问：“已经参观完了吗？”

林浅摇头：“没有呢。”

人家是兄妹，时笙的话又不多，三个人一时站在原地不知道说什么好了。

林浅咳嗽了一声：“咯咯，奶茶大大，我给你们煮咖啡，要不我哥带你继续参观？”

时笙犹豫了一下，还是点了点头。

先不说她一直就不太会跟男生相处，更重要的是林深还是公司的老板，她有点儿紧张。

两个人出了茶水间，中间还能放下一个人。

林深看了看时笙，说：“别紧张，刚刚你们看到哪里了？”

时笙转身，指了指后面的位置。

林深点了点头：“走吧，那我带你参观其他地方。”

每到一个地方，林深都会很仔细地介绍给时笙听。

直到走到最里面的那间办公室，他站在门口说：“我的办公室，要进去看看吗？”

老板的办公室，说不好就有什么机密在里面，就算收到了邀请，时笙也不觉得这是自己能随便进的地方。

她摇头，礼貌地对着林深笑了笑。

林深也点了点头：“那我们去那边坐坐吧。”

他指了指最中间的一个休息区，有沙发和茶几，上面还摆着些书。

这边两个人刚刚坐下，林浅就端着咖啡过来了。

“你们聊，有事情喊我。”说完，她指了指门口前台的位置。

林浅走了，两个人之间陷入了一种无端僵硬的氛围。

最后还是林深先开口：“对公司的印象怎么样？”

他的脸上从一开始就带着笑容，现在语气也依旧温和。

时笙点了点头：“很好。”

好到刚刚林深讲了公司现在的发展以及后续的规划，她觉得自己根本高攀不起。

“那你愿意来公司上班吗？”林深继续问。

时笙抿了抿唇，笑着实话实说：“其实是我觉得我目前的能力还够不上你们公司。”

尤其是一开始许给她的美术总监的职位，她怎么想都觉得是对方高估了她。

林深摇头：“不，找工作本来就是双向选择，我觉得你很不错，所以你只用考虑你自己愿不愿意过来就可以了。”

时笙犹豫了。林深和林浅的表现都太过热情了，热情得不像公司老板该有的样子。而且到现在为止她连简历都没有掏出来过，对方竟然就已经开始邀请她入职了。

“你到现在都没有看过我的简历，也没有对我有任何关于能力的测试。”时笙对着林深直截了当地开口。

听到这里林深倒是直接笑了起来。他说道：“你的能力我了解。”

时笙抿唇。对方是在微博上邀请她过来的，这么说好像也没什么问题，只是她依旧觉得有些奇怪。

尤其是从一开始，她就觉得林深看自己的眼神过于热切了。还有他的声音，她觉得耳熟，但是一时想不起来是在哪里听过。

林深见她还在犹豫，又说：“明天公司的人都会来上班，要不明天你再来看看？”

时笙不语，他就继续说道：“其实工作的氛围还是很重要的，要不你明天再来看看再做决定吧。”

林浅不知道什么时候也从门口过来了，附和道：“对，奶茶大大，我跟你说，我们公司的人都可好了，明天你来看看他们上班是什么氛围。”

话都说到这里了，时笙好像也不太好反驳。就这样，时间又约到了第二天早上。

林深看了看时间，对着时笙开口：“中午了，一起吃午饭吧。”

这次就算有林浅附和，时笙还是一口回绝了。喻文州还在等她，她怎么可能跟都还不熟的人一起吃饭？

这边参观完，时笙给喻文州发了微信，喻文州让她在楼下等着。不是工作日，林深和林浅也不打算待在公司里，就这样，三个人在楼下分别。

喻文州开着车过来，路上看到了一男一女走在一起，男的还时不时地看时笙，喻文州直觉有点儿不对劲。

时笙看到喻文州来，笑着冲他挥了挥手。

喻文州也笑着对她招了招手，说：“过来。”

时笙自觉地走过去，刚刚打开车门就看到中央扶手的位置上放着一个奶茶杯子。

“你去买奶茶了？”时笙惊喜地出声。

喻文州笑着点了点头：“嗯，喝吧。”

时笙看到杯子就知道，喻文州是跑了很远才买到的。

那家奶茶店生意火就算了，偏偏老板还不愿意开分店，现在天天人满为患。这边距离那家奶茶店的位置本来就不近，加上排队的时间，刚才喻文州等待的时间全都花在这上面了。

时笙望着喻文州，突然有点儿想哭。

喻文州见她这副样子真的感觉哭笑不得：“其实奶茶喝多了还是……”

“算了，你还是别说了。”时笙直接抬手制止了喻文州接下来的话。

明明这么好的氛围，他偏偏要说些不中听的话，时笙都怀疑他是不是对浪漫过敏。

喻文州微微叹了一口气，说：“可以喝，但是要少喝。”

时笙刚刚喝了一口奶茶，非常不满意地看了一眼喻文州。

“你好烦。”她轻哼了一声，干脆把脸转到了一边去。

喻文州瞥了她一眼，问：“看得怎么样？”

话题扯到这上面，时笙才将头转了过来，说：“和他们约了明天再来看看。”

喻文州蹙眉：“明天？”

时笙点了点头，只得把这天的事情都给喻文州说了一遍。

喻文州越听眉头蹙得越紧。

时笙没注意到喻文州的这些变化，说：“州州，我前面给你讲过吗？就是我从上大学开始运营了一个微博号。”

喻文州点头：“嗯，怎么了？”

“其实他们一开始就是从微博联系到我的，我今天有一种自己掉马甲了的感觉，特别像网友见面大会。”时笙继续说道。

喻文州点了点头。虽然他觉得不对劲，但调查这间工作室的时候，并没有发现什么问题。

既然时笙也约好了第二天再来看看，最多他第二天再多注意注意就好了。

两个人在外面吃午饭，时笙突然想要看电影。但想到家里的影音室还没试过，她就打消了去电影院的想法。

回家后，影片是时笙选的，结果看到最后睡着的人还是她。

喻文州看了一眼还在闪烁的大屏幕，又看了一眼睡得正香的时笙，一时有些哭笑不得。

喻文州将电影按了暂停，干脆将时笙抱了起来。

时笙虽然睡得迷糊，但还不至于到不省人事的地步。她靠在喻文州的怀里，嗅到了属于他身上特有的气味，直接用脑袋在他的胸口上蹭了蹭。

喻文州被她这个动作逗笑了。他抱着时笙下楼，将她放在了沙发上。找了一张毯子给时笙盖上以后，他转身去了厨房。

喻文州一边洗菜，脑海里一边浮现出这天看到的那个身影。

本着男人的直觉，他几乎可以断定，那个男生对他家时笙是有想法的。尤其是听到时笙说，对方是从微博上邀请她的时候，他就知道对方的目的是不单纯的。

最近他和时笙还有点儿矛盾，其实他是有点儿慌的。

客观来讲，那个男生的长相、身材、身高都不差。

那人年纪轻轻能自己开工作室，不管家里有没有帮衬，能把公司运营到现在这个程度，能力上也是不差的。

这天喻文州从随意瞥见的几个动作，都能看出来那个男生的小心思。要是其他在情感上稍微敏感一点儿的女生，应该早就察觉了。

没有哪一刻，喻文州有这么庆幸，他家时笙在感情上反应迟钝是件好事。只是他有点儿不敢想，要是时笙真的去那边上班了会怎么样。

当初暗恋时笙的时候那种不自信的感觉再次生了出来，即使现在时笙已经是他的妻子，喻文州依旧有些患得患失。

时笙在沙发上睡得香，迷迷糊糊地翻了个身就感受到旁边有个身影。她闭着眼睛喊："州州。"

喻文州蹲了下来，看着她还闭着眼睛，轻轻地应了一声"嗯"。

时笙打了个哈欠："我有点儿饿了。"

喻文州伸手，用指腹摩挲着她的脸颊，说："嗯，饭做好了。"

时笙这才睁开眼睛，看着喻文州近在咫尺的脸，说道：“要抱抱。”

喻文州笑了，在她的脸颊上亲了亲才将她抱了起来。

喻文州将时笙放到了餐桌那边的椅子上。

时笙坐着，他俯下身来，尽量让两个人的视线处于同一水平，说：“笙笙。”

时笙点头：“嗯。”

“我们会好好的吧？”喻文州抬手摸了摸她的脸。

时笙以为他还在纠结前面的事情，但她说过了，她会尽快调整好自己的心态。她笑着点了点头，干脆利落地回答：“会。”

喻文州笑了笑：“好。”

第二天一早，喻文州又送时笙去了那边。但因为起得太早，时笙一路都在打哈欠。

喻文州笑得不行：“要不睡会儿再去？”

时笙表情严肃地看向他：“那怎么行？”

这天和昨天唯一的区别在于，时笙也不知道会待多久。她和喻文州说：“州州，你先回去吧，今天可能耽误的时间长一点儿，我待会儿自己打车回去。”

喻文州望着她，也严肃地开口：“我来接你，结束了给我打电话。”

时笙抿唇看着他，最终还是点了点头。

这天的写字楼虽然有了上班的感觉，但一楼的电梯处人满为患。

看着这么多人挤在一起叽叽喳喳，时笙打心底里有些不适。她往角落里站了站，准备等人少了再坐电梯。

结果她还是被刚来的林浅给看到了。

“奶茶大大，我来了！！”和昨天的动作如出一辙，林浅一边跑一边喊人。

随着林浅的身影越来越近，也有越来越多的人朝时笙看了过来。她微微扶额，又是“社死”的一天。

“奶茶大大早上好！”林浅熟络地挽起时笙的胳膊。

时笙扯了扯嘴角：“早。”

林深很快也走到了她们身边，对着时笙点了点头：“早。”

出于礼貌，时笙还是笑着点了点头。

上楼的一路上，林浅都在拉着时笙叽叽喳喳地说个不停。

这天确实是上班的日子，以至时笙刚进去，工位上的几十双眼睛就齐刷刷地看了过来。

他们的眼神带着探究和疑惑之意，时笙有点儿被吓到了。

“你们先忙自己的。”还是林深先开口，众人才将打量的目光给收了回去。

这天人比较齐，林深直接带着时笙去了美术部门。一上午的时间，时笙基本都用来看他们工作，听他们开会了。

中午林浅找时笙一起吃午饭，短暂犹豫后，时笙还是答应了。因为林浅过于热情，而时笙好像没办法拒绝漂亮女生的热情邀请。

走到电梯口，林浅突然脸色一变，说：“奶茶大大，我想先去上个洗手间，要不你先下去？”

刚刚林浅说位置已经订好了，就在写字楼附近，时笙想了想还是点了点头。

进了餐厅，时笙一说包间号，服务员就领着她过去了。她本来以为里面没有人，但推开门就看到林深正坐在里面。

看到她来了，他的脸上明显有了些惊喜和激动之色。

时笙站在门口不敢动，林深也有点儿慌。

“别怕，我真的没有恶意的。”他干脆站了起来。

时笙听到他这么说，已经没有再进去的打算了。

林深有点儿苦恼地挠了挠头：“那你先别走，站在这里听我说完可以吗？”

他的眼神热烈又真诚，时笙一时分不清他到底打算干什么。

林深看着她，只能继续说道：“那你站在那里，我也不过去，你就这样听我把话讲话可以吗？”

时笙犹豫了一下，还是点了点头。

林深闭眼深呼吸了一口气：“奶茶，你觉得我的声音耳熟吗？”

自己疑惑的点被正主问到了，时笙随即点了点头。

林深看到她的动作直接笑了起来，说：“奶茶，其实我们认识很久了，只是一直没有见过面而已。”

时笙的脑袋开始疯狂运转，她在想林深的这句话到底是什么意思。

林深见她思考，又继续提示：“我的名字，你联想到什么了吗？”

林深。

林深时见鹿。

时笙有点儿不可思议地看向林深，问：“你是见鹿？”

林深点头。

他们曾经连麦过，整整两个小时的直播活动，怪不得时笙会觉得他的声音耳熟。

他们是网友，在网上偶尔能聊聊天，突然在现实中被揭穿了身份，时笙都不知道该怎么形容自己的心情，复杂，且有点儿不愿意接受。

林深看着她，继续说道：“其实从一开始遇到你，我就觉得你是一个特别温柔又温暖的女生。后来连麦，我听到了你的声音，就开始幻想，你可能长什么样子，多少岁，是全职画手，还是从事着别的工作？

“可能说起来你不会信，在网络这种虚无缥缈的东西上，我对你动心了。明明没有工作上的事情，但我还是想给你发消息，想看看你会不会回复我。

“虽然偶尔隔得有点儿久，但你依旧会回复我的每一条信息。就这样，我觉得自己好像越陷越深了。

“后来我发现我们是同城，没有哪一刻，我那么想亲眼见见你。

“因为我很喜欢你的美术风格，加上最近公司确实很缺人，所以我才会想到用邀请你来公司的这种方法跟你见面。

“昨天见到你的时候，我是真的很紧张，但我还是想尽快把我的想法告诉你。

“是我让浅浅约你出来吃饭的，这一点我很抱歉。

“可能突然对你说这些话很冒失，但是，奶茶，我喜欢你，很久了。”

林深断断续续地说了一通，时笙的脑袋差点儿停止运转了。

他说的这些，带来的冲击力不比喻文州坦白自己蓄谋已久的时候带来的冲击力小。

时笙看了看林深，说：“抱歉，我还有点儿事情，先走一步。”

说完，没等林深有什么反应，时笙已经把包间门给关上了。

她疾步往外走，脑袋里关于林深刚刚的那番话挥之不去。

他们确实认识很久，但是仅限于在网络上。在不那么频繁的交流中，她一直觉得见鹿是一个特别有分寸感但是又带着点儿幽默感的人。

虽然对方是男生，但时笙还是把他当成了朋友。

在不知道对方的真实身份的情况下，其实他们相处起来反而是更轻松的。

他们在默默无闻的时候相识，现在两个人都红了，他们却从来没有冒昧地问过对方现实生活中的情况。

时笙以为，她和见鹿是可以做一辈子的朋友的。

结果到头来，幻想被拆穿得毫不留情，她还被对方告知说喜欢自己。

时笙不知道该怎么接受这个结果。

时笙走了，林深还是没有选择追出去。

林浅来的时候，推门就看到林深颓然地坐在椅子上。她环顾了一下四周，问："奶茶大大呢？"

林深叹了一口气："走了。"

林浅过去恨铁不成钢地在林深的手上拍了一巴掌，问："你不知道追？！"

林深继续无奈地解释："刚刚好像吓到她了。"

他怕自己追出去只会火上浇油。

林浅也叹了一口气："确实也是，网友突然当面告白，换我我就报警给警察叔叔说有变态。"

林深："你这样很容易失去你哥。"

林浅不以为意地摆了摆手："连我的准嫂子都抓不住，要你有何用？"

林深在大学期间就创业开了个游戏工作室，一路顺风顺水。也正是因为过于顺利了，他闲来无事才想起了自己曾经的武侠梦。

他开始构思写小说，然后就在网上遇到了当时也是小画家的时笙。两个人很聊得来，在工作上的事情更是默契十足。

后来，他动心了，所以渴求更多。他想见见她，想亲口告诉她，他喜欢她。

时笙答应来公司看看的那天，他比林浅还激动。

他承认自己有些着急，但是喜欢本来也藏不住，所以选择了告白。

但是很显然，时笙被吓到了。

他不知道自己的这个选择是好是坏。如果时笙接受他的爱意，那么皆大欢喜；如果时笙拒绝他的爱意，那么他也只能坦然接受。

是他自己先越界的，所以必须承受越界带来的后果。

如果让他一辈子都憋着自己的感情，他不会原谅自己的懦弱；如果真的讲出来，最坏的后果就是他们连朋友都没的做。

林深知道，不管如何，时笙一定会给他一个回答。

他焦急地拿着手机，等待着来自她的审判。

时笙从餐厅里出去，寻了一圈才找到了一家便利店。确实有些饿，她干脆买了一杯泡面，只是最后没吃几口就没了胃口。

她用手撑着脸，看着店外的人来人往，心情依旧很复杂。

她回忆起曾经跟见鹿的对话，还有他本人带给她的感觉。

阳光、豁达、真诚，还带着点儿浪漫气息，这好像是一开始时笙对未来伴侣的想象。但她最终遇到的是喻文州，那个威严、沉闷、严谨，甚至偶尔有些无趣的男人。

总有人一开始并不符合你的择偶标准，但后来偏偏就是爱上了，然后你会发现，曾经那些对未来伴侣的条条框框的标准都不见了，他成了真正的标准。

再后来，你又遇到了一个符合你原来的择偶标准的人，但是你会发现，你没办法再喜欢上他了。

人生的出场顺序很重要，但动心了，最重要。

林深之于时笙，就是那个曾经的标准。

喻文州之于时笙，就是现在和未来的那个标准。

时笙将手机拿了出来，在微博上找到了林深的私信，删删减减半天还是把自己想说的话发了出去。

加冰的全糖珍珠奶茶：

“见鹿大大你好，我想这应该是我最后一次这么叫你，也是最后一次以奶茶的身份给你发消息了。

“我一直以为我们算是朋友，我们聊得来，又从来不会打扰对方的生活，我甚至一度觉得我们可以当一辈子的朋友，但是今天你越界了。

“在网络上的沟通，我从来没有感受到你的爱意，但现实生活中，你突然这么告诉我，我无法接受。

“我不是一个胆大的人，今天你的这番话，其实已经对我造成了困扰。

“很感谢你对我的能力的认可，但是公司的事情，还请你另请高明，恕我无法胜任。

“最后，我想告诉你，我结婚了，我先生对我很好，我也很爱他，我们会永远好好的。

“感谢这几年的支持和照顾，祝你以后的生活平安顺遂，前程似锦。”

发完消息以后，时笙直接将林深的微博拉黑了，顺便也把前几天加的林浅的微信给删除了。

既然她想好了不再相互打扰，那任何联系的方式都不再需要了。

再次将手机放下，时笙长长地叹了一口气。明明只是想试试新工作，结果她失去了一个朋友，不过好像也比一直拖着好。

时笙有一种又倒霉又庆幸的感觉。她将泡面杯子扔进了垃圾桶，又去货架那边拿了几听鸡尾酒。

重新坐回位子上，时笙一边想事情一边喝着酒。直到外面的天色渐渐暗了下来，她发现自己好像越来越想喻文州了。

时笙摇摇晃晃地又去拿了一听鸡尾酒，转身开始在其他货架上搜寻东西。终于在某个货架的侧面，她看到了想要的东西。

时笙迷迷糊糊地抓了一盒，然后拿着一起去了收银台。

换班过来的店员看到她的样子，想起了刚才同事的话：“那个小姐姐喝了一下午的闷酒了，估计是失恋了，待会儿在她睡着之前记得让她打电话找人来接。”

时笙用二维码付完款，店员试探着问：“小姐姐，要找人来接你吗？”

时笙使劲点了点头：“嗯，我自己打电话。”

店员见她还算清醒也松了一口气，但她走路有点儿晃的样子实在也是吓人，店员又扶着她去了座位上。

喻文州几乎是秒接时笙的电话，他等这个电话已经等了一天。

时笙平常本来就很少出门，他没催她，给予了她最大的尊重。

“笙笙？”喻文州先开口。

“州州。”一下听到喻文州的声音，时笙无端觉得有点儿委屈。

听到时笙带着点儿哭腔的声音，喻文州一下子站了起来。他拿起车钥匙，已经走到门口开始换鞋了：“怎么了？”

时笙吸了吸鼻子：“我想你了。”

喻文州无奈又好笑：“我去接你，在哪里？”

时笙把便利店的地址报给了喻文州。

喻文州总觉得时笙现在的状态有点儿不对劲。现在天也黑了，他实在是不放心，语气温和地哄她：“不要挂电话，乖乖在里面坐着等我过去好不好？”

“好。”

一路上喻文州每隔两分钟就要喊一次时笙，时笙就在电话那头乖乖应声。

在限速的最大范围内，喻文州很快就赶到了便利店。他跑到门口，看到时笙正坐在椅子上。

她的手机放在桌子上，她就撑着脸乖乖地望着手机，嘴里还在喊“州州”。

喻文州笑着挂断了电话，时笙看着电话挂断了，茫然地抬起头来。

二人的视线隔着几米交会。

时笙冲着他露出一个大大的笑脸，起身就准备过来。

喻文州被她摇摇晃晃的样子吓得不轻，赶紧跑过去扶住了她。

“州州终于来啦。”时笙开口。

喻文州摸了摸她的脸：“嗯，我来了。”

时笙主动往他怀里靠了靠：“走不动，要抱抱。”

喻文州笑出声：“好，抱。”说完，他直接将时笙打横抱了起来。

“手机还有包包。”时笙双手攀上他的脖子，但也没忘了还放在一边的手机。

喻文州转了个方向，看到了时笙还敞开的包包，里面的东西他看得一清二楚。

时笙伸手将手机和包包拿了起来，然后靠在他怀里把眼睛闭上了。

店员自然也看到了这一幕，一想到时笙可能是失恋了，现在要被一个男人带走，就有点儿不放心。

“小姐姐，确定这个人是来接你的吗？”店员拦在了喻文州的前面。

时笙睁眼，点了点头道：“对，他是我老公。”

说完，她使劲抬头在喻文州的脸上亲了亲。

店员还是有点儿不放心。时笙现在喝多了，店员有点儿担心她是在说胡话。

喻文州也知道她是好意，低头看向时笙：“笙笙，看我。”

时笙望着他，喻文州问道：“我的名字是什么？”

“喻文州。”时笙乖乖回答。

“那我是你的谁？”他继续问。

时笙毫不犹豫地笑了起来：“我老公！”

喻文州被她逗笑了，店员这下也信了，给二人让了路。

喻文州对她点头示意了一下：“谢谢，辛苦你刚刚看着她。”

店员礼貌地笑了笑，然后退回了收银台那边。

有酒精加持，上了车之后时笙几乎是秒睡。

喻文州通过后视镜，看到正熟睡着的时笙。

不喜欢酒精的时笙这天却醉成这样，不问他也知道，她心里有事情。

先不说他们之间的事情都还没说清楚，就算说清楚了，他也不想刨根问底地去追问。

时笙是他的妻子，但也是她自己，她始终都是自由的。他能做的，无外乎就是在她愿意讲的时候，做她最忠实的听众。

车很快停在了家里的院子里。

喻文州小心翼翼地去开了后车门，时笙已经睡着了。他将她抱了起来，她也只是在他怀里动了动，眼皮都没抬一下。

喻文州将时笙抱回了房间里，准备收拾好了以后再来帮她洗澡。

他先下楼去把车停好，又去厨房端了一杯水才回房间。

本来他是小心翼翼地打开门，结果门只开了一个缝，就听到里面传来时笙委屈巴巴的声音："你去哪儿了？"

喻文州赶紧进去，将水杯放到一边以后坐到了时笙的旁边。

时笙直接扑进了喻文州的怀里。

她的双臂环在喻文州的腰上，喻文州就紧紧地抱着她。

"今天怎么了？"喻文州摸了摸她的头发。

时笙在他怀里不动："我就是想你了。"

喻文州无声地勾起嘴角："嗯，我在。"

时笙不说话了，闷在他怀里。也不知道过了多久，时笙突然出声："我原谅你了。"

这天她想了一下午，她和喻文州本就没有什么大矛盾。既然他主动坦白过去的事，她就不该揪着不放，让他整天提心吊胆，自己也胡思乱想。

"谢——"

喻文州的话还没说完就被时笙打断："不可以说谢谢。"

他笑道："好。"

只是他喜悦的心情并没有持续多久，他又听到时笙说："今天我被人表白了。"

虽然知道时笙受欢迎，但这么直白地面对，喻文州还是觉得有点儿心梗。

“是那个工作室的老板？”喻文州问。

时笙惊讶地从他怀里抬起头：“你怎么知道？”

喻文州挑眉。他怎么不知道？那家伙的不怀好意都快溢出屏幕了。

时笙叹了一口气：“你知道吗？他竟然是我认识的一个写小说的作者，其实我觉得他还是挺厉害的，能写小说还能自己开公司，而且明明我还把他当朋友的。”

喻文州轻笑：“那现在呢？你还把他当朋友？”

时笙听到这里，突然反应过来她觉得喻文州不对劲的地方在哪里了。本着已婚的自觉，她只是想把这天的事情简单地说给他听而已。

“州州，你吃醋了。”时笙说的是陈述句。

喻文州倒也毫不避讳地承认：“对，我就是吃醋。”

想到可能还有那么多人觊觎他的宝贝，他真的都要酸死了。

时笙笑着在他的唇上啄了一口：“可是我已经拒绝他了，我还把他关进小黑屋了。”

喻文州的表情这才缓和了一些。但是一想到整个下午时笙可能都在纠结这件事情，他好像又要开始跟自己过不去了。

时笙抬手摸了摸他的脸，唤他：“州州。”

喻文州抿唇不语，只从喉咙里发出一声疑问：“嗯？”

“我想了一下午。”她说道。

时笙像是陷入了思考，喻文州也等着她的后话。

“我好像比我想象中的更喜欢你。”说完，时笙微微低下头，嘴角却止不住地上扬。

少女的心事，最终她以最直白的方式告知了对方。她的笑，是害羞的。

在感情中反应迟钝，这是她要承认的事情；不善于表达自己的内心，这也是她现在面临的问题。可是，对喻文州那么热烈的爱意，她好像也需要大胆地回应他。

时笙又往喻文州的耳边凑了凑，轻声细语道："老公，我爱你。"

短暂沉默后，回应他的是喻文州的吻。

第二天早上时笙是突然惊醒的。

这天本来是说好去见摄影师的，她要先试一下妆造和衣服。结果，她一觉醒来都不知道是几点了。

"几点了？"时笙问。

喻文州摇头："不知道。"

早上他醒过一次，但那时候才七点多。看着时笙睡得还香，他干脆也抱着她睡了过去。

时笙从他怀里出来，趴到床头柜那边去拿了手机，按亮屏幕的那一刻，入眼就是大大的几个字，十点三十七分。

而她和摄影师约的是九点。

这天喻文州也偷了懒跟时笙一起睡到现在，家里也没有现成的早饭可以吃。

"我们出去吃吧？"洗漱完，时笙一边给摄影师道歉，一边商量第二天重新约时间。

喻老爷子也是真的豪气，摄影师这小半个月的时间都相当于是被买断了，自然是时笙他们想什么时候去就什么时候去。

反正钱已经付过了，摄影师能有什么怨言？

喻文州思考了一下，还是点了点头。

两个人出去吃了点儿东西，时笙才说了她这天想出来的真实目的："州州，我想去烫个鬈发。"

时笙的头发又黑又长，披下来跟绸缎一样。

喻文州本来想劝她不用那么折腾头发，但转念一想，她烫头发不会很频繁，还是开心最重要。他便说道："好，那就烫吧。"

时笙微微叹了一口气。她纠结的地方又出现了。

从小到大，她进理发店的目的不是洗头发就是剪头发，还真没有染烫过头发。

她刚刚照镜子的时候突发奇想想烫头发，想到曾经看到过的那些烫发烫成步惊云的模样，有点儿担心该怎么选理发店。

喻文州笑了笑，说："那等我一下。"

时笙一时没反应过来，就看到喻文州拿起了手机，随便滑了两下屏幕，然后就将手机放到了耳边。

时笙见他打电话，在旁边也乖乖地噤了声。

从通话中，时笙听出喻文州的朋友的朋友开了一间造型工作室，但人气爆满，想要插队，没点儿关系肯定是不行的。

一个电话结束，喻文州又接着打了两个。终于在电话挂断后，他看向时笙："走吧。"

时笙望着他："会很麻烦你和你的朋友吗？"

喻文州摇头："不麻烦。"

"走吧。"喻文州起身，对着还在座位上的时笙伸出了手。

时笙笑着握住他的手，借力从椅子上站了起来，还不忘拍马屁道："州州真好。"

喻文州宠溺地捏了捏她的脸。

第五章
拍婚纱照

很快他们就到了那个造型工作室。

不得不说，这种有名气的店就是不一样。时笙和喻文州刚刚进去在休息区坐下，一个衣服上别着造型总监名牌的女人就走了出来，熟络地在时笙旁边坐下，问：“是小美女要做造型是吧，想好要做什么样的了吗？”

时笙有点儿不习惯陌生人靠这么近，只能往喻文州那边挪了挪以后才点了点头。

造型师一副若有所思的样子：“那想好要烫哪种了吗？羊毛卷？水波纹？蛋卷头？鱼尾烫？”

鬈发的品种千千万，造型师说出来的有些卷，时笙有些没见过，有些都没听过。

“有图片吗？”最后还是喻文州开口。

造型师这才笑着看向喻文州：“有的呢，请稍等。”说完，造型师就先离开了。

时笙转头看向喻文州，总觉得他脸上的表情有点儿不对劲。以为他是不喜欢别人靠她太近，时笙干脆凑过去在他的脸上亲了亲。

喻文州无奈地笑了笑，转而在她的唇上啄了一口：“下次哄我要走心一点儿。”

时笙忍着笑“哦”了一声，干脆顺势窝在了他的怀里。

喻文州不语，伸手揽在了她的腰上。

很快造型师就回来了，直接把iPad（平板电脑）递给了喻文州。

喻文州接过iPad，时笙就靠在他的怀里。他对造型师说：“你先去忙吧，我们选好了再叫你。”

造型师对着他笑了笑，随即还是先离开了。

iPad里面全是造型师以前的作品，不难发现，这个造型师是有点儿本事和审美能力的。

只可惜时笙有选择困难症，但烫头发总不能一个头顶着两种卷。

“没有喜欢的？”翻到最后一张，喻文州问时笙。

时笙摇头：“我选不出来。”

其实很少有男士愿意陪女士去美容院、理发店这种地方，一是因为过于花时间，二是因为其实他们也不懂。

但就算这样，喻文州还是耐心地陪着时笙。他抬手摸了摸她的发顶，说：“那我们再看一看，这次慢慢看。”

时笙点了点头，喻文州又开始一张一张地把照片倒着滑回去。

时笙偶尔会停下来想象一下，喻文州也会试着提建议，哪种鬈发可能会更适合她。

就这样，过了好一阵子时笙总算是选好了。

喻文州对着另一边的店员点了点头，店员立刻明白，去把造型师喊了出来。

时笙跟着造型师往里面走去，还不忘对喻文州说：“州州，你要不去找个地方玩会儿吧，我可能要好久的。”

喻文州无奈。他一天天的能去哪里玩？

“去吧，我在这边等你。”他对着时笙露出了一个安抚的笑容。

时笙也对他笑了笑，这才依依不舍地跟着造型师走了。

时笙选的那个造型，头发要稍微修剪一下。她刚刚坐在椅子上，就听到造型师开口：“你老公好帅呀。”

听到这里，时笙露出了一个笑脸：“嗯。”

造型师继续说道：“感觉你还挺黏他的。”

时笙点头“嗯”了一声。这个她不否认，主要是喻文州真的让人很有安全感。

接下来的时间，造型师一直都在问东问西，不是问夫妻的相处模式，就是八卦他们的职业。

时笙觉得对一个陌生的人问这些问题实在是不礼貌。一开始她还会回答，后面就敷衍了事。

临近午饭时，时笙的头发刚刚卷好，喻文州就拎着几个袋子进来了。

时笙微微侧头看着他笑道：“州州。”

喻文州笑了笑：“先吃点儿东西垫垫，待会儿弄完了，我们再去吃好吃的。”

时笙现在不太能动，干脆对着喻文州张嘴：“啊……”

喻文州被她这个样子逗得不行，过去捏了捏她的脸。

造型师总算把收尾工作弄好了，对着喻文州点了点头后，说：“你们先吃，有问题随时叫我。”

出于礼貌，喻文州还是点了点头。

等到造型师走了，时笙才开口：“州州，我觉得你今天有点儿不对劲。”

喻文州拿着三明治送到她嘴边，时笙微微低头咬了一口。

喻文州看着时笙一副小仓鼠的样子有点儿想笑，说：“不是我不对劲。”

时笙疑惑：“难道是我不对劲？”

喻文州叹气，他家时笙的脑回路果然不一样。他解释：“是她不对劲。”

时笙反应了一秒才试探着开口：“造型师？”

喻文州点头，时笙还是没想通到底是哪里不对劲，问：“你吃醋了？”

喻文州摇头：“我觉得是你应该吃醋。”

时笙迷惑了。明明都是中国话，每个字她都知道，怎么连在一起就不知道是什么意思了呢？

喻文州见她思考的样子有点儿无奈，是她太单纯了。

从刚刚进店开始，他就发现那个造型师的眼光总是落在他身上，然后就是她问时笙想做什么造型的时候。

按理来讲，造型师给客人讲那么多专有名词是没用的，根本没有直接拿图出来介绍有效。

他唯一能想到的，就是造型师等着他开口问。

喻文州也顺着意思问了，造型师当时回答的表情和语气就已经让他轻微不适了。

但一直到这里，他都没有想太多，直到造型师把 iPad 拿出来，直接略过时笙往他这边递。要知道，时笙才是造型师这天要服务的对象。

喻文州让造型师先走的时候，她那个笑的表情，喻文州现在想起来都还起一身鸡皮疙瘩。

接着就是刚刚他拎着东西进来的时候，造型师在他和时笙身上扫过的眼神。

时笙把一口三明治咽下去，继续疑惑地开口：“啊？”

喻文州无奈地捏了捏她的脸，说：“你可长点儿心吧。”

时笙是反应了一下才明白这句话是什么意思。

“你的意思是，她喜欢你？”时笙有点儿难以置信地看向喻文州。

喻文州笑而不语，留时笙在风中凌乱。

喜欢谁是个人自由，但是，她和喻文州已经表现得那么亲密了，造型师却一直旁敲侧击地打听喻文州的事情。

这还是第一次亲自遇到撬墙脚的事情，时笙一下子就不好了。她愣愣地看着喻文州，好几秒钟都没讲话。

喻文州看着她微微张唇，欲言又止。

“州州，要不你还是先回去吧。”时笙表情严肃地看向喻文州。

喻文州直接笑出了声：“怎么，怕我被抢走？”

时笙撇嘴望着他，答案是显而易见的。

喻文州笑着摇头：“我只爱你一个人。”

时笙望着他：“州州，我想把你藏起来。”

“金屋藏娇？”他笑。

时笙摇头：“是金屋藏‘州’。”

喻文州哭笑不得：“我还挺值钱？”

时笙点了点头：“我一定要好好画画，好好赚钱，然后再买个大房子把你藏起来。”

“嗯，我等着。”喻文州也顺着她的意思搭话。

明明时笙的手是空着的，结果她就是要赖着喻文州喂她吃东西。

过了一会儿，造型师刚好从外面回来。

“老公……”时笙笑容灿烂地看着喻文州。

喻文州挑眉。他现在是背对着门口坐的，一看时笙的样子就知道有情况。

昨天晚上是时笙第一次这样喊他，他以为下一次不会这么快就听到。但现在看来，他们偶尔遇到点儿小麻烦好像还是好处多一点儿。

“老公，我要吃那个……”时笙抬手指了指不远处的小蛋糕。

喻文州配合地点了点头：“好，都听老婆的。”

造型师走近了一些，轻咳了一声，说道：“我来看看头发怎么样了。”说完，她站到了时笙的背后，仔细看了看时笙的头发。

时笙本来还想染头发，但现在只想早点儿做完早点儿走。

接下来的时间，喻文州就在里面陪着时笙。加上时笙刻意秀恩爱，喻文州觉得造型师的脸都垮了。

终于等到全部弄好，两个人手牵着手一起出去了。只是走出去没几米，时笙就笑了起来。

一开始她还是克制地捂着嘴笑，后来没忍住直接笑出了声，还说：“州州，你今天好可爱呀。”

时笙想起他配合自己在造型师面前恩爱的样子，和平常的他真的一点儿都不一样。

时笙这天烫了一个大波浪，少女的笑阳光又明媚，带着晃动的鬈发，摇曳生姿。

“州州？”时笙抬手在他眼前晃了晃。

喻文州笑着点了点头：“嗯。”

他说好要带时笙去吃好吃的，晚饭就在外面解决了。

一想到第二天就要见摄影师了，时笙还没到家就开始思考待会儿的护肤流程了。

“我要先去洗澡。”刚刚进门，时笙就往楼上跑。

其实洗澡不是最花时间的，主要还是那一套烦琐的护肤流程，从皮肤清洁到后续的保养，时笙一想就觉得累。

但是为了美，这一套操作好像又一个都不能少。

喻文州在楼下坐了一会儿，回房间的时候浴室里的水声已经停了。他推开浴室门进去，时笙正穿着浴袍站在镜子面前涂涂抹抹。

时笙被开门声吓得直接耸了耸肩。从镜子里看到是喻文州，她轻哼了一声：“你又吓我。”

喻文州笑而不语，走过去从背后抱着她。他弓着腰，将下巴抵在了她的肩膀上。

时笙刚刚贴好面膜，本来是准备抬手去整理面膜，结果被他压得抬手都困难。

“你好重的。”时笙抱怨。

喻文州笑了，微微抬头给她让位置。

他的手就圈在时笙的腰上，然后他抬头从镜子里看着她的一举一动。

第二天，时笙难得被闹钟吵醒以后也没有怨言。

“州州，你觉不觉得我的脸好像有点儿肿？”

两个人正一起站在浴室里洗漱，时笙突然就冒了这么一句话出来。

喻文州看了半天都没看出有什么变化，摇头道：“没有。”

时笙从镜子里看了他一眼：“哼，你都没有转过来看看我。”

喻文州沉默。

怎么她都可以从镜子里看她，他就不可以了？

喻文州无奈：“嗯，可能有点儿吧。”

时笙气呼呼地看着他：“你就是嫌弃我的脸水肿！”

喻文州再次沉默。

他第一次知道，原来说什么都不对是这个意思。

时笙还在仔仔细细地照镜子看她的脸。

喻文州看着她的样子突然就笑了起来。

以前的那个时笙在他面前拘谨又小心翼翼，最近的时笙在他面前撒娇和耍小脾气越来越顺了。

时笙以为喻文州在笑她，娇嗔道：“不准笑！”

听到这里，喻文州笑得更明显了。他把毛巾浸了凉水，拧干以后直接盖到了时笙的脸上。

凉意冻得时笙直接抖了一下。她挣扎着想动，喻文州开口：“冷的东西可以消肿。”

听到这里，时笙乖乖地听话不动了。

就这样，时笙下楼以后还是喝了一杯黑咖啡。

喻文州见她一副戴了痛苦面具的样子是真的忍不住笑了。

“太难喝了就不喝了。”他伸手想把剩下的半杯咖啡接过来。

时笙摇头：“不行，美女的事情你少管。”

喻文州挑眉，行，谁让她的确是美女呢。

终于等时笙收拾好，两个人一起驱车去了摄影师的工作室。

他们去了以后，整个工作室的工作人员都围着他们转。喻文州怕时笙被盯着不舒服，最后只让摄影师本人留了下来。

除了拍杂志，这位摄影师的习惯就是客人先把场景和造型选好以后，她再自由发挥。

这次则完全就是看时笙的意愿。

“你可以先选服装，造型的问题我们这边有专门的工作人员。”摄影师又补充，“你想在哪里拍都可以告诉我，如果想不到地方，那我就根据你们选的造型来搭配。”

时笙点了点头，摄影师又带着她去了挂衣服的地方，那里有一整排的婚纱，还有一整排的其他类型的礼服。

“你们先看看，挑好了再叫我。”摄影师对着时笙和喻文州点了点头。

按照时笙的选择困难症，她本来以为自己会挑很久的。结果婚纱只看到一半，她就被其中一件复古的宫廷风婚纱吸引了目光。

这件婚纱款式有些复杂，但采用的是绸缎面料，加上精细的剪裁，整件裙子呈现出来的视觉效果非常好。

喻文州一眼就看出来时笙是喜欢这件婚纱的，问：“去试试？”

时笙点了点头：“好。”

喻文州摸了摸她的脸，帮她把婚纱从架子上拿了下来，甚至一条龙服务地帮她送进了更衣室。

时笙看着某人已经踏进来的一只脚，赶紧伸手拦人，警惕地问：“你干吗？”

喻文州笑道：“感觉穿起来有点儿复杂，我帮你。”

时笙又看了一眼婚纱。后面是绑带设计，她一个人好像确实搞不定。

不过她依然拒绝得干脆：“那你去叫个小姐姐来帮我一下吧。”

喻文州忍着笑，眼神从她的脸上一路扫过：“嗯，行吧。”

等到喻文州出去后，时笙赶紧把更衣室的门关了，顺便上锁。她刚刚把身上的裙子脱下来就听到了敲门声，吓得她直接抖了一下。

“谁？”时笙出声。

外面的工作人员出声：“女士您好，我过来帮您试穿婚纱。”

时笙这才松了一口气：“好的，稍等一下。”

她其实不喜欢别人来帮她换衣服，穿得差不多了才去开门。

工作人员一眼就看到了她穿的是哪件婚纱，说：“您好，我帮您弄后面的绑带吧。”

时笙点了点头：“好，麻烦你了。”

工作人员跟着进了试衣间，一边帮时笙弄绑带还一边在夸她穿着好看，哄得她一时都不知道这到底是客套话还是真话了。

“我去帮您找一双高跟鞋搭一下吧。”工作人员又开口。

思考了一下时笙还是点了点头，长这么大她还没尝试过高跟鞋。

工作人员根据她的身高推测了一下：“您是穿三十六码还是三十七码呢？”

时笙有点儿不好意思地笑了笑。她平常经常穿帆布鞋和运动鞋。

“我一般穿三十六码半的鞋子。”她回道。

工作人员笑了笑：“好的，高跟鞋一般会选小一点儿，我去拿一双三十六码的鞋给您试一下。”

时笙点了点头：“谢谢你。”

工作人员推门出去就看到喻文州在外面站着。为了保持新郎新娘新面貌第一次见面的神秘感，她赶紧把门关上了，还对着喻文州礼貌地笑了笑，说：“稍等一下，您太太马上就好，女生会稍微麻烦一些。”

喻文州点头：“辛苦了。”

工作人员依旧是礼貌地笑了笑，然后就离开了。

前几天他们工作室就知道有对有钱人家的少爷和夫人要来拍照，到了这天一看，俊男美女不只是养眼，还待人亲和有礼貌。

很快工作人员拿着鞋子回来了，进去以后又快速把门给关上了。

“您先生在外面等您。”待到帮时笙整理好一切，工作人员才开口。

时笙看着镜子里面的自己，好像和平时真的很不一样。她问工作人员：“还可以吗？”工作人员笑得很开心，说：“很漂亮，您先生看到也一定会很惊喜的。”

时笙笑了笑：“那我们出去吧。”

工作人员礼貌地点了点头，先去把门打开才回来扶着她。

衣裙烦琐，加上时笙穿着高跟鞋，为了求稳，她的步子跨得很小。

喻文州穿了一身白色的西装，从马甲到领结，该有的一样不差。从衬衫和领结的材质也可以看出来西装和她这身婚纱是一套的，他正拿着一捧花，冲着她笑。

时笙脸上的笑容也越来越大，她甚至急切地想要走快一点儿。

喻文州像是发现了她的意图，从另一头快步走了过来。

终于在她踏出试衣间门的第一刻，喻文州将手里的花递了过来。

“很美。”他看着她，语气真诚地说。

时笙接过捧花，双臂顺势环住了喻文州的腰。

喻文州笑了，侧头吻在了她的耳垂上，用只有两个人才能听到的声音说："很美，My love（我的爱人）。"

温热的呼吸拂过耳畔，时笙一下就红了脸。她微微转头，也凑在喻文州的耳边，轻声说道："You too（你也是）。"

两个人就这么静静地抱着，工作人员也只能在一旁站着。

还是时笙突然抬头说道："原来上面的空气这么好。"

喻文州一时不知道说什么好。

他们到底是谁对浪漫过敏？

说完时笙也笑了起来。穿高跟鞋对她来说有些新奇，虽然她走路有点儿累，但是能变高，好像还不错。

喻文州没忍住在她的脸上捏了一下："越来越调皮了。"

工作人员见两个人终于没那么黏了，赶紧出声："造型师在另一边。"

时笙赶紧转头，有点儿不好意思地对着她笑了笑："好。"

两个人又跟着工作人员去了另一个房间，造型师已经在里面等着了。

如果不是明星，一般的男士就算拍婚纱照收拾起来也不会很烦琐，而且喻文州的那张脸就是资本，加上他不喜欢在脸上涂涂抹抹，最后也就是修了眉毛，打好粉底就算是完工了。

反观时笙，造型师在她的脸上化着妆，两个人还要讨论一下适配度怎么样。

喻文州干脆坐到了另一边的沙发上，什么也不干，就盯着时笙看。

摄影师进来和他点头示意后，转而走向了另一边的时笙。

"宝贝儿，想好要去哪里拍了吗？或者什么样的场景之类的？"摄影师问时笙。

时笙思考了一下，有点儿不知道该不该讲。

摄影师本来就是靠个人发挥多一点儿，就跟自己画画是一样的。

如果别人提的建议本来就是她想的，那么一切都好说；要是提的建议跟她的想法背道而驰，影响心情就不说了，搞不好还会影响发挥。

尤其是这天的这位摄影师，成名早，名气大，肯定还是不太希望别人干涉拍摄工作的。

都说女生最了解女生，摄影师一看就知道时笙是有话要说，于是直接说道："宝贝儿，你有什么想法可以直接说的。"

虽然被美女小姐姐叫宝贝儿，时笙有点儿走不动路，但同为艺术工作者，她还是非常理解对方的。

终于在时笙坚定地摇头以后，摄影师只能主动说了说自己的想法。

时笙选的婚纱款式偏烦琐，加上是绸缎的面料，想要展现衣服的美，肯定是不能选花哨的背景的。

还有时笙那张脸，纯真又妩媚，想要极大化展示人的优势，背景依旧是需要简化的。

"要不这套衣服我们还是选棚拍？"摄影师建议。

时笙一下就笑了。其实她刚刚也是这么想的。

摄影师看她的样子就知道两个人是想到一起去了，笑道："那就简单布置一些静物背景，我先去找人弄，待会儿再带你去看。"

时笙点了点头："嗯嗯，辛苦你了。"

喻文州就在旁边看着，不愧是他爷爷请的摄影师，果然是全程都没有过问过他的意见。

不过好在，现在他们家时笙说什么就是什么。

喻文州也是第一次知道，原来女生化全妆竟然要这么久。

等摄影师回来说景已经搭好了，时笙才刚刚化完妆。到吃午饭的时间了，头发还没弄完。

没办法，喻文州只能拿着手机点外卖。不只他们的，他点了整个工作室人员的午餐。

好在昨天时笙烫的那个鬈发和这天的造型很搭，但饶是如此，还是花了接近半个小时。

两个人一起去摄影棚的路上，时笙已经开始控制不住地打哈欠了。

喻文州无奈又好笑："拍完回家睡。"

其他新人拍婚纱照，四五套衣服一天就能解决。以他们现在的速度，他们一天能拍完两套真的就谢天谢地了。

布景很简单：一张桌子、两张椅子，还有一整瓶的鲜花。

时笙看了看，瓶子里的鲜花和刚刚喻文州送给她的捧花是一样的。

摄影师又简单地给两个人讲了一下拍摄过程中的注意事项，然后终于开始拍摄了。

不过一切并没有想象中的那么顺利。

摄影师发现，这两口子帅是帅、美是美，养眼也是养眼，但是拍到第四张、第五张照片的时候，两个人的表情就开始重复了。

准确来讲，是第四张照片跟第一张照片的表情一样。

以此类推，就是循环。

重点是两口子在这上面竟然还有着奇奇怪怪的默契。

摄影师暂时喊了停，时笙有点儿不好意思地看向摄影师。完了，她拍照僵硬的事情算是彻底瞒不住了。

以前她就不爱拍照，就算拍照也不会连续超过三张。不然随便来个谁都能发现她有多僵硬，表情有多么重复。

"宝贝儿，你跟你老公，笑得自然一点儿嘛。"摄影师开口。

突然被点到名的喻文州也僵在了原地。他以前也不爱拍照，看爸妈拍婚纱照的时候也没什么特别的感觉，但着实也没想到，轮到自己当主角的时候会如此僵硬。

摄影师也不太敢对他们说重话，干脆直接去外面拉了两个人进来当模特，讲解给他们听："哎，对，手就放在她的腰上，然后宝贝儿你呢，就把手臂环到你老公的脖子上去。身体前半部分往前倾，这样子会显得比较俏皮。”

终于等摄影师讲完了，再三确认没问题以后，时笙重新站回了位置上。

相视的一瞬间，两个人仿佛看到了对方眼里的窘迫之色，直接笑了起来。

一旁的摄影师赶紧开始抓拍，果然任何规定好的教学内容，都不如一切自然来得完美。

摄影师疯狂地抓拍了一通，然后又拉着旁边的人示范了另一个动作。

就这样，两个人全程靠着时笙的低笑点，第一套衣服总算是拍完了。

时间说早不早说晚不晚，再拍一套衣服好像是有点儿来不及，摄影师干脆就让时笙去挑其他喜欢的裙子。

就这样，两个人以一种极低的效率，婚纱照拍了整整四天。

根据时笙选的衣服，前两天是棚拍，后两天是出的外景，最后一天是去拍喻文州说的校服。

好在已经到了周末，一群人去学校拍摄倒也不显得很突兀。

九中的校服和全国绝大多数的中小学一样是运动服款，蓝白配色。

曾经他们嫌弃到不行的款式和配色，如今看起来满满的都是青春的回忆。

为了拍摄的效果更真实，这天两个人脸上一点儿妆都没化。

想到以前女生不能披头散发的规矩，时笙找了根皮筋把头发绑成了马尾。

喻文州微微偏头看着她。

时笙拽了拽身上的衣服：“有点儿奇怪吗？”

喻文州笑着摇头：“没有，很青春。”

时笙扎马尾的样子，和他当初第一次看到的照片上的样子一模一样。

时笙笑着去摸了摸他的脸：“州州今天也很青春。”

两个人手牵着手走在前面，摄影团队的人就跟在后面。

时笙突然开口：“州州，你初中是几班的？”

“1 班。”他回道。

时笙又一副崇拜的样子：“哇，以前都是按成绩分班的，州州肯定是最棒的！”

喻文州被她的样子逗笑了，转而问她：“你呢？”

时笙遗憾地摇头：“我们那一届的领导指定是有点儿什么毛病，分班的时候是倒着来的，成绩好的在后面。”

不然她也可以是 1 班的学生，结果最后成了 20 班的学生。

喻文州还没来得及讲话，时笙又说道：“那我们去找一个 1 班和 20 班的教室拍照吧。”

“好。”喻文州点头。

这一天，两个人一起拎着书包上学放学，当了一次同桌，一起讨论了作业，还一起趴在窗边看了外面的风景。

高中的时候喻文州是学的理科，而时笙是学的文科，这次她不用问也知道他们肯定不会是一样的班级号。

所以在高中部的校区那边，两个人去了图书馆、操场、国旗下这些地点。

就这样，曾经喻文州遗憾他们没有一起度过中学时光的愿望全部在这天实现了。

结束的时候，一群人都坐在操场上休息。

喻文州突然起身说：“在这里等我一下。”

时笙疑惑地问：“怎么了？”

喻文州见她一脸疲惫的样子，摸了摸她的头，说道：“我去找一下刚刚带我们进来的老师。”

时笙先“嗯”了一声，作势就要跟他一起去。

喻文州摇头：“你坐着吧，我很快就回来。”

这天是拍摄的最后一天，喻文州本来给每个人都准备了红包的，但刚刚突然想到，学校的老师和保安估计是什么都不敢收的。

喻文州先去外面买了些糖，然后才去找了带他们进来的老师。

老师还在办公室里坐着，喻文州将手里的几个袋子递了出去。

老师还没说出拒绝的话，就听到喻文州开口：“就是喜糖，就当沾沾喜气，这袋是给您的，这两袋麻烦您待会儿帮我分给保安，这边的两袋就分给 1 班和 20 班的学生吧。”

老师笑着将袋子接了过来，祝福他新婚快乐。

喻文州怕时笙等太久，一路上走得很快。重新回到操场上后，他把早就准备好的红包分给了现场所有的工作人员。

时笙还想在这边待一会儿，摄影师就带着团队的人先走了。

两个人手牵着手站在操场上，看着他们一个个离开。

摄影师突然拿着相机转身，一张两个人对视的照片被定格了。

头顶有阳光，耳边有微风，眼前有爱人。

摄影师突然想到了一个词：宿命感。

有的人，不管相隔多远多久，注定就是要在一起的。

时笙撞进喻文州的怀里：“我累了。”

喻文州笑着摸了摸她的头发：“我背你。”

“好。”时笙抬头。

喻文州蹲了下来，时笙自觉地趴到了他的背上。

“想去哪里？”喻文州问。

时笙想了想，说：“想把学校都逛一遍。”

喻文州应了一声：“好。”

喻文州慢悠悠地在校园里走着，一开始时笙还要跟他说话，到后面，喻文州听到耳边逐渐平稳的呼吸声就知道时笙是睡着了。

他背着时笙往校门外面走去，保安本来是准备过来打个招呼的。他怕吵到时笙，笑着摇了摇头。

保安笑着将手里的糖拿出来给他看了看，刚刚老师已经帮他们拿过来了。

喻文州小声说道："今天麻烦你了。"

几个保安摇头，笑着祝福道："新婚快乐。"

喻文州笑着对保安们开口："谢谢你们。"

很快到了停车的位置，时笙醒了，但就是犯懒。

喻文州把她放在地上，她就闭着眼睛靠在他身上不动。

喻文州哭笑不得地捏了捏她的脸："懒虫笙笙。"

时笙继续闭着眼睛："我不管，就要你抱。"

喻文州先把车门打开，然后才小心地将时笙抱了进去。

第二天，时笙直接睡到了日上三竿。

醒过来的时候，她只是习惯性地转了一下头，结果就看见喻文州正手撑着头看着她。

"还睡不睡？先起来洗漱？中午想吃什么？"

睡着的时候不觉得，现在醒了，时笙觉得饿到前胸贴后背了。

喻文州将她拉起来，说："先洗漱，想吃什么告诉我。"

时笙想了想，说："想吃泡面。"

他甚至都已经做好了要大显身手的准备，结果他老婆就说了个这个？

时笙看着他，轻哼一声问道："不让吃？"

"好，洗漱完我去煮。"说完，喻文州先下了床。

时笙非常自觉地伸手，喻文州直接抱着她去了浴室。

喻文州帮着时笙洗漱好两个人才一起下了楼。

吃饭的时候，喻文州突然开口问："笙笙，想养宠物吗？"

时笙想出去工作的计划大概率算是夭折了，而且以林深跟她告白这种事情带来的冲击效果，她估计是好久都不会再想出去工作的事情了。

喻文州想着自己的假期马上就要结束了，现在宋婶也不在这边，他担心时笙待着会无聊。

时笙摇头："我照顾不好宠物的。"

喻文州思考了一下，养猫猫狗狗什么的确实很花时间和精力。他问："要不再去老宅请个人过来帮忙？"

时笙看出来了，喻文州就是不放心她一个人在家里，便说道："那还是养宠物吧。"

喻文州点头："嗯，那我们待会儿去宠物店看看。"

时笙抬头："不用了，去花鸟市场吧。"

喻文州不解，表情疑惑地看着她。

"我养乌龟可能比较合适。"时笙说道。

喻文州被她这个一本正经的样子逗笑了。不得不说，她对自己的认知一直非常清晰。

"嗯，那待会儿去看看吧。"喻文州应道。

吃过饭休息了一会儿，两个人一起去了最近的花鸟市场。

这还是时笙第一次逛这里。从门口开始，一路上她都快要看花眼了。

花鸟市场的东西很齐全，有各类花花草草，又有各种宠物。

二人走到市场最里面才看到了卖金鱼和乌龟的地方。

时笙进去以后，是真的觉得自己长见识了。在曾经她有限的认知里，她一直觉得乌龟应该是差不多的，尤其是壳的颜色，翻来覆去就是那些配色和花纹。

但直到这天，各种各样的乌龟被放在了一起，她一眼就可以看清它们的区别。

时笙拉着喻文州一个水缸一个水缸地看，老板就在旁边跟他们介绍。

走到最后一个水缸前，他们刚刚停下脚步，水缸里的乌龟全部都游了过来，还不停地用小爪子扑水。

还有一只乌龟特别可爱，急匆匆地从另一边游过来，结果刚刚停下，直接就冒了一个鼻涕泡。

时笙没忍住一下就笑了起来。

老板也笑了笑，赶紧介绍起来："这种是西非侧颈龟，有深色的苗子也有浅色的。"

时笙看了一眼刚刚那只冒鼻涕泡的，就是浅色的，不只龟壳的颜色浅，连皮肤都是浅色的，看起来圆滚滚的很可爱。

老板见她喜欢，继续说道："侧颈龟性格都很温和，互动性也好，像西非侧颈龟，因为圆乎乎的，一直有个别称叫西非猪。你看它的嘴巴，就跟在笑一样，这谁看了不迷糊？"

时笙觉得老板是说到点子上了，自己现在不就是被它可爱迷糊了吗？

她笑着去看喻文州："养这个好不好？"

喻文州笑着捏了捏她的手指："好。"

老板赶紧就把刚刚那只乌龟捞了出来。老板给她示范了一下怎么摸，时笙就迫不及待地上了手。

突然，她像是想到了什么，问老板："它是男生还是女生？"

老板笑着把乌龟翻了过来，仔细确认了一下，回答："男生。"

时笙又转头问喻文州："要不给它买个老婆？"

听到这个问题，老板和喻文州都笑了起来。

喻文州问："这种可以雌雄一起养吗？"

老板点了点头。

有些龟其实是不建议雌雄一起养的，容易发生流血事件。但这批龟是一起养大的，一直在一起也没出什么问题。

就这样，老板把水缸里的乌龟捞起来一个一个地看性别，时笙几经纠结又挑了一只雌龟。

时笙看着两个小家伙开心得不行。她看向喻文州，说："名字我都想好了。"

喻文州猛然就想起了之前时笙说过他们的孩子要叫喻宝贝的事情。

"男生就叫喻小宝，女生叫时小贝。"时笙兴奋地说。

果然，他不能对时笙的起名水平抱有太大的幻想。

毕竟是第一次养乌龟，工具什么的全部都需要现买，饲养方法也需要现学。

老板准备带他们去看饲养工具，喻文州突然开口："笙笙，你跟着老板在这里看吧，我去一趟洗手间。"

"我这里有……"老板只说出来几个字，喻文州就对着他微微摇了摇头。

老板立刻闭嘴，改口道："洗手间在市场那边，你出去右转就可以。"

喻文州点了点头，又对着时笙说道："好好学怎么养儿子和女儿，我很快就回来。"

时笙被这喊法逗得脸红，赶紧说道："你去吧。"

老板带着时笙去挑了饲养缸、晒背台、加热棒和沙子。东西挑好了，老板又讲起了西非侧颈龟的饲养方法。

时笙打开手机，在手机备忘录里疯狂打着字，就差把老板说的语气词都给写进去了。

老板见她有点儿紧张，安慰道："乌龟好养的，如果有什么饲养上的问题，你可以打电话问我。"

说完，老板又去找了一张自己的名片，时笙一边道谢一边接了过来。

她在这边学完了喻文州都还没过来。

老板帮她把所有东西都装好，然后又找了一个小盒子给她装乌龟，提议道：“你要不进来坐着等？”

时笙想了想，随即还是摇了摇头，说：“我就站在门口等吧。”

想着刚刚老板说的右转，时笙就抱着装乌龟的盒子一直在看右边。

“笙笙。”

熟悉的声音从另一边传了过来，时笙猛地转过头去。

喻文州怀里抱着一捧粉玫瑰。他一路望着她走过来，眉宇间尽是笑意。

“送给全世界最好的笙笙。”站定在她面前，喻文州将手上的花递了过去。

时笙站在台阶上，喻文州就站在台阶下，两个人高度齐平，眼里只有对方。

时笙笑着接过花：“谢谢州州。”

喻文州将她拥入怀中，凑在她的耳边说道：“我爱你。每一天。”

时笙笑了笑，眼底无端有些酸涩。

过了这么久，她终于遇到了那个人。就算她只做了一件小小的事情，他还是会毫不吝啬地夸奖她，不管何时何地，他也总会大大方方地表达他的爱意。

时笙在喻文州的脸颊上亲了亲：“我也是。”

喻文州摸了摸她的头：“嗯，带着儿子和女儿回家吧。”

时笙望着他笑了笑：“好。”

喻文州把一旁的饲养缸抱了起来，时笙就抱着花和装乌龟的盒子。

直到坐进了车里，时笙才悄悄地把手机拿了出来。情侣之间送花一般都是红玫瑰，这个粉玫瑰是什么意思，她其实不太清楚。

时笙仔仔细细地数了数放在腿上的花，正好三十三朵。于是她打开百度，输入：三十三朵粉玫瑰是什么意思。

底下的回答是：粉玫瑰，花语是初恋。玫瑰一直以来都是爱情的象征，但粉色在这一基础上又多了一层含义，它还可以表示爱情的承诺。而三十三朵，表示一见钟情，就想爱到三生三世。

时笙突然转头看向喻文州，问："州州，你知道我们第一次见面的时候是什么天气吗？"想了想，时笙又觉得自己的表达不够准确，解释道，"我是说，我第一次正式见你的那天。"

喻文州明白，她是指相亲那天。

"是初雪。"他答。

他记得清晰，去年的初雪来得很晚，就在他去见时笙的那一天。

时笙笑着对他点头："对，就是初雪。"

对喻文州而言，初雪寓意着，只要在初雪时和心爱的人一起看，他们就会永远幸福在一起。

对时笙而言，初雪寓意着，初雪时遇到的另一半，会是她的真命天子。

两个人相视一笑，明明什么都没有说，但好像又都明白了对方想要表达的意思。

第六章
黑暗料理

到家以后，两个人一起在客厅里给喻小宝和时小贝开辟了一块地方当新家。弄好这边，时笙又去找了花瓶把喻文州送的粉玫瑰全部都装了起来。

喻文州去厨房做饭，时笙就搬了一张椅子坐到了饲养缸面前。

养小动物很容易“真香”，一开始时笙还犹豫要不要养，但越看越喜欢。尤其是看到两个小家伙在水里游得开心，时笙也跟着开心。

喻文州端着菜出来，看到时笙就差趴在饲养缸上了。

“笙笙，过来吃饭。”喻文州喊人。

时笙头都没抬，又去一旁拿了龟粮，说：“等一下，给你儿子和女儿喂饭。”

喻文州笑得不行，时笙对新身份好像适应得很快。

坐在餐桌边，时笙主动问起了喻文州后面的安排。

婚假只剩一天，刚好第二天是周一，喻文州准备提前回学校。

“你呢？”喻文州问。

时笙叹了一口气，毕业考的时间通知下来了。虽然毕业考老师一般不会给挂科，但也不好说，毕竟有时候人倒霉喝凉水都塞牙。

毕业考结束以后就是论文答辩，时笙这边论文刚刚定稿就要开始马不停蹄地准备答辩的问题了。

主要是，她能感受到导师在指导她这份毕业设计的时候有多用心，担心自己做得不够好会辜负了导师的心血。

喻文州见时笙一副苦大仇深的样子就知道，她可能又在钻牛角尖了。

她从小受到的夸奖不多，甚至母亲带给她的更多的是打压式教育，哪怕做得很好了，她依旧会觉得还不够。

“笙笙。”喻文州喊她。

时笙抬头：“嗯。”

“你很棒，一直以来都是，不要妄自菲薄。”

时笙望着他点了点头：“嗯，我会尽快调整好心态的。”

第二天喻文州起了个大早，新家到学校的距离几乎是以前从公寓到学校的两倍。

他小心翼翼地起床去洗漱，结果推开浴室门还是看到时笙坐了起来。

可能是因为太困，时笙现在眯着眼睛，大有下一秒就要睡过去的趋势。

“怎么起来了？”喻文州走到床边坐下。

时笙睁眼看着他：“你怎么起这么早？”

晚上两个人是抱着睡的，喻文州起来时她就知道了。过了两分钟，她鼓足勇气从床上坐了起来，一看时间竟然才七点钟。

喻文州摸了摸她的头：“要去学校，这边要远一点儿。”

时笙点了点头：“那我要起来陪你。”

喻文州突然就笑了起来。以前那个有起床气的时笙竟然主动说要起来陪他。

“嗯，那吃过饭你再回来睡。”他说道。

时笙点了点头，重新闭上眼睛直直地撞在了他身上。

“先去洗漱？”喻文州问。

时笙打了个哈欠：“不行，会把我的瞌睡洗没的，我去刷个牙就好了。”

喻文州笑道：“好，那自己去刷牙？我先去做早饭。”

时笙又打着哈欠点了点头。

时笙下楼的第一件事情就是先去看喻小宝和时小贝。两个小崽崽一听到有人过来，赶紧从另一端游了过来。

时笙去找了龟粮，先丢了几颗进去。

想到昨天老板说乌龟还要吃蔬菜和鱼虾、蚯蚓，或者昆虫、牛肉之类的，时笙又打着哈欠进了厨房，喻文州还在里面忙活。

“州州。”说着，时笙过去从后面抱住了喻文州。

“嗯？”

“回来的时候，给你儿子和女儿买点儿牛肉吧。”时笙说道。

她是没本事肢解蚯蚓以后再拿去喂，现在乌龟都太小了，买回来的鱼虾又可能比它们还大，思前想后还是牛肉比较好，她可以将牛肉切成一小块一小块的。

喻文州笑着转过来问：“你有要吃的东西吗？”

时笙抿了抿唇：“算了吧，我想吃的东西你都不让我吃。”

喻文州笑了起来：“预判了？”

时笙故作神秘地踮起脚，小声地凑在他耳边说：“我想吃榴梿。”

只是听到这里，喻文州的脑海里就已经自动脑补出榴梿的气味了。

时笙看他蹙眉的样子没忍住笑了起来：“嘻，骗你的。”

喻文州捏了捏她的脸，转身继续忙手里的事了。

吃过早饭，时笙送喻文州出门以后又回去躺下了。

她戴了眼罩，眼前就是一片黑，加上附近比较安静，这一觉醒过来时又是中午了。她洗漱好下楼，刚刚站到冰箱前准备看看有什么吃的，门铃就响了。

她毕竟才搬到这边来，突然门铃响了还吓了一跳。

她走到门口，看了可视门铃的屏幕才发现来人好像是外卖小哥。

想起喻文州的叮嘱，时笙让小哥直接把东西放在了门口。她过了两分钟才出去拿东西，结果拎回来没一分钟，门铃又响了。

现在家里有个院子，平时大门关着，小哥只能到大门口。

虽然也没几步路，但时笙就是觉得累。如此往复三次，她都快要麻木了。

她坐在沙发上，等了一会儿确定没有第四次以后才彻底放心了。

最后一个被拎回来的袋子她不拆几乎都能确定里面是什么东西。刚刚拎回来的路上，她就隐隐约约闻到气味了。

另外两个袋子，一个里面是热腾腾的饭菜，看包装盒时笙就知道，是她夸过好吃的那家店的。另一个袋子里面装的是蔬菜和牛肉，她一看就知道是给喻小宝和时小贝准备的。

时笙看了一下时间，喻文州现在应该也是吃午饭的时间才对。在打电话和打视频两者间纠结了片刻，她选择了后者。

当手机屏幕上出现喻文州的脸的时候，时笙一下就笑了起来。只是看到他身上的白大褂时，她又有些紧张地问："我打扰到你了吗？"

喻文州一边往外走一边说："没有，马上准备去吃饭了。"

"你还没吃饭吗？"她问。

喻文州点了点头，给时笙点的东西是他早上出门之后选的定时派送。

"那我挂了，你快去吃饭吧。"时笙又说道。

喻文州勾起嘴角："想看看你。"

明明只是简简单单的一句话，时笙还是被迷得不行。

她瞥到茶几上的东西才想起来目的，半陈述半疑惑地问：“州州，那个榴梿是你买的吧？”

喻文州不自然地轻咳了一声，说：“我没买。”

听到他否认，时笙就知道肯定是他。她语气带笑地继续说道：“哦，那好吧，我一定会在你回来之前吃完的。”

毕竟喻文州不喜欢这个气味，主动给她买了，她当然还是得好好做人。

一直等到喻文州走到教师食堂以后，两个人才挂断了视频。

时笙偷懒直接在茶几上吃午饭。吃完休息了一会儿以后她把桌面收拾了一下，然后去楼上把电脑抱了下来。

论文答辩听起来着实有点儿骇人。她先做了个思维导图，把思路捋顺了才开始做 PPT（演示文稿）。

但有时候，脑子里想的东西，跟最后写出来的东西就是对不上。

对 PPT 删删减减了半天，时笙就是不满意。她有点儿烦躁地起身，这才想起来自己的榴梿还没有吃。她瞥了一眼旁边，还有喻小宝和时小贝的牛肉以及蔬菜。

时笙用烂到不行的刀工切了一点儿牛肉下来。她走到饲养缸旁边，两个小崽崽非常自觉地游了过来。

喻小宝站在水里的一片叶子上，对着她这边就打了个哈欠。

时笙看到这一幕，脑子里便自动开始配音：“嗷呜……恶龙咆哮……”

时笙笑得不行：“喻小宝，你看看人家时小贝多文静，你该不会是搞笑男吧？”

她记得昨天老板还跟他说过，喻小宝以前还在水缸里仰泳。别的小乌龟翻过来了就开始摆烂一动不动，就它一个龟跟有多动症一样，四个爪爪不停地摆动。

时笙像是突然想到了什么，先把手机拿出来以后才用镊子夹了一小块肉出来。

“喻小宝同志，要不要给你爸表演一个仰泳？”说完，她拿着镊子在喻小宝的头顶晃了晃。

肉的味道还是很具有吸引力的，两个小家伙都跟着镊子的方向游过来游过去的。

时笙又问：“时小贝，你呢，有没有什么才艺可以表演给妈妈看呀？”

结果时小贝真的就跟听懂了一样，又往饲养缸边上贴了贴，现场表演了一个扑水。

时笙为了看它们本来就凑得近，这下好了，直接获得了一次免费洗眼睛服务。

她哭笑不得地伸手摸了摸时小贝的龟壳：“小贝，表演得很好，下次不要表演了。”

说完，时笙把肉喂给了时小贝。

喻小宝大概是受了刺激，看到这么烂的表演也能有奖励，也往饲养缸边上贴了贴。随即，两脚都蹬在了饲养缸的边上，它一个借力，直接以仰着的姿势游了起来，四条腿疯狂地在水里摆动，速度很快。

时笙直接笑出了声：“哈哈哈，州州你快看，你儿子这该死的胜负欲。”

视频录好了，时笙直接发到了喻文州的微信上。然后她把手机放在一边，开始认认真真地给两个小崽崽喂东西。

她丢了一片菜叶进去，两个小崽崽围着边边啃，她仔细一看，已经有小缺口了。

时笙现在是老母亲看孩子的心态，越看越喜欢。而且不得不说，家里有两个小崽崽陪着她，她是真的很开心。

等喂完它们，时笙还是没有收到喻文州的回复，不过想到他回学校忙也是正常的。

她怕在家里吃榴梿，等喻文州回来气味都散不了，便搬了一张凳子去院子里，找了个阴凉的角落开始吃榴梿。

喻文州一下午都在实验室里，等到忙完以后的第一件事情就是去看手机，而点开手机的第一件事情就是去看时笙发过来的微信。

因为没有戴耳机，他调了最小的音量坐在那里看视频，结果里面那句“你儿子……”还是落入了宋修远的耳朵里。

宋修远顿了一下，看向喻文州的眼里充满了不可思议之色，问：“你老婆有了？”

明明他的声音很小，结果还是被旁边的学生听到了。

“什么，师娘有了？！”男生出声。

顿时，整个实验室里在收拾东西的学生全部都停了下来，议论纷纷——

“什么，师娘生了？！”

“一个两个？”

“男生女生？！”

“…………”

喻文州沉默了。

就这么大块地方，八卦都能被传变味，可见平时大家听的娱乐八卦有多离谱。

喻文州轻咳了一声，无奈地将手机举了起来，将视频倒回去以后，解释道：“这个是我‘儿子’，这个是我‘女儿’。”

“哦，原来是龟儿子。”男生继续说道。

乍一听这话好像没什么问题，但是，一个来自渝城的学生吓得不轻。他直接跳过去捂住了男生的嘴：“哎，这可不兴瞎说。”

场面过于尴尬，几个学生咳嗽的咳嗽，摸鼻子的摸鼻子。男生转了转眼睛，赶紧找补道：“哈哈哈，小师弟、小师妹真可爱。”

“对，对，对！”

"就是，就是！"

宋修远在一旁笑也不是，不笑也不是，实在是憋得有点儿难受。他拍了拍喻文州的肩膀，调侃道："赶紧回去看你的'儿子女儿'吧。"

喻文州抬头，看向宋修远的眼神都不知道是无语多一点儿还是无奈多一点儿。

宋修远笑着走开了，喻文州也起身简单地收拾了一下东西就走了。

这天他没有跟时笙说回去的具体时间，想给她带蛋糕回去当惊喜。

结果他走到门口，就隐隐约约听到了里面有时笙说话的声音。

一开始他以为是家里来了客人，但多听了两句发现好像不是这么回事。

"时小贝同学，下面请你回答一下，你当时是怎么想到油画和国画融合发展这个主题的呢？"

接下来，就是时笙的一通自言自语。

喻文州推门进去的一瞬间，时笙转过头来看向他，两个人四目相对。

时笙脸上神色先是震惊，没过两秒钟又变成了尴尬，然后脸一下就红了起来。

喻文州一下就笑出了声："在干什么？"

时笙望着他，顿了两秒才回答，"模拟答辩。"

榴梿对她而言真的是神一般的存在，下午吃过榴梿，回来再做 PPT 的时候简直流畅得不行，然后她又根据自己的论文想了一些老师可能会问的问题。

但是自问自答实在是有点儿奇怪，后面时笙干脆把椅子搬到了饲养缸前面去。虽然这样也跟自言自语没什么区别，但是两个小崽崽听到她的声音就一直待在饲养缸边上。

这样时笙好歹觉得是有人陪着她。

喻文州一边笑一边往里面走："你确定它们听得懂？"

时笙抿唇想了一下，说："正常的应该听得懂。"

毕竟下午她说让它们表演什么的，两个小崽崽是按照指令做了的。

至于现在这个问题嘛，时笙笑了笑，说："刚刚问的问题好像是有点儿超纲。"

喻文州在她面前站定，将手里装蛋糕的袋子递了过去："怎么这么可爱。"

只看包装袋时笙也知道里面是自己喜欢的东西。她踮脚在喻文州的嘴角亲了亲，夸："州州真好。"

这个道谢方式，对喻文州来说非常受用。他捏了捏她的脸问："晚上想吃什么？"

时笙咧嘴笑了笑。这天喻文州简直可以称得上是惯着她了，她也不能什么表示都没有。

时笙非常狗腿地接过喻文州手里的电脑包，又拉着他去沙发那边坐下，说："州州坐，晚上我下厨！"

她的豪言壮语喻文州听得有点儿心惊胆战。他问："你确定？"

时笙又觉得自己的自尊心受到了挑战。她非常肯定地点头："非常确定。"

说完，时笙就穿着拖鞋往楼上跑去。

没过一会儿，喻文州就看见她拿着平板电脑下来了。

"州州你坐在这里等我……"时笙冲着他笑了笑。

喻文州挑眉。如果他没听错，里面应该是在放教做菜的视频。他无端有一种预感，这天的晚饭可能要出问题。

"嗯，去吧。"喻文州点头。

语毕，时笙进了厨房，喻文州把手机拿了出来。

视频教程一开始菜就是切好的，没办法，时笙只能按下了暂停键。

刚刚拿起菜刀，她就想起喻文州教过她各种食材应该怎么切。但是她实践起来的结果是：学了，但没完全学。

她切得提心吊胆，外面的喻文州也听得胆战心惊。

“笙笙？”喻文州一边喊人一边往厨房的方向走去。

时笙停下手里的动作，听到越来越近的脚步声，赶紧阻止：“你不要进来！”

喻文州不放心地继续问：“你自己可以切菜吗？”

时笙看了看刀又看了看菜，坚定地回答：“可以！”

喻文州无奈：“那有什么问题大声喊我。”

“好！”

语毕，厨房里再次传来了切菜的声音，只是这次动静小了些。

时笙现在改变策略了，以龟速一点点地在切菜。虽然效率慢了些，但好歹安全，而且看起来切的菜也没那么丑了。

就这样，明明是两个人的饭量的食材，时笙光切菜就切了快二十分钟。

接下来每一步她都是严格按照视频来的：教程里只放一勺醋，那她也只放一勺醋；教程里放一勺盐，那她也只放一勺盐。

明明每一步看上去都是差不多的，但最后尝菜的时候还是差点儿把时笙送走。

她不信邪，又按照教程把剩下的两个菜也做了。

事实就是，人有时候还是得信邪。

时笙有点儿不好意思地从厨房门口探了个脑袋出去，喊道：“老公……”

喻文州眼睛还盯着电视，听到这声呼唤就知道是发生什么了。他忍着笑，转头看向时笙：“嗯？怎么了？”

时笙不好意思地摸了摸鼻子：“咯咯咯，今天晚上吃泡面可以吗？”

回答她的是一阵门铃的声音，喻文州对她指了指门口后就起了身。

时笙回厨房把那些失败的试验品倒进了垃圾桶，喻文州就两手拎着袋子回来了。

时笙神色震惊地看着他。她就说刚刚喻文州怎么那么淡定，原来是早有准备！

喻文州拎着外卖走到了餐桌前，对着时笙招手："过来吃饭。"

时笙被伤害到了。

喻文州见她不动，又安慰道："今天表现还不错。"

时笙不解，站在原地看着喻文州把餐盒一样一样拿出来，听他继续说道："今天至少没有把厨房炸了。"

时笙沉默了。

时笙在厨房里面忙活，他的心就跟着提了起来。她切菜的时候他怕她切到手，炒菜的时候怕她被油溅到，最坏的打算就是厨房可能会被搞得乌烟瘴气。

但是时笙这天的表现，是真的有进步。厨房没被炸，只是她做出来的东西不太能吃罢了。

喻文州抬起头，就看到时笙气呼呼的表情。他笑着看向她："嗯，下次做的菜应该就能吃了。"

时笙张了张嘴，最后愣是一个字没说出来。她又羞又恼，直接从厨房门口跑了过来，一拳捶在了喻文州的胸口上，说："你太坏了！"

喻文州笑着抓着她的手："嗯，我坏。"

要是他不提前做准备，他们这天晚上还不知道要几点才能吃上饭。

时笙现在有多生气，吃饭的时候就有多香。

尤其是在受到自己做的那些菜的荼毒后，时笙一口气吃了两碗饭。

待到时笙从椅子上站起来时，喻文州看她的表情就知道，问：“吃撑了？”

时笙有点儿不好意思地点了点头。

喻文州一边收拾桌面一边问道：“那出去散个步？”

时笙看了看外面还有点儿阳光，便点了点头，说：“那等我去换身衣服。”

时笙怕在外面走着热，上楼去换了一条裙子。

她刚刚走到楼梯口就看到喻文州正拎着一个便携杯子站在下面，于是一边喊人一边往下跑：“州州！”

喻文州无奈，在她跨下最后一级台阶的时候伸手揽住了她的腰：“慢点儿，不急。”

“嗯嗯。”语毕，时笙主动牵起了他的手，与他十指紧扣。

其实小区里的绿化就做得不错，但两个人逛完一圈以后还是出去了。

大门口直直地对着一条路，两边都是葱郁的大树，车很少，一直都是安安静静的。

两个人一路往前，刚好在夕阳落下的时候走到了尽头。

“州州。”时笙忽然停下了脚步。

喻文州转身看向她：“我在。”

时笙看了看落日又看了看他，而后说：“州州，我们玩个游戏吧。”

喻文州嘴角带笑：“什么游戏？”

时笙故作思考了一番：“我说什么你就要跟着我说什么。”

“好。”喻文州点头。

“我爱你。”语毕，时笙直接踮脚吻在了他的唇上。

浅尝辄止的一吻，还有她明媚的笑容，混着夕照和晚风一起印入了他的脑海中。

喻文州笑着俯身，在她的嘴角回了一吻，随后说道：“我爱你。”

时笙偏头望着他，笑得连眼睛都弯了起来。

直到四周慢慢暗了下去，两个人才准备回去。

只是时笙才走了几步路就停下了，喻文州瞥了她一眼就知道，有些人要开始耍赖了。

他无奈，将手里的水杯递给她以后就蹲了下来，说："上来吧。"

时笙笑了笑："老公最好啦……"

喻文州笑着摇头，他家的懒虫是真的懒。明明是出来散步消食的，结果走了一半她就歇菜了。

时笙趴在喻文州的背上，舒舒服服地闭上了眼睛。

"州州，你说如果没有遇到你，我会怎么样？"时笙突然开口。

她想这个问题想很久了。她曾无数次妥协于现实，又曾无数次想过反抗。

关于未来，她一直还在摸索。她也确定，即使没有喻文州，她也一定会冲破那些不合理的束缚。

只是要花多长时间，她也不知道。

三年？五年？抑或是十年？

但时间总会消磨人的意志，到那个时候，她到底是在为了反抗而反抗，还是为了热爱而反抗，连她自己都是持怀疑态度的。

"笙笙。"喻文州喊她。

时笙"嗯"了一声，又听他继续说道："人生没有那么多如果。"

听到这个答案，时笙一下就笑了起来。

事实确实如此。

喻文州出现了，带着他满满的爱意，她还保持着初心，融入了他的生活。他们的未来，一片明朗。

就这样连续了好几天，时笙天天早起陪喻文州吃早饭，然后再回去睡回笼觉，喻文州每天下班回来给她带些小东西。

很快到了时笙返校的时间。

考试、答辩加拍毕业照，要整整一周的时间。从家到学校，她天天来回跑肯定是不现实的。

喻文州那天下班回家就发现楼下没人，上楼一看，时笙正趴在床边写什么。

“在干什么？”喻文州开口。

时笙本来就是易受惊体质，又被他突然开口吓了一跳。

“你又吓我。”时笙委屈巴巴地看着他。

喻文州过去摸了摸她的头，一眼瞥到了上面写的字，考试证件、各种笔、带哪些衣服、带哪些化妆品。

时笙应该是担心收拾的时候漏掉什么，所以才会全部做了个清单。

“要回学校了？”他问。

学校为了错峰拍毕业照，每个院系的毕业考试和答辩时间都是不一样的，医学院要排到下个月中旬了。

之前时笙说了要回去考试，但没说具体时间，喻文州当时也没问，不过现在看来，应该是下周了。

时笙点了点头。她的论文还没有打印，导师给的截止时间是后天。但有时候打印出来的格式可能又会出问题，她想多给自己预留一点儿时间。

“我想明天回学校。”时笙说道。

喻文州看向她：“明天周六。”

时笙只能把自己的计划说了一下。

喻文州点头：“那我明天陪你一起去。”

时笙赶紧拒绝。喻文州好不容易休周末，她可不想他这么累。

喻文州笑了笑：“陪老婆是应该的。”

接着喻文州又说了几句话，最后时笙还是点了点头。

但是不想让喻文州操心，时笙晚上主动收拾起行李。她拿着清单，一样一样地找着东西，放到箱子里面以后就在清单后面画个叉。

喻文州就坐在床上看着时笙在那里碎碎念。

终于收拾好了，时笙站起来喘了一口气，说："州州你先睡，我去洗个澡就好！"

喻文州看了她一眼，随后还是点了点头。

待到时笙进了浴室，喻文州从床头挪到了床尾，仔仔细细地听里面的动静。直到里面传来淅淅沥沥的水声以后，他才下了床。

喻文州走到时笙的行李箱面前。明明浴室里的动静更大，但他还是尽量放轻了自己的动作。

他打开箱子，这次时笙收拾得还算不错，不算特别整洁，但好歹也是归类放好了东西。只是里面全都是衣服、护肤品和化妆品，另外一边塞了几本书和一个笔袋。

喻文州盯着这堆东西思考了半天。听到浴室里的水声停了，他吓得赶紧把箱子关上放回了原位。

时笙出来就看见他还坐在床上，便问："州州你怎么还没睡？"

喻文州笑了笑："等你。"

"马上就好！"说完，时笙随便去抓了一瓶喷雾，擦完脸就跳到了床上。

第二天倒也不用一大早就走，喻文州便等时笙睡到自然醒。

时笙又把剩下要带走的东西装到了一个大包包里，然后才去书房拿她的画。

"州州，你帮我把包包拿下去吧。"时笙一边往书房走一边喊喻文州。

喻文州应了一声，然后拎着时笙的包下了楼。

时笙说回学校待一周，肯定是要住寝室的。只是她们寝室就她是本地人，一个室友回老家实习了，还有两个室友在这边找的实习工作，但公司离学校都不近。

刚刚她在寝室群里问了问，她们三个人都要第二天才回来。

时笙先回去，就顺便把卫生都打扫了。

寝室的一切安顿好，她就出去打印论文了。果然不出所料，来来回回打印了四次才打印出一份格式完全正确的论文。

导师点头说可以了的时候，时笙都快激动哭了。

她激动地给喻文州发微信汇报了进度，两个人约了待会儿一起吃晚饭。

时笙看着手机电量不多了，回去翻箱倒柜找了半天愣是没找到手机充电线。

明明她昨天列了清单，这天走之前还特意检查了一遍。她现在开始有点儿怀疑自己了。

想着自己跟喻文州的手机型号一样，时笙赶紧给喻文州打了电话，问："州州，你带手机充电器了吗？"

喻文州顿了两秒，回道："我找找。"过了一阵子，喻文州回了一句，"带了。"

时笙松了一口气，说："那待会儿吃饭的时候，你把充电器带出来给我用一下。"说完，她还不忘抱怨一下自己的记性。

喻文州轻咳了一声，说："嗯，我还有点儿事，待会儿给你带出来。"

时笙提议他们出去吃饭，两个人约了在停车场见面。

时笙去得晚一点儿，到的时候喻文州已经把车开出来了。

他将车窗降了下来，时笙一眼就看到了。

时笙上了车，一边催他把车窗升起来，一边系安全带。她系好安全带后，转过头来说的第一句话就是："充电线呢？"

喻文州想了想，回答："在后面的电脑包里，待会儿给你。"

时笙不以为意地点了点头。

很快他们到了餐厅门口，时笙想着趁着吃饭的时间充会儿电，结果这次得到的答案是："我好像忘记带了。"

喻文州翻了翻电脑包，无辜地看向时笙。

刚刚那个信誓旦旦地说充电线在电脑包里的人到底是谁？！

时笙无奈地叹了一口气："那我去找个共享充电宝吧。"

听到这里，喻文州顿了一下。是他大意了，他竟然忘了还有共享充电宝。

喻文州将车门关上，一把将时笙揽进了自己怀里，说："快进去，不然我预定的菜要吃不上了。"

"为什么？"时笙的注意力一下就被转移了。

喻文州带着她往里面走去，说："今天人很多，老板说再不去，留的菜他都保不住了。"

时笙对此深信不疑，脚步又加快了一些。

看着充电宝这个话题总算是略过了，喻文州也松了一口气。

时笙要回学校待一周的事情是板上钉钉的。

昨天他也提过，想让时笙跟着他一起住教师宿舍，可惜被拒绝得干脆。

昨天晚上他就寻思着要从时笙的行李箱里拿点儿什么东西出来，结果看了半天也没找到一个合适的。

早上时笙让他帮忙拿包包，他才悄悄从里面把手机充电线给拿出来了。按照他的估算，时笙找他要充电线应该是在晚上，谁知道还提前了。

两个人坐进了包间，时笙眼巴巴地看着门口，忧愁地问："该不会真的吃不上了吧？"

喻文州对她露出了一个安慰的眼神，说："别担心，我去看看。"语毕，他就起身出去了。

时笙望着门口，无论如何也想不到，喻文州就是在外面站了几分钟而已。

"怎么样，怎么样？"看到喻文州回来，时笙赶紧问。

喻文州像模像样地走过去坐好："没问题。"

时笙笑着点了点头："嗯嗯。"

时笙以为这顿饭能吃上全凭喻文州，等上菜的时候，眼底满是对他的崇拜之色。

喻文州轻咳了一声："快吃吧。"

就这样，时笙彻底在美食里沦陷了，一直等到吃完饭都没提过要充电的事情了。

"我跟你回寝室拿吧。"吃过饭出去时，时笙主动提出。

这是时笙第三次来喻文州的寝室，里面一如既往地整洁。她看到床上铺的床单，好像是他们上次一起去买的。

喻文州见她一直盯着床看，笑着问："真的不考虑睡这边？"

时笙摇头："你的床单太难看了。"

喻文州沉默。

按照以前，时笙最多就是笑着把话题扯开。但是最近的时笙，胆子越来越大了。

"那你不给我买新的？"喻文州问。

时笙突然就想起来，前面喻文州就是这样忽悠她给家里的大床买床单的。她赶紧摇头："不要。"

见喻文州还在磨蹭，时笙又催了起来。

喻文州见躲不过了，只能磨磨蹭蹭地去旁边拿充电线。

时笙打着哈欠接过，但是一眼就发现了不对劲，说："这好像是我的充电器？！"

虽然两个人的充电器是一样的，但毕竟自己的也用这么久了，时笙无端地觉得这条充电线是自己的。

她就见喻文州轻咳了一声，望向她又摸了摸鼻子，这不是心虚是什么？！

"喻文州，是你故意把我的充电器拿走的吧？！"时笙气呼呼地看着他。

喻文州赶紧出声：“对不起，老婆我错了。”

时笙听到这熟悉的言辞，眼睛都瞪大了。他到底是怎么做到这么没脸没皮的？每次道歉的速度飞快，但他永远都是下次再犯。

时笙对着他“哼”了一声，转身就准备走。只是手还没搭上门把手，人就已经落入了一个滚烫的怀抱。

喻文州从后面拥着她，下巴就抵在她的肩上，说：“老婆，你陪我。”

他故意压低了声音，连尾音都拖长了些，有点儿委屈巴巴的意思。

时笙承认，刚刚自己是有点儿生气的，不过现在脾气是彻底没了。

时笙抬手摸了摸喻文州的头，然后才转身过去看着他。

“老婆。”喻文州继续喊人。

时笙无奈地叹了一口气：“我就住宿舍一周。”

喻文州不语，就这么看着她。

时笙踮脚吻了吻他的嘴角，说：“你现在怎么这么幼稚？”

喻文州赞同地点了点头：“嗯，我也就在你面前幼稚。”

时笙抿唇。她在回忆，幼儿园的时候，老师遇到难搞的小朋友都是怎么处理的。

只是话都还没捋顺，她就听到喻文州问：“你们寝室晚上不是就你一个人吗？”

时笙不以为意地回答：“是。”

喻文州勾起嘴角：“那你不怕？”

不说的时候没什么感觉，一说起来，时笙顿时觉得有点儿背脊发凉。

“那个什么床下有人的故事，要不要我讲给你听一下？”喻文州话音未落，时笙尖叫一声就跳到了他身上。

“喻文州你太坏了。”时笙一巴掌拍在了他的背上。

喻文州一听声音才觉得有点儿不对，时笙刚刚那声音带着点儿鼻音。

“真吓哭了？”他不确定地问。

时笙闷闷地“嗯”了一声。她刚刚真的是有点儿不受控，眼泪虽然没掉下来，但也结结实实地被吓了一跳。

她们寝室的人以前睡不着的时候就讲过鬼故事，什么红衣学姐、午夜鬼叫门，床下有人也讲过。

时笙的胆子本来就小，她们三个轮流讲，讲完她们倒是睡着了，时笙被吓得半宿没睡着。

那天过后，她甚至好长一段时间都不敢一个人待在寝室里。

结果刚刚喻文州这么一提，某些不好的回忆瞬间席卷而来。

喻文州虽然觉得抱歉，但还是厚着脸皮问：“那你今晚跟我睡这边？”

时笙从他身上下来，又气又恼地瞪了他一眼，但最后还是没骨气地点了点头。

喻文州忍着笑说：“那待会儿我给你讲别的故事。”

时笙现在听到“故事”两个字，思绪就会不自觉地往鬼故事上靠。她赶紧摇了摇头拒绝：“不要。”

喻文州拉着时笙去床边坐下。她缓了缓，然后就开始讨价还价了：“我就今天晚上睡这边。”

喻文州摇头：“这周都跟我住。”

时笙反驳：“不行，明天我们寝室就有人了。”

喻文州继续摇头：“一周。”

时笙无奈：“就今天。”

喻文州：“一周。”

时笙真的都无语了：“那今天加明天吧。”

喻文州勾起嘴角：“嗯，成交。”

他一早就笃定，考试和答辩期间时笙肯定是不会答应过来住的，所以算下来也就只有这天和第二天他们可以一起住了。

既然时笙都主动提了，他当然要答应得快一点儿嘛。

时笙无语。

她怎么觉得好像又有哪里有点儿不对劲呢？

喻文州笑着捏了捏她的脸："先去洗澡？"

时笙看了看外面还没有完全暗下去的天色，指了指外面，又对着喻文州仰了仰下巴："这天色你看合适吗？"

喻文州微微转头，说："嗯，那就等等吧。"

"但是我的换洗衣服都在寝室里。"时笙开口。

"现在去？"

时笙既想点头又想摇头。

想点头是因为现在天色还没完全黑下去，出去不算太吓人；想摇头是因为不管天黑不黑，她都有点儿不敢进她们寝室了。

喻文州似是猜到了她的想法，说："那你可以先给手机充会儿电，待会儿我陪你去，我在宿舍外面等你。"

时笙想了想，还是点头同意了。她把手机拿到书桌那边去充电，然后又坐回了床上。

但是寝室就这么大，一点儿娱乐项目都没有。时笙就这么坐着，没超过五分钟就开始打哈欠了。

"州州，我可以玩你的手机吗？"时笙干脆躺了下来，对着坐在一边的喻文州开口。

喻文州点头："嗯。"

说完，他把手机递给了时笙，然后又去书桌那边拿了一本书过来。

就这么点儿时间，看电视剧都看不完一集，时笙最后拿着喻文州的手机下载了一个微博，登录账号以后就刷了起来。

突然，一条微信消息在任务栏处跳了出来。

八喜工作室："您要的东西已经准备好了。"

时笙赶紧把手机递给了喻文州："州州，有新的微信。"

喻文州接过手机，微信立刻又跳出来一条新的。幸好时笙及时把手机给他了，不然就要露馅了。

"我去回个电话。"喻文州转头对她说道。

时笙点了点头。

她以为回电话只用去阳台就可以，结果喻文州直接开门去了寝室外面。

室内变得安静，"床下有人"几个字再次在她的脑海中冒了出来。

时笙猛地起身跑到了书桌那边去。她缩在椅子上，艰难地拿着还在充电的手机玩着。

一直等到她坐得腰酸背痛了，喻文州才回来。

时笙瞥了一眼时间，已经快要半个小时了。

天色已经完全暗下去了，喻文州站在门口，对她招了招手，说："走吧，去拿衣服。"

两个人一路都是手牵着手出去的，快要到女生宿舍的时候，时笙把喻文州留在了这里："你在这里等我，我马上就出来。"

喻文州点了点头，二话不说地停在了原地。

时笙刚刚进去，陆陆续续又有其他小情侣在这里逗留。有抱在一起说悄悄话的、接吻的，还有手拉着手恋恋不舍不愿意对方走的。

大学的时候喻文州并没有恋爱的经历，但对女生宿舍楼下的事情也不是没听过。现在他出现在这里，好像是有点儿校园恋爱的意思了。

就是可惜喻文州有点儿不适应，看着一旁吻得难舍难分的小情侣，又往角落里缩了缩。

宿舍楼道是声控灯，时笙全程脚步都踏得很重，生怕下一秒灯就灭了。

进了寝室，她以最快的速度拿了换洗的衣服和护肤品，一股脑地塞进包里以后，几乎是跑着往宿舍楼外面去的。

太吓人了！

到了宿舍楼下，看着黑黢黢的一片，她一时都没分清喻文州站在哪里。

还是角落里一个身影突然对着这边张开了双臂，时笙才看到人。她冲过去抱住喻文州，还不忘抱怨：“都怪你刚刚说鬼故事。”

喻文州顺手接过她手里的包包，然后非常顺口地道歉：“我错了。”

时笙在他的腰上捏了一把：“走吧，赶紧回去。”

两个人又是手牵着手回到了教师宿舍。

时笙总觉得寝室里要有点儿动静才行，回去就把手机扬声器打开开始放歌。

饶是如此，喻文州进去洗澡的时候她还是有点儿害怕。她把凳子搬到了浴室外面：“州州，你跟我说说话。”

她的话音刚落，浴室里的水声就停了，喻文州打开门，半个身子探了出来，笑道：“那进来跟我一起洗？”

他的发丝还在滴水，顺着脸颊一路往下滑去。

时笙有点儿不争气地咽了咽口水，但还是拒绝：“不准耍流氓。”

喻文州轻笑出声：“嗯。”

浴室门重新被关上了，时笙就有一搭没一搭地跟喻文州讲着话。

很快喻文州出来了，换时笙进去洗澡。

时笙一边洗澡一边说话，说到后面一度词穷到不知道还能说什么了。

“州州？”她出声。

意识到外面没有动静的时候，时笙的心跳猛然就开始加速了。她有点儿慌，又喊了一声："州州？"

结果外面依旧没有人回答她，时笙这下手上的动作更慌了。她本来还想再冲一会儿热水的，现在是真的一点儿心情都没有了。

带进来的睡衣都没时间穿，她把浴巾裹好就准备去开门。

"州州？"她一边开门一边不确定地喊人。

只是推开门的一瞬间，她抬头对上的就是喻文州一脸调笑的表情。

时笙蹙眉，气呼呼地看着他："我都喊你好多声了，你竟然都不理我！"

她现在真的是又生气又委屈，还有点儿害怕。

喻文州不语，只是笑了笑，随即眼神落在时笙的身上。

时笙急着出来，裹着浴巾，身上连水都没擦过，现在脖颈和肩头都还在滴水，有几根头发贴在上面，无端有些性感。

因洗澡带来的热气，还有因为生气，时笙现在整个人都白里透红。

喻文州站起身，对着她说道："不管什么情况，我都不会丢下你一个人的。"

时笙轻哼了一声："下次不准吓我。"

喻文州点头："嗯，对不起，下次不会了，知道你脑补能力很强。"

时笙沉默了。

他这到底是在夸人还是在损人？

第七章

恋情曝光

寝室的床很小，两个人是紧贴着一起睡的。

第二天时笙醒过来时，喻文州已经坐在床边了，看样子是起来很久了。

“几点了？”时笙一边伸懒腰一边问。

喻文州看了一眼手机：“十点。”

按照以往，他肯定早就得喊时笙起来吃早饭了。现在好了，他的作息和饮食也跟着被带偏了。

早上他先醒的，那时候才七点钟。

工作日的时候喻文州是习惯这个点醒的，每次时笙都强撑起精神跟他一起吃早饭。

现在好不容易周末了，他舍不得她这么早起。

但是既要睡懒觉又要吃早饭这个难题，他一时还没有想到合适的解决方案。

喻文州也不是没想过先出去吃个早饭，但又担心出去的动静会吵醒时笙，也担心将早饭带回来了她还没醒。

“洗漱一下我们去吃早饭。”他转身捏了捏时笙的脸。

时笙打着哈欠点头：“嗯嗯。”

只是一切计划得很美好，意外却来得太突然。

时笙去上厕所时才发现自己的月经竟然提前造访了。一如往常，她不发现的时候没事，发现了就开始痛。

她将就着先垫了些卫生纸，然后一步一步地挪了出去。

喻文州本来就站在外面等她，看她的脸色不对赶紧问怎么了。

时笙无奈地抿了抿唇："月经来了。"

她估摸着是因为这阵子答辩和毕业考试的事情，让她的神经有些过于紧绷了。

喻文州也只是短暂地惊讶了一下，立刻说："那你在寝室里等我，我去给你买东西。"

按照周期计算，他以为时笙的生理期还要好几天才来，所以一点儿准备都没有。

时笙无力地点了点头，喻文州拉着她过去坐着，说："你再休息一会儿，我很快就回来。"

喻文州怕时笙等太久，去了学校的超市买卫生巾。他毫不避讳地去了卫生巾专区，反倒是站在那边的几个女生先害羞了。

估计是觉得太稀奇，有女生悄悄拿着手机偷拍了喻文州。

喻文州感受到了的，但是现在也没那么多闲工夫管了。

挑好卫生巾，他又去把其他东西一起备齐了：一次性内裤、热水袋、暖宝宝、止疼药，还有这天的早饭。

喻文州拎着两袋子的东西回了寝室，开门就看到时笙正坐在那里闭目养神。

他摸了摸她的头，柔声问："很痛？"

时笙睁开眼睛，委屈巴巴地看着他，随后还是摇了摇头。她这天倒不是很痛，但觉得哪儿哪儿都不舒服。

喻文州把手里的袋子递了出去："先去整理一下，待会儿出来吃早饭。"

时笙点了点头，拿着东西，又一步一步地往浴室那边挪过去。

她打开袋子一看，不得不说喻文州还是一如既往地细心。

时笙出来没吃两口东西就吃不下了。

喻文州问她要不要吃止痛药，她觉得自己还扛得住就拒绝了。

时笙重新躺回了床上，迷迷糊糊地感受到喻文州也躺了过来。

她现在是面朝着里面侧躺着的，喻文州就贴着她，将手贴在了她的小腹上。

时笙感受着喻文州温热的手动作轻缓地替她揉着肚子。没一会儿，肚子不舒适的情况就有所好转了，她也慢慢地又困了。

在临睡过去之前，时笙迷迷糊糊地开口："州州最好了。"

喻文州是凑近了些才听清楚她在说什么，随即就勾起了嘴角。

感受着时笙逐渐平稳的呼吸，又过了好一阵子，喻文州才停下了手里的动作。

他把之前准备好的热水袋塞进了时笙的怀里，思前想后，还是重新在她身边躺了下来。

时笙再一觉醒过来的时候已经是下午三点多了。

她只是轻微地动了动，旁边的喻文州立刻就睁开了眼睛，问："还有没有不舒服？"

时笙摇了摇头："没有了。"

只是生理期的时候，她觉得自己的精气神不好。

喻文州摸了摸她的发顶，问："那饿不饿，想不想吃东西？"

时笙还是摇了摇头："没胃口。"

喻文州叹了一口气："那就想吃了再吃。"

反正接下来也没事，时笙也不想动，两个人干脆都坐在床上玩手机。

语音通话响起来的一瞬间吓了时笙一跳，看到上面是室友的备注她才松了一口气。

喻文州就坐在她的旁边，就算不想听到也不行。

时笙挂断通话，越过喻文州准备下床，说：“州州，我的室友没带钥匙，我去给她开个门。”

喻文州点了点头：“嗯，晚上要跟我一起吃饭吗？”

时笙想了想，回道：“可能不太行。”

她们寝室的人关系说不上多好，但是作为室友，几个人都是很合格的。

她们的作息时间相似，每个人也都非常积极地打扫卫生、倒垃圾。最重要的是，她们从来都不会主动打听对方的私事。

极其有分寸感的几个人，在一起就算不太熟络也会觉得很舒心。

大家好歹也是一起住了四年的人，临近离别的时候肯定还是要一起吃个饭的。

喻文州微微地叹了一口气，说：“那晚上回来睡。”

时笙想着昨天是自己答应的今天继续在这里睡，最后还是点了点头。

时笙重新去洗了脸，进来的时候，喻文州把袜子和暖宝宝都递给了她，叮嘱道：“不要喝凉的东西，也别吃得太辛辣，不然待会儿肚子又痛。”

时笙点了点头，走之前在他的嘴角上亲了亲：“那州州晚上自己吃饭。”

喻文州“嗯”了一声，摸了摸她的脸说道：“去吧。”

时笙怕室友等太久，一路走过去的速度都加快了不少。

她本来以为只有打电话的那个室友回来了，结果寝室门口站了三个人。

“救命，宝贝你可算回来了。”打电话的室友赶紧出声。

时笙不好意思地轻咳了一声：“不好意思，刚刚在外面。”

“不，不，不，是我们三个大傻蛋没带钥匙。”室友二号无奈地开口。

她们约着一起回来，结果哪知道没有一个人是带着钥匙回来的。去找宿管阿姨拿钥匙还要走流程，没办法，她们只能求助时笙了。

时笙被这搞笑的言辞逗笑了。她赶紧过去把门打开，四个人一起进了寝室。

看到干干净净的室内环境，三个人又是一番感激：

“辛苦我宝打扫卫生了。”

“贴贴，晚上想吃什么？姐姐请客！”

“来，来，来，给我宝按个肩膀。”

“…………”

时笙坐在椅子上，笑着和她们说：“别闹了，你们先收拾东西吧。”

室友二号东西少，最先收拾好就坐在一边玩手机了，突然“啊”了一声，把剩下的三个人的目光全都吸引了过去。

“怎么了？”室友一号问。

“喻文州结婚了？！”室友二号继续出声。

除了时笙，剩下的两个人听到这个名字都是一脸蒙。

时笙不知道她们会讨论什么，心里更慌。

“喻文州是谁？”室友三号问。

室友二号一副恨铁不成钢的表情看着她们，仿佛在说“帅哥你们竟然都不知道”。

见几个人还没反应，她继续说道：“就是前面给你们看过的，我们学校医学院那边新来的一个教授，竟然跟宋修远不相上下。”

宋修远当初可是医学院民推的门面担当，好多学生知道。但是自从喻文州来了后，关于谁更好看的问题大家都快吵起来了。

室友二号是个天生的乐观派，整个人活泼又洒脱。在学校里除了学习，最大的快乐就是看帅哥美女。上到各个学院的讲师、教授，下到各个学院的院花、院草，就没有一个是她不知道的。

喻文州刚刚进学校任教时室友二号就知道了。所以关于谁更好看的问题，她的回答向来只有一个——明明都好看，反正也不是我的，好好看帅哥不香吗？

几个人为了吃这个“瓜”，全都拿着手机登录了学校论坛。

时笙看了看几个人逐渐高涨的情绪，还是装模作样地打开了学校论坛，就看见一个热帖飘在首页，标题是“惊！学术教授竟然是暖男？”。

这是最开始的帖子，下面的评论已经快要炸了。

早上拍喻文州的那几个女生不太确定他的身份，只是觉得他长得好看又是暖男，所以就拍了。

结果喻文州这一路被太多人看到了，总有熟悉他的人。

没一会儿，就有人把照片发到了学校论坛上，而身为当事人的喻文州当时在陪时笙睡觉，作为半个当事人的时笙也是现在才知道这件事的。

“果然，好男人都是别人的。”室友二号感慨。

“我就出去实习这么点儿时间，竟然错过了这么多‘瓜’，今天必须得补补。”室友一号开口。

“我已经在‘瓜田’里上蹿下跳了。”室友三号补充。

她们三个去实习的这段时间根本就没精力关心学校的八卦，现在确实得补补课。

时笙像模像样地拿着手机看，听到一旁的三个人看着看着时不时地还要交流几句。

有不少帖子就是在猜喻文州的老婆到底是何方神圣，三个人看到后也讨论了起来。

时笙听着五花八门的分析，吓得表情都要不自然了。幸好大家只是随便讨论两句就完了。

很快到了晚饭的时间，几个人一起出了寝室，准备在学校外面找个吃饭的地方。

时笙这天不舒服，看到什么都没什么胃口。

最后点菜的活全部放在了她们三个身上，时笙就撑着手看着她们。

“哎，宝，你的戒指挺好看的。”室友一号开口。她以为是装饰戒指，夸得也很顺口。

但是室友二号偏偏是一个辅修珠宝设计的人才，对珠宝很有研究。

听到室友一号的话，她只是微微眯眼观察了几秒钟，就发现了时笙手上的戒指不对劲。

“宝贝，你这戒指可不是装饰戒指哟……”她挑眉。

虽然只是看了短暂的几秒，她还是发现，时笙的这枚戒指是××珠宝的当季新品。更重要的是，这是对戒。

就算不是结婚，那也肯定是情侣关系的人才会戴这个。

时笙心里一惊，知道自己再瞎说就是在关公面前舞大刀了。她含糊地说：“喀喀，确实不是装饰戒指。”

几个人都不是刨根问底的人，见她不愿意多说，也就没有继续问。

等到上菜的时候，时笙看到了喻文州给她发的微信。

州州：“宝贝，在干什么？”

时笙看到这里突然就笑了起来。

前段时间他们一直腻在一起，偶尔就算需要借助手机交流，不是打电话就是打视频。像这样用微信来闲聊，可以说得上稀奇。

宝贝：“和室友在外面吃饭。”

州州：“在哪里？待会儿我去接你？”

时笙还没想好到底要不要他来接，结果他又发消息说他还没吃饭。

时笙想了一下，反正待会儿她还要找借口说不回寝室，那不如就在外面等着，还能陪喻文州吃个饭。

她预估了一下结束的时间，给喻文州发了消息过去。

室友看到时笙在玩手机，又开始催她赶紧吃饭。

相处四年，几个人虽然不交心，但日常相处还是愉快的。几个人一想到未来可能都会很少见面了，一顿饭吃着吃着竟然也变得伤感起来。

“唉，我们这饭吃一顿就少一顿了。”室友一号感慨。

室友二号赶紧反驳：“干啥，干啥？整得我们要挂了一样。”

“唉，好舍不得你们。”室友三号说着就更伤感了。

室友二号是实习就回老家了，另外两个室友现在也决定回家乡所在的城市发展了。

时笙望着她们，叹了一口气说道：“以后你们来这边，一定要来找我玩。”

几个人点了点头，然后又邀请大家去自己的家乡。

一顿饭吃到结束，几个人明明一口酒没喝，结果硬生生地整成了喝高的样子。

时笙刚刚说这天要回家睡，三个人倒是一点儿都没有起疑。

看着摇摇晃晃地走出去的三个人，时笙称之为“冰红茶醉人事件”。

喻文州是从另一边来的，看到时笙站在原地一动不动，直接过去抱住了她。

被人突然从后面抱住，时笙本来吓了一跳，但很快又感受到了熟悉的气息。

她闷闷地转过身去，抬手环在了喻文州的腰上。

“怎么了？”喻文州摸了摸她的发顶。

时笙叹了一口气：“唉，原来这就是毕业季。”

她觉得自己很失败，四年没有交到一个真心的朋友。和室友相处的这四年，应该是她读书生涯里最舒心的四年了。

可惜马上大家就要各奔东西了，曾经时笙看到那些毕业季哭得稀里哗啦的人还觉得矫情，现在事情落在自己身上了，才知道是真的一点儿夸张的成分都没有。

喻文州拍了拍她的背：“有缘还会再相见的。”

时笙缓了缓才从喻文州的怀里出来，问：“想吃什么？”

喻文州看了看，指了指时笙她们刚刚吃的店，说：“那就这家吧。”

外面已经有点儿起风了，喻文州怕太晚回去会有点儿冷，于是决定将东西打包。

后厨做菜都是按照顺序来的，现在点单肯定是要等的。

喻文州担心时笙站久了不舒服，便带着她去旁边暂时没人的空位上坐下了。

时笙是面朝着里面的，喻文州是面朝着外面坐着的。

门口有三个人进来的时候，喻文州明显感觉到了打量的目光。但他戴着口罩，对方不敢确定。

喻文州确定自己不认识她们，所以并没有搭理。

谁知道那三个人往这边走就算了，还在快要靠近的时候喊了一句：“时笙。”

毫不夸张地讲，在听到室友的声音的时候，时笙是真的抖了一下。她磨磨蹭蹭地转身，对着她们三个不好意思地笑了笑：“是我。”

室友一号是个实在人，看她还坐在这里，问：“没吃饱？”

“是呀，不是说要回去吗？”室友三号补充。

唯有室友二号，盯着面前的喻文州看了又看，觉得眼熟，但说不上来哪里眼熟。

看到几个人都盯着这边看，时笙先站了起来，有点儿不好意思地轻咳了一声。

“那个，给你们介绍一下，这位是我先生。”说完，她转身去拉起了喻文州的手，喻文州也配合地走了出来。

很显然，她这句话带来的冲击力过大，三个人都愣在了原地。

喻文州询问的眼神看向时笙，时笙点了点头，然后他将脸上的口罩摘了下来。

几个人面面相觑，最先反应过来的是室友二号：“啊！”

她的声音过大，其他桌已经有人看过来了。

时笙一把扑过去捂住她的嘴：“淡定，淡定。”

确定她不会继续这么大声地讲话以后，时笙才松开了她。

“喻……喻文州？”室友二号说话都有点儿不利索了。

喻文州笑着对她们几个点头示意。

室友二号看了看喻文州的手，又看了看时笙的手。

她就觉得时笙的戒指异常眼熟，原来不只是因为自己曾经在杂志上见过，更是因为下午在论坛上，在关于喻文州的帖子上见过！

另外两个室友是彻底呆住了，到后面都没反应过来到底应该叫喻文州什么。

几个人站在这里，有越来越多的人看了过来。

室友二号也一下反应过来，拉着时笙就往外面去了。

室友一号的耳机刚刚忘在店里了，她去前台问了一下，幸好还在。

前台工作人员将耳机递了过来，室友一号赶紧拉着室友三号也出去了。

顿时，就只剩喻文州在店里了。他去问了一下，刚好后厨还没有开始做他点的菜，干脆就取消了订单。

他出去的时候，时笙她们几个正站在旁边说话。

“请你们吃夜宵？”喻文州走过去问道。

虽然现在时间还早，但晚饭的下一顿确实是夜宵没错。

时笙看了看室友们，附和道：“嗯嗯，走吧。”

想到几个人刚刚才吃过饭，加上附近的选择有限，时笙挑了一家奶茶店。

时笙跟喻文州牵着手走在前面，后面三个人全程都还在震惊状态中。她们以为自己是在悄悄地讲话，结果打闹的声音其实不小。

时笙无奈又好笑，看了一眼旁边的喻文州，喻文州没忍住在她的头上揉了揉。

随后，后面传来三个人的惊呼和感叹声。

时笙红着脸转过去试图阻止她们如此夸张的反应。

终于到了奶茶店，几个人不敢在喻文州面前造次，点餐的工作最后竟然落在了时笙这个有选择困难症的人身上。

好不容易点好了，时笙和喻文州是等到全部奶茶都做好了才一起坐了过去。

几个人就隔着一张桌子，再次面面相觑，也不知道说什么。

“那个，妹夫？”室友二号一开口，另外两个室友差点儿把刚刚喝进嘴的奶茶吐出来。

时笙猛地吸了一口气。幸好她刚刚没喝奶茶，不然铁定被呛死。

她悄悄看了一眼旁边的喻文州，还好他的脸上没什么特别的神色变化。

室友二号依旧大胆，继续说：“也不知道你跟我宝是咋在一起的。虽然我们几个只是室友，说这话可能有点儿不合适，但是相处这么多年，时笙真的是个很好的姑娘，要是你以后对她不好，我就……”

室友二号想了好几秒才想出来一个办法：“你要是对她不好，我就去校长那里举报你。”

另外两个室友这次是彻底被呛到了，时笙手忙脚乱地去递纸巾。

说完，室友二号才觉得自己都说了些什么鬼话。她心虚地看了一眼喻文州，但回应她的是喻文州郑重其事地点头承诺：“嗯，我会对她好的。”

室友二号听到这里也放心了，看向两个人的眼神堪称热烈。

喻文州和时笙是坐在一边的，另外三个人是坐在另一边的。

即使只是坐在一起，并没有什么亲密动作，他们之间的氛围依旧充满了粉红泡泡。

三个人喝着奶茶，目光时不时地在对面两个人身上停留一下。

时笙喝了自己的奶茶，又想去尝尝刚刚给喻文州点的那杯不一样的。反正喻文州也没怎么喝，她直接就伸手去拿了。

结果她还没将奶茶递到嘴边，就看到了对面三个人丰富的表情。挑眉、勾唇笑、痴汉脸，一样不少。

坐着喝奶茶的时间几个人完全就是干瞪眼。

喻文州就看着时笙，但时笙看着对面三个“姨母笑”的室友只能闷头喝奶茶。

见奶茶喝得差不多了，几个人干坐着也不是办法。

“我们先回去了吧？”室友一号开口。

想到喻文州现在都还没有吃饭，时笙点了点头：“那你们先回去吧，明天再请你们吃饭，我明天回来住。”

室友二号连忙抬手在她面前摆了摆：“别说，我都懂。”

另外两个室友也附和地点了点头。

时笙沉默。

她们这是懂什么了？

室友二号妥妥就是社交达人，甚至可以说是有过之而无不及。

喻文州虽然是教授，但也不是他们学院的，甚至还有点儿八竿子打不着，所以只是过去了这么点儿时间，她对喻文州的心态已经从学校教授转变成她的室友的男人了。

“没关系，你不回来住都可以……”室友二号挑眉，嘴角完全就是和太阳肩并肩。

时笙起身送她们一起走到了店门口。她怕带着喻文州送她们到校门口，喻文州会被认出来。

她个人倒是无所谓，但是千万不可以对喻文州造成影响。

“路上小心，到了在群里发消息吧。”时笙开口。

“行，好。”三个人应和道。

明明都已经走出去几步了，结果室友二号还是倒了回来，凑到时笙耳边小声说：“宝，答应我，你们这个长相，生一支足球队可以吗？！”

时笙无言以对。

果然她们寝室的人的脑回路都和普通人不一样。

“柳熙！”时笙红着脸喊了室友二号的名字。

柳熙占便宜一样在她的脸上摸了一把：“哈哈哈。”

时笙看着几个人渐渐走远以后才转身，这才发现喻文州已经站在她身后了。

时笙有点儿愧疚地看向喻文州：“州州，饿不饿？”

喻文州笑着摇了摇头：“刚刚喝过奶茶了。”

“还想吃点儿什么，我们去吃？”她问。

喻文州想了一下，随便指了一家离得最近的店。

时笙现在是真的什么都吃不下了，全程双手撑着脸看着对面的喻文州。

哎，怎么会有人连吃饭的样子都这么好看呢？

喻文州笑着抬头：“小心被口水呛到。”

时笙瞪了他一眼：“烦！”

天色已经暗下来了，时笙稍微觉得有安全感一些了。等喻文州吃好饭，两个人便手牵着手往学校里面走去。

时笙第二天的考试是上午十点开始，晚上两个人很早就睡了。

早上被闹钟吵醒的时候，时笙坐起来简直是一脸蒙。她去找手机准备把闹钟关了，然后就看到了上面的备注：有考试，不要赖床，起床洗漱，我去买早饭了。

时笙叹了一口气，磨磨蹭蹭地换好衣服去了浴室。她洗完脸出来时，喻文州刚好从外面推门进来。

时笙一眼就看到了他手里拎着的好几个袋子，问："怎么买这么多？"

喻文州笑着看向她："还有你的室友们的。"

"州州真棒！"时笙过去亲了亲他的嘴角。

时笙拎过袋子就准备走了，结果差点儿被喻文州拽了个踉跄。

"就走了？"他问。

时笙蒙了，这亲也亲了，谢也谢了，到底还要干什么？

喻文州轻笑出声："中午一起吃饭，你们考完来北门的停车场。"

时笙先点了点头，随后才疑惑地开口："为什么？"

喻文州无奈："不是要请你的室友们吃饭吗？"

这好像是大学寝室默认的规矩：女寝有人谈恋爱，就是女生的男朋友请全寝的人吃饭；男寝有人谈恋爱，就是男生带着女朋友请全寝的人吃饭。

反正说来说去就是有人要请客。

最理想的就是干脆两个寝室的人一起吃饭，但现在喻文州已经毕业这么久了，肯定是做不到这点了。

听到他这么说，时笙才反应过来原来是这么回事。她点了点头："嗯嗯，那待会儿见。"说完，她又在喻文州的唇上亲了一口才跑了出去。

时笙怕室友们先去买早饭了，就在寝室群里说了一声。回寝室打开门的一瞬间，她看到的是三个嗷嗷待哺的身影。

几个人狗腿地过来接过了时笙手里的早饭。

"吃了这顿饭，要是考不上八十分都是我对不起教授拎过的早饭。"柳熙开口。

剩下的两个室友也应和着说是。

时笙看了一眼三个人，确定她们没有喝豆浆以后才开口：“中午，那个……”

时笙思考了一下，还是决定用“先生”代替了喻文州的名字：“我先生说中午请你们吃饭。”

室友一号和三号果然顿住了，只有柳熙一个人最先反应过来。

“请娘家人吃饭？”她挑眉看着时笙。

时笙抿了抿唇：“嗯嗯。”

室友一号和室友三号说的是：“那就谢谢喻教授了。”

柳熙笑得欢：“哟，妹夫挺上道。”

时笙不好意思地轻咳了一声：“那考完我们一起走。”

很快考完试，班长把大家留下来准备讨论一下关于第二天最后一次班级聚餐的事情。但是一群人叽叽喳喳地说了半天，最后也没得出个什么结论。

甚至有两个寝室的人因为意见相悖，说着说着脸色都不太好了。

柳熙提议道：“群里搞个匿名投票吧，哪个票数多吃哪个？”

这个建议确实也比在这里僵持着好，很快大部分人也就同意了。

柳熙拉着时笙她们就准备出去了，结果班长出声喊人：“柳熙，你们等一下。”

柳熙叹了一口气，转头问：“怎么啦？”

班长他们寝室的剩下三个人也围了过来，说：“中午一起吃饭呗。”

柳熙瞥了他们一眼：“有事。”

说完，没等几个人反应过来，柳熙再次拉着时笙她们就出去了。

她们到北门那边的时候，喻文州的车已经停在那里了。

趁着周围人不多，几个人一溜烟地跑了过去。三个人自觉地坐在了后座上，时笙坐去了副驾驶座位。

喻文州算着她们下午考试的时间点，定了一家不远不近的店，开车过去要十多分钟。

寝室四个人，其实除了时笙都是话多的，就是另外两个人被喻文州教授的身份吓住了。但是只要有柳熙在，就没有冷下去的场子。

一路上柳熙充分发挥着自己话痨的本领，直接从车里说到了包间里。

几个人能聚到一起，其实全靠时笙这个“中间人”。

时笙是她们的室友，同时也是喻文州的妻子，为了吃饭的这段时间不冷场，几个人想要有共同话题就只能往时笙身上扯。

但喻文州毕竟是时笙的老公，她们怎么样也是要避嫌的。

最后的聊天方式就变成了她们三个人说，时笙偶尔插嘴，喻文州大多数时候就坐在那里听。

“时笙的皮肤是真的白，军训的时候我记得可清楚了，我们是被晒黑了，她是一晒就红。”

“教官一开始还以为她身体不好，要是我，真的就顺势去阴凉的地方坐着了。”

“结果咱们笙笙是个倔强的人，就是要跟着我们一起站军姿。”

“最搞笑的是，后来教官给笙笙起了个外号叫小红人。”

“还没军训完，美院有个小红人的事情，简直可以说是传遍了整个新生群。”

“然后就有好多慕名而来的男生，包括后来被评上我们院新晋院草的那个帅哥。”

“……”

几个人你一言我一语地开始掀时笙的老底。

这些都是喻文州正式见到时笙之前的事情，他听得津津有味。

“军训结束以后，那个男生还来找笙笙要过微信。”

听到话题都已经扯到这里了，时笙赶紧否认：“我不是，我没有，别瞎说。”

三个人笑得贼兮兮的，看着她继续说道：“嗐，就是人家要你的微信，你跟人家说你不用微信呗。”

当时那个男生问时笙要微信，时笙给的第一个理由是她不用微信。

那个男生很明显不信，时笙的第二个理由是她不用智能手机。

最搞笑的莫过于她当时手里正拿着手机，男生表情怀疑地看了看时笙的手。

当时她们寝室的人都在，时笙当场把手机扔进了柳熙怀里，接着开始一本正经地胡说八道：“我不用手机，我是原始人。”

说完，时笙拉着其他人跑了，三个人回头就看到男生站在原地风中凌乱。

几个人根据男生的表情来判断，那应该是他搭讪史上被拒绝得最敷衍的一次。

说到这里，几个人全都大笑起来，包括一旁的喻文州也笑了起来。

时笙的脸都红了，当着喻文州的面被掀老底真的太羞耻了。

她突然就想起了之前程杰给她讲喻文州的八卦的事情，她现在的心情估计跟当时的喻文州是差不多的。

“还挺受欢迎？”喻文州捏了捏时笙的脸。

时笙转了转眼睛：“哼，之前我大哥还说有校花追你呢。”

话题突然又被扯到了自己身上，喻文州赶紧转移话题。

一顿饭结束，从几个人脸上的笑也看得出来她们是开心的。

喻文州又带着她们一起回了学校，几个人在停车场的位置分开了。

晚上时笙是跟着室友一起吃的饭，跟喻文州的交流全靠微信。

毕业考试一共就两天，很快就到了第二天下午。

考试结束以后，班长又说了一下聚餐的地点和时间。毕竟这是最后一次聚餐了，拍照肯定是必不可少的。

不过考虑到女生们化妆可能比较花时间，班长又把时间往后延了半个小时。但时笙她们寝室几个人都不是在意这种小细节的人。

大热天的她们化了妆去吃火锅，可以，但没必要。

几个人从教室出来直接就去了学校外面，准备到点直接去聚餐的地点。

四个人也算是有点儿默契，想送毕业礼物给对方，但是不确定送出去的东西实不实用。

到了商场门口，几个人虽然用词不同，但想表达的意思基本一致。

“去挑东西，我送。”

时笙虽然有选择困难症，但其他三个人不是，很快挑完东西。

最后四个人互送了同款手链、同款耳钉、同款运动手环还有同款家居服。

几个人付完款就全部戴到了身上，要不是穿着家居服去聚餐有点儿怪，估计都恨不得套到身上去了。

她们是算着时间去的聚餐地点，结果到的时候还是晚了。

女生寝室的人凑在一起已经坐好了，唯一的空位就剩班长他们那个男寝那桌了。

毕竟是聚餐，定了这么多桌就只有这么多桌，她们也没办法再加一桌。

班长在那边招呼，她们几个也就坐了过去。

标准开局，所有人到齐以后班长先说了几句，然后开始吃饭。

大家偶尔说几句关于大学生活的事情，然后等所有人吃好，请老板帮他们拍了一张大合照。

时笙还在生理期，吃到后面小腹已经有些不舒服了。

柳熙第一个发现她不对劲。

见合照拍完了，柳熙跟大家打了个招呼就准备带着她们寝室的人先走了。

“柳熙，你们等一下。”班长再次开口。

毕业，最后一次聚餐，这种场景下班长让人留下来是什么意思还是挺明显的。

瞬间，四周全部都是起哄的声音。有些想先走的人也停下了脚步，大部分人还是喜欢凑热闹的。

被一群人盯着，柳熙只觉得有点儿烦。大学同学，平时就是一起上课而已。在她的印象中，她们寝室所有人跟班长他们寝室的所有人都仅仅是同学的关系。

“怎么了？”柳熙反问。

班长摸了摸鼻子：“你们寝室的人可以等一下吗？”

听到班长说的是一个寝室的人，众人一时有点儿分不清主人公到底是谁了，难道说不止一对？

柳熙被盯得有些发毛：“那你们寝室的人也全部出来。”

就这样两个寝室的八个人一起走到了另一边。

外面有一棵大树，下面一大片都是黑的，唯一的好处大概就是隔绝了另一边众人探究的目光。

看刚刚的情况，时笙以为是班长要跟柳熙告白，结果喊走柳熙的是另外一个男生。而她成了那个被班长点名的人。

时笙一脸蒙。

班长不好意思地挠了挠头：“时笙，我就说几句话，很快的。”

树下的阴影区域不大，时笙跟柳熙都站得不远。

班长都还没开始讲话，就先听到柳熙那边开口：“别逼我拆穿你四年谈了多少个女朋友，其中还有无缝衔接的。”

柳熙承认，这个男生还是长得不错的。但是作为八卦小天后，她天天都能看见这些帅哥美女的八卦。

这个男生四年谈了十多个女朋友就不说了，但他无缝衔接了好几个，这跟劈腿有什么区别？

这样的男生，现在突然跑到自己面前来装深情，柳熙脑子里只有一个词：晦气。

男生解释说：“我没有劈腿，我对每段感情都是认真的。”

柳熙轻笑：“那您的感情还挺随意的。”

男生见这边走不通又换了一种说法：“我们都是南城的，以后可以……”

柳熙赶紧出声：“别，咱没以后。”

刚刚男生不说他们都是南城的她还没什么想法，现在都说到这里了，很难不让人怀疑他是别有目的。

柳熙家在南城也能算得上家大业大了，这个男生前面几年都没想到要来攀点儿关系，现在突然扯过来，也不能怪柳熙过于敏感了。

柳熙最讨厌的就是这种难缠的人。见他还要说话，柳熙直接抬手拒绝：“别问，问就是我喜欢外星人。”

昨天几个人还在吐槽时笙用“原始人”来拒绝别人，结果这天柳熙直接进化成喜欢外星人了。

虽然知道现在这个场合笑不太合适，但时笙还是没控制住。

班长见她笑了，又挠了挠头轻咳了一声：“时笙，其实我关注你好久了，我……我喜欢你，你可以当我女……”

这边话还没讲完，柳熙已经从旁边走过来了。

时笙想跟着她们一起走，脑子里突然就冒出了柳熙的话。她急匆匆地对着班长说：“别问，问就是我喜欢外星……”说到一半她才意识到不对劲，又赶紧改口，“不是，别问，问就是我喜欢我老公。”

“老公？”班长一脸不解的表情。

柳熙刚刚路过时笙旁边，时笙一把抓住了她的手。

柳熙看了看班长，说：“我做证。”

时笙点了点头：“对的，我不是谈恋爱了，我结婚了。”

“你结婚了？”班长说话的音量和语调都拔高了。

时笙继续点头，对他微微鞠了个躬：“感谢厚爱。”

说完，她们两个就先走了，留下班长和另外那个男生站在那里一动不动。

时笙寝室的四个人再次出现在了众人的视野里。

一群人虽然八卦，倒也不太好意思围过来。有胆大的人起哄问：“怎么样啦？毕业即脱单吗？！”

柳熙摇了摇头：“大家散了吧，晚安。”

大家见她说真的，便陆陆续续地撤了。

晚上时笙她们寝室还是一切如常。

第二天开始是为期两天的论文答辩，所有人的顺序都是抽签决定的。

时笙抽中的是第一天下午，其他三个人抽中的都是第二天上午。

柳熙见时笙一直在看自己做的PPT，安慰道：“没关系，早死早超生。”

有这么安慰人的吗？！

“别紧张，睡一觉，明天吃过午饭就去战斗！”另一个室友也安慰道。

说到底，时笙是她们寝室学习最好的。要是她都紧张，她们几个还活不活了？

时笙确实是担心自己紧张的情绪会影响到其他人，早早地洗漱完就躺到床上去了。

喻文州就跟猜到了她现在的情况一样，没一会儿他的微信就发了过来。

州州：“不必为还没有发生的事情而担忧。”

州州：“笙笙，你在你的领域一直都是优秀的，这是事实。”

州州：“不要怕，我一直都在。”

不得不说，喻文州很了解时笙，对她的安慰也永远都是在点子上的。

虽然心里依旧有些忐忑，但没一会儿时笙就睡了过去。

第八章 温馨日常

第二天寝室的四个人都睡到了十点多，起床洗漱了一下准备去吃个饭。

虽然这天只有时笙一个人答辩，但柳熙她们三个人还是打算陪她一起过去：一是陪时笙，让她候场的时候没那么紧张；二是为第二天答辩提前熟悉场地了。

时笙是怀着忐忑的心情去参加的答辩，但一切比她想象中的顺利。看到她有点儿紧张，下面的老师还笑着让她不要怕。

当真正开始讲的时候，时笙很快就进入了状态。

最后的提问环节，老师们也没有故意为难她，甚至大部分是她预料到的问题。

老师恭喜答辩结束的时候，时笙一下子就松了一口气。

她开心地往教室外面走去，准备向室友们汇报一下好消息，结果出门看到的第一个人是站在那里的喻文州。

室友们站在一旁，一脸“姨母笑”地看着她。见她愣在原地，她们还推了她一把：“快去找你老公呀。”

时笙红着脸，快步走到他面前：“你怎么过来了？”

喻文州走过来，笑道：“来恭喜你答辩顺利结束。”

时笙都怀疑喻文州是不是在她身上装监控了：“你怎么知道

我通过了？我还没跟你说呢。”

喻文州笑了笑：“我了解你的能力。”

时笙心下一暖，又有些不好意思，赶紧转移话题：“既然是恭喜我，你是不是该请我吃好吃的？”

“小馋猫。”喻文州捏了捏她的脸，“走吧。”

“我们去哪里？”

“回老宅，给爷爷还有爸妈一个惊喜，顺便把这个好消息也分享给他们。”

时笙先点了点头，而后才想起来：“下午不上课吗？”

喻文州摇头：“不上。对了，你的寝室里还有要带走的东西吗？”

时笙想了想，回道：“那就先搬点儿东西回家吧，反正马上也要腾地方出来了。”

几个人便又一边聊天一边往宿舍楼的方向走，说是聊天，其实也是柳熙几个人全程在打趣时笙，惹得她满面通红。

好不容易到了地方，时笙手忙脚乱地拉着三个室友进了宿舍楼，喻文州就站在外面等她。

时笙下来时，其他三个人还是帮她拎着行李送到了门口。

时笙抱歉地看了一眼柳熙，说：“明天可能不能陪你们三个去答辩了，刚刚给你们点了好吃的，晚上多吃点儿。”

柳熙摆了摆手：“没事，没事，你回家好好休息，恭喜你答辩通过啦。”

喻文州也走了过来，先接过时笙左手上的箱子，然后顺便将她的手握住了。

柳熙往旁边退了退，脸上的笑容完全收不住：“学业有成，现在是时候专心谈一场甜甜的恋爱啦！”

时笙的脸又红了，她应付几句以后便拉着喻文州落荒而逃。

明明马上要回家了，但不知为何，时笙的情绪在和室友分别后明显变得低落不少。喻文州无奈地摸了摸她的头，说：“在想什么？一天天的小脑袋里面怎么装那么多事？”

时笙噘着嘴看向他，浑身上下都散发着生无可恋的气息：“现在开始担心工作的问题，是不是太晚了一点儿？”

“不准想了。”喻文州又气又笑，直接在她的额头上敲了一下。

时笙被这一下敲蒙了，喻文州是真的已经好久没有做过这个动作了。

时笙停下了脚步，丢开行李箱叉腰看着他。

“怎么了？”喻文州笑了。

时笙冲他招了招手，喻文州抿唇，随后还是听话地弯下了腰。

时笙盯着喻文州看了看，最终学着他刚才的动作，在他的额头上也敲了一下。

“哼，还给你。”时笙说道。

喻文州笑了起来，抬手将时笙的手握进了自己的手里：“嗯，还给我。”

看着时笙脸上好不容易有一点儿笑容，喻文州也稍微松了一口气。

两个人一人拖着一个行李箱往停车的地方走去。

时笙微微摇了摇头：“感觉自己在流浪。”

喻文州不赞同地又在她的额头上敲了一下：“你想去哪里流浪？只要我们在一起就是家。”

时笙对他的话是赞同的，但是对又敲她的脑袋这个动作非常不赞同。

反驳的话她还没说出口，喻文州先她一步开口道：“我有工作，还可以回去继承家业，养得起你。”

时笙非常郑重地摇头：“不行。”

家是他们两个人的，没有什么事情都让喻文州一个人担着的道理。

“我一定会好好画画的，多多存钱，谁养谁还不一定呢。”

喻文州一下就想起了她说过要“金屋藏‘州’”的事情。看他家时笙这么有决心，他吃软饭这件事情指日可待。

回老宅的路途比较远，喻文州怕时笙闲着的时候又多想。他微微转头想跟她讲话，结果时笙捏着手机，在屏幕上按了一路。

时笙放下手机，车刚好驶入了老宅的院子。

喻文州问：“刚刚干什么，一路都在看手机？”

“不告诉你。”时笙故作神秘地笑了笑。

喻文州“嗯”了一声后点了点头：“行，还不告诉我。”

看着他的眼神，时笙总觉得有点儿危险，赶紧找补地对着喻文州笑了笑。

等车停好以后，时笙解开安全带就准备先跑。

但身高不同，带来的最直观的区别就是腿长不同。时笙跑出去没几步就被喻文州抓住了衣领。他微微俯身，直接把时笙扛了起来。

时笙被吓了一跳，一巴掌拍在了喻文州的背上：“你放我下来！”

喻文州轻笑，直接一巴掌拍在了她的屁股上：“不。”

“你太坏了！”时笙又蹬了蹬腿，结果还是没用。

突然想到现在是在老宅里，时笙直接敞开嗓子喊道：“爷爷、爸爸、妈妈！！喻文州欺负我！！”

喻文州挑眉，她现在是找到克他的方法了。

说是给爷爷他们一个惊喜，其实他也提前告知了他们要回来的事。

本来这天周三，喻爸爸和喻妈妈是不会回老宅的。

现在好了，人齐了不说，本来让他们装惊喜也用不上了，甚至很大概率，他是搬起石头砸自己的脚了。

屋内的人听到外面的动静，全部都出来了。

看到时笙被喻文州扛在肩上，喻老爷子吓得不行，拿起拐杖就指着喻文州：“喻文州你干什么？！赶紧把笙笙放下来，万一摔了怎么办？！”

喻妈妈也跟着附和：“喻文州，你多大人了，幼不幼稚？”

时笙趁着现在，赶紧又打了他一下：“放我下来。”

喻文州被一群人盯着，只能站定在原地把时笙放了下来。

刚刚被倒过来扛着，时笙就觉得脑袋有点儿充血，连脸都有点儿红了。站在地上的一瞬间，她直接有点儿不稳地晃了晃，吓得一群人过来接她。

但喻文州离得近，最后还是他把她揽进了怀里。

喻妈妈过来将时笙拉走了，顺便一巴掌拍在了喻文州的手上。

喻文州听着清脆的声音，看着自己立刻变红的手背。

不愧是他的亲妈，爱消没消失他不清楚，目前看来，大概率是转移了。

喻妈妈揽着时笙，问：“笙笙，刚刚怎么回事？”

时笙转头挑衅地看了一眼喻文州，又转过去回喻妈妈：“我就刚刚路上玩了玩手机，结果他跟手机吃醋。”

女人的嘴，骗人的鬼。

喻爸爸在旁边咋舌：“啧啧啧，连手机的醋都吃。”

每次回家，喻文州不知道说什么的概率真的是只增不减。

喻文州无奈地看了一眼喻爸爸，都不想拆穿，曾经那个连电视的醋都要吃的人到底是谁。

几个人一起进了屋子。

时笙一眼就看到了茶几上一桌子的零食，说好的是他们回家给大家一个惊喜的呢，怎么感觉有点儿不对？

喻妈妈赶紧出声：“笙笙，看看零食喜不喜欢？妈妈上次逛超市的时候给你买的，就等着你回来吃。”

听到是上次买的，时笙又觉得自己行了。

“我做证，每一样都是你妈亲自挑的。”喻爸爸也出声。

时笙笑得眼睛都弯起来了：“谢谢妈妈，谢谢爸爸，也谢谢爷爷……”

喻老爷子和喻爸爸坐在了一起，喻妈妈拉着时笙也坐在了离茶几最近的那张沙发上。

喻文州寻了边上的一张沙发，就是刚刚有坐下去的趋势就被喻妈妈喊道：“喻文州去倒水。”

“我要喝茶。”喻老爷子补充。

喻爸爸思考了一下：“那我也喝个茶吧，哦，你爷爷喝西湖龙井，给我泡太平猴魁。”

喻妈妈又问时笙：“笙笙喝什么？”

看到大家都在提要求，时笙还是想着去帮帮喻文州。

结果喻妈妈直接拉住了她：“喝什么？喻文州去弄。”

时笙想了想，说道：“橘子汁。”

喻妈妈点了点头：“听到了吧，橘子在冰箱里。”

喻文州叹了一口气，刚走出去两步又听到喻妈妈的声音：“我也要笙笙的同款！”

喻文州扶额，还是规规矩矩地答了一声“好”。

时笙在外面坐着，先吃了一颗果冻，又剥了一根棒棒糖。

结果几分钟过去了，喻文州是一点儿要出来的趋势都没有。

时笙犹豫了一下，还是对着喻妈妈指了指厨房：“我去看一眼。”

喻妈妈看着这小两口真是一分钟都不愿意分开，点头笑了笑。

时笙轻手轻脚地往厨房走去，到门口先探了一颗脑袋进去。

一旁的水壶里还在烧水，喻文州现在正在砧板上切橘子。

她以为自己动静很小了，结果喻文州头也没回地开口：“笙笙，过来。”

时笙乖乖地走过去，从背后抱住了喻文州，开始拍马屁：“辛苦州州啦……”

喻文州放下了手里的刀，转过身过来看着她：“就没有了？”

时笙笑着点头：“出去请你吃棒棒糖！”

话音刚落，喻文州直接低头吻了下来。

想到现在还是在老宅里，时笙偏头就想躲。

喻文州嘴角上扬，直接伸手掐在了她的腰上。他双臂用力，一个转身，两个人的位置就交换了。

时笙被放在了琉璃台上，喻文州将双手撑在了时笙的身侧。他往前凑了一步，她就把头往后仰一点点。

“是草莓味的。”喻文州笑了。

时笙一秒就反应过来他是在说刚刚的棒棒糖味道。

“不要脸！”时笙瞪了他一眼。

喻文州笑着贴了过来：“要脸老婆就没有了。”

语毕，他直接双手捧住了时笙的脸，吻再次落了下来。

他的唇温暖又湿润，但吻是急切又激烈的。他贪婪地攫取着属于她的每一分气息，用尽全力去探索她的每一个角落。

时笙有些喘不过气来，但想说的话到嘴边全都变成了一阵喘息声。

厨房门还开着，外面就坐着家里的长辈，时笙害怕得不行。她伸手想去推喻文州，结果不小心将放在一旁装着橘子的碗打翻了。

玻璃碗滚了两圈，最终还是应声落地，惊得时笙直接颤了一下。

喻文州在笑，有鼻息扑在了时笙的脸上。

时笙听到门口有脚步声传来，脸直接爆红。

在喻妈妈走到厨房门口的那一刻，喻文州的唇终于离开了时笙的唇。

两个人都还在喘气，喻文州直接把时笙的头按进了自己怀里，随后脸不红心不跳地抬头，对着门口的喻妈妈说："马上就好。"

喻妈妈轻咳了一声："别踩到碎片了。"

喻文州点头："嗯。"

时笙全程缩在喻文州的怀里当鸵鸟，动都不敢动一下。

明明喻妈妈应该是什么都没有看见，但又好像什么都看见了。

直到脚步声已经走远，时笙还是把头埋在喻文州的怀里一动不动。

喻文州笑得不行，将时笙拉出来又在她的唇上啄了一下，笑道："味道不错。"

时笙气得不轻，这都什么时候他还有心情调侃棒棒糖的味道？她没说话，作势就要从琉璃台上下来。

只是她刚刚有点儿动作，又被喻文州拦了下来。他扶着她的腰让她坐好："等我打扫完再下来，乖一点儿。"

语毕，喻文州摸了摸时笙的脸，随后去外面拿了扫把。

切好的橘子现在也已经沾上玻璃碴儿了，算是彻底用不上了。

时笙又看了看剩下的橘子，估计就只够一杯橘子汁了。

喻文州把残渣倒进了垃圾桶，就听到了时笙的叹息声。他低着头笑，果然能让吃货叹气的事情就只有吃的。

水开了，喻文州先泡了茶，然后又把剩下的橘子榨成了橘子汁。

时笙去另一边找了托盘，把三个杯子端了出去。

她刚把杯子放在茶几上，转身就看到喻文州又在冰箱里拿橘子。

喻文州像是感受到了她的目光，转过头来对着她笑了笑。

时笙沉默。

所以她刚刚叹气在叹什么？！

时笙走过去，在喻文州的腰上拧了一把，说道："你刚刚怎么不说还有橘子？！"

喻文州捏住她的手，笑道："家里人都知道你喜欢吃橘子，不会只买一点点的。”

时笙抿唇，心里的想法都还没捋顺，就听到喻文州补充：“不用太感动，亲我一下就好了。”

时笙看了他一眼，似是在质疑这句话竟然是喻文州说出来的。到嘴边的“不要脸”还没说出来，喻文州就趁机在她的脸上亲了一下。

时笙心虚地往客厅那边看了一眼，还好大家都没看这边。

“去坐着吧，一会儿就来。”喻文州笑着说。

时笙顿了一下，还是转身去挨着喻妈妈坐下了。

喻文州端着橘子汁出来，家里的主要负责做饭的阿姨和司机一起回来了。看着两个人手里拎满了东西，时笙赶紧过去帮忙接了一下。

喻妈妈站了起来：“笙笙，今天晚上想不想吃饺子？”

时笙点了点头：“好呀。”

喻妈妈笑了笑。她一直觉得饺子要一家人一起包才有意义。

于是喻妈妈直接看向了还在沙发那边喝茶的喻爸爸：“老喻。”

喻爸爸非常自觉地起身：“来了，来了。”说完，喻爸爸已经往厨房那边走了，还不忘问，“今天要吃什么馅的？”

喻妈妈又笑着看向时笙：“笙笙想吃什么呀？”

时笙还沉浸在这种老夫老妻的默契中，愣了一下才回答：“都可以的。”

喻爸爸敲定主意：“那就多做几种馅吧。”

时笙想跟着去帮忙，喻妈妈拦住了她：“你爸手艺好，让他去。”

喻文州将杯子塞进了时笙的手里：“你跟妈坐着吧，我和爸去弄。”

做饺子最麻烦的就是弄馅料和擀面皮，包起来其实还是容易的。

没一会儿时笙就听到了厨房里传来的洗菜的流水声，然后又是砧板切菜的声音。

喻文州和喻爸爸在厨房里忙活，喻老爷子眼睛盯着电视都不转了。

喻妈妈拍了拍时笙："笙笙，明天要不要跟妈妈去美容院？"

时笙有点儿犹豫，又有点儿不好意思地开口："其实我都没有去过美容院。"

喻妈妈一副"我懂"的样子："我第一次去美容院的时候也超紧张。"说完，喻妈妈又凑在时笙耳边补充，"一回生二回熟嘛，文州不是说你后天要拍毕业照吗，那不得打扮得美美的？"

时笙害羞地红了脸，随后还是对着喻妈妈点了点头，说道："嗯嗯。"

没一会儿喻文州就从厨房里出来了。他先把餐桌仔仔细细地收拾了一遍，然后才把各种装着馅料的大碗端了出来。

厨房里能活动的空间有限，大家还是在外面包不拥挤。

喻爸爸负责擀面皮，其他人负责包。大家都先去洗了手，就正式开始包饺子了。

时笙确实是会包饺子的，不过包出来不怎么好看就是了。她一直秉持着一个观念，只要捏紧面皮，煮的时候不露馅就行。

但是看着喻文州包的那些外貌优秀的饺子，时笙有点儿犹豫要不要把自己包的放下去了。

喻文州在旁边忍着笑说："还挺好看的。"

因他的一句话，全家人都看向了时笙。

时笙的脸一下就红了。

尤其是喻爸爸，看向喻文州的表情是最不可思议的。

果然爱情能使人盲目。

喻文州瞥了一眼喻妈妈刚刚包好的饺子，跟时笙的比起来，是好看了一点儿，但是不多。

喻文州抿唇看了看喻爸爸，意思很明显：你老婆包的也好不到哪里去。

既然都不敢多说什么，那他们不如就都闭嘴。

喻老爷子看着几个小的这样子也跟着笑，最后开口说：“我看小静跟笙笙包的都不错，就你们包的难看。”

喻妈妈和时笙没忍住笑了起来，剩下父子俩风中凌乱。

睁眼说瞎话还不脸红其实是一种能力。

晚饭一家人一人端着一个大盘子坐在餐桌边吃饺子。

因为每个人包出来的饺子风格不一样，连煮好了都还分得出来。

喻文州夹起一个时笙包的饺子，吃进嘴以后还不忘夸奖：“嗯，果然是笙笙包的，味道就是不一样。”

喻爸爸拆台：“你上一个吃的芹菜猪肉馅的，这个是白菜猪肉……”

话还没说完，喻妈妈的眼神已经看过去了。

喻爸爸笑了笑，赶紧夹了个饺子放进嘴里：“嗯，我老婆包的味道真不赖。”

明明就是简简单单的一餐，但因为陪着的人不一样，一家人脸上都是笑容。

吃过晚饭大家一起去外面散了散步，再回来看了一会儿电视，喻老爷子就开始打哈欠了。

老年人晚上都睡得早，看喻老爷子困了，大家也都回了各自的房间。

进了房间，时笙非常自觉地打开衣柜开始找睡衣。

上次喻妈妈给她买了那么多件新的睡衣，她就只穿过一件。

两个人洗漱完，在床上躺着，时笙在喻文州的胸口蹭了蹭，听着让她安心的心跳声，没一会儿就都睡了过去。

第二天是喻文州先醒的，时笙迷迷糊糊地也跟着起来了。她记得这天要跟喻妈妈一起去美容院，总不能去太晚了。

吃过饭喻爸爸就去公司了，是喻文州把婆媳俩送去了美容院。

喻妈妈揽着时笙站在车前，对着喻文州开口："你自己玩去吧，今天笙笙归我。"

时笙还像模像样地在旁边附和着点头。

喻文州哭笑不得："嗯，结束了给我打电话，我回家陪爷爷。"

看着喻文州的车消失在视野里，婆媳俩才进了身后的美容院。

前台接待员高高兴兴地过来打招呼："喻太太，昨天您预约的是两个人的项目对吧？"

喻妈妈点了点头："这个，小喻太太。"

前台接待员特别有眼力见地对着时笙笑了笑，转头又悄悄地在喻妈妈的耳边夸道："您儿媳妇儿真漂亮。"

喻妈妈脸上的表情很愉悦："那可不。"

从头发丝到皮肤管理，时笙从来没觉得自己竟然可以这么精致。

因为项目过多，连午饭都是在美容院解决的，加上做了按摩，出美容院的时候时笙只觉得一身轻松。

她长长地舒了一口气，喻妈妈在旁边笑，说："再去逛逛商场？"

时笙点了点头："嗯嗯。"

她本来以为是喻妈妈有东西要买，结果到头来全部都在挑她的东西。

"去试试这条。"喻妈妈拎了一条白裙子出来。

方领的设计刚好可以非常完美地露出肩颈线和锁骨，腰线收得很好，宽腰带可以在后面绑个蝴蝶结。

裙子下摆是不规则的设计，左侧高一点儿，右侧低一点儿。

但是裙摆不是单层的，看起来有点儿隆重。

时笙喜欢这条裙子的设计，但在想有什么场合可以穿。

喻妈妈像是猜到了她的想法，说："明天毕业照，可以隆重一点儿。"

时笙的眼睛转了转，她似是在思考这个提议的可行性。片刻后，她笑着点了点头："嗯嗯。"

喻妈妈让店员找了一件小码裙子，时笙拎着裙子进了试衣间。

她出试衣间后，喻妈妈比店员过来得还快。

喻妈妈一边替她系后面的蝴蝶结一边夸："我们笙笙就是穿什么都好看。"

时笙被夸得脸红。但不得不说，喻妈妈跟她看裙子的眼光是相似的。

她重新进了试衣间准备把新裙子换下来，等再出来，喻妈妈手里已经拎着袋子了。

喻妈妈担心时笙不要，就趁着时笙换衣服的空当让店员重新拿了一件新的裙子结了账。

喻妈妈笑着把袋子举起来在她面前晃了晃，说："买好啦。"

时笙有点儿不好意思，走过去对着喻妈妈笑了笑，说道："谢谢妈妈……"

"谢什么谢？走，下一家！"喻妈妈揽着时笙的肩膀就往外走。

就这样，两个人在商场里一路从一楼逛到了顶楼。到最后结束，两个人手里都拎满了袋子。

喻妈妈找了一家甜品店。两个人点了东西坐好，她才说："给司机打电话。"

时笙差点儿说她不知道家里那个司机的电话。

"好。"转念一想，时笙才想起来早上喻文州说的话。

喻文州忙了一天，接到时笙的电话的时候刚好把一切布置好。

他先给喻爸爸打了电话，那头的人几乎也是秒接："喻建安同志，去商场接一下你老婆。”

喻爸爸看了看手表：“不是说要六点吗？你不是要过去吗？”

喻文州“嗯”了一声：“我去接我老婆。”

喻爸爸轻哼了一声：“像谁没老婆一样，我自己的老婆我自己接。”

“那行，出发吧。”喻文州笑道。

父子俩约好了在商场的地下停车场见，然后又一起去了顶楼。

喻妈妈看到喻爸爸来还是惊喜的。

虽然早已年过半百，但喻爸爸依旧注重保养，一周三次运动从来不偷懒，到现在看起来依旧风度翩翩。

两个人相视一笑，喻爸爸过去坐到了喻妈妈身边，问：“累不累？今天买了什么？”

喻妈妈笑着往他那边靠了靠：“不累，就是我和笙笙都买了几件衣服。”

喻爸爸点头，又问时笙：“笙笙累不累？”

时笙摇了摇头：“不累的。”

喻文州发现所有人都无视他了，干脆伸手端起时笙的奶茶喝了一口，说：“我跟爷爷说了，今天和笙笙不回家吃饭，你们回去吃吧。”

喻爸爸瞪了他一眼：“我要跟你妈去吃烛光晚餐。”

喻文州笑了笑：“那你自己跟爷爷说，我刚刚只报备了我和笙笙的情况。”

喻爸爸还想说什么，但被喻妈妈拦住了：“不差这一顿，回去吃吧，陪陪爸。”

喻爸爸看了看喻妈妈，最后还是只能作罢。

“那我们先走了，妈，辛苦你把笙笙今天买的东西拿回去。”

时笙还没反应过来人已经被喻文州拉起来了，只得急匆匆地转头说：“爸爸妈妈拜拜……”

“这小子越活越回去了。”等到人走了，喻爸爸忍不住吐槽。

喻妈妈笑道：“别说孩子，跟你不是一样？”

喻爸爸看了喻妈妈一眼，似是不解气地把她面前的甜点一口全吃了。

喻妈妈忍俊不禁，父子俩这脾气都是遗传的。

第九章 毕业快乐

喻文州一路带着时笙去了地下停车场，时笙都不知道他在急什么，问："要去哪里吗？"

喻文州转过头来，故作神秘地开口："秘密。"

时笙蹙眉。她现在都有点儿怕喻文州这个样子了，问："你该不会是要把我卖了吧？"

喻文州转过来在她的额头上敲了一下："想什么呢？"

上次时笙在她面前玩手机的时候，他不小心瞥到了她的微博名称。他也下载注册了微博账号，顺便关注了她。

他把她发过的微博全都看了一遍，大多数内容和画作相关，为数不多的日常一点儿的微博就是夸过一个创作型歌手。

后面喻文州去搜过，发现那个歌手到现在都还没火。

那个歌手这天发微博说会来本地的某个酒吧唱歌。

歌手是临时决定此次活动的，微博也是临时发的。喻文州想着当时时笙在逛街，肯定没有看到。所以他临时订了那个酒吧的卡座，拜托老板帮他留个好位置。

时笙从来没进过酒吧，踏进门的那一刻满眼好奇之色。但是她依旧很疑惑："我们来这里干什么呀？"

喻文州抿唇笑道："现在不能告诉你。"

说话说一半，说的人没感觉，听的人是真的难受。

时笙只得拿出撒手锏："老公，你就告诉我嘛……"

喻文州看着时笙，对她招了招手。

时笙以为他是要说悄悄话，手撑着桌子往他那边靠了靠。

喻文州在她的唇上落下一吻："要自己发现的才能叫惊喜。"

时笙气呼呼地看了他一眼："讨厌。"

喻文州笑了，赶紧转移话题："有什么想喝的？"说完，他把桌上的酒水单递给了时笙。

但是又想到她的选择困难症，喻文州干脆坐到了她那边去。

时笙看着上面的名字一个比一个文艺，有些都分不清到底是饮料还是酒。她伸手指了指上面的某个名字问："这个是什么？"

喻文州看着上面的"长岛冰茶"几个字，脑子里在运转到底该怎么回答这个问题。

时笙转头看了一眼他的表情就知道，有些人这是憋着坏呢。

"长岛冰茶，其实就是一种……"

时笙赶紧抬手打断了他的话："别说，不然我想打你。"

看着喻文州那副忽悠的样子她就知道，他肯定是打算跟她说长岛冰茶就是冰红茶。要不是她看过相关的微博，这天肯定就掉坑里去了。

喻文州忍着笑闭了嘴，看着时笙又在认认真真地研究酒水单上的名字。

"那就要这个吧。"时笙指了指上面的"椰林飘香"。

喻文州眯了眯眼睛："嗯。"

时笙点好单后，服务员很快就端着酒水上来了。

时笙喝了一口刚刚自己精挑细选的"椰林飘香"，浓浓的可乐味中还带着点儿椰香，有些甜但是不腻。

喻文州坐回了对面，看着时笙一脸满足的样子，她一定是以为自己淘到了一款好饮料。

甜而不腻的东西喝起来确实容易上瘾，很快时笙的一杯“椰林飘香”就见了底。

与此同时，歌台那边终于有人出来的。

因为灯光比较暗，时笙一开始以为自己是眼花了，直到台上的人开始自我介绍：“大家好，我是歌手阿浔。”

时笙猛地瞪大了眼睛，激动地看向喻文州，手也没忍住在他的手背上拍了两下，说：“阿浔，活的阿浔！！啊啊啊——”

因为怕动静太大，时笙只能小幅度地坐在位置上蹦了两下，没忍住还顺便跺了跺脚。

她是上高三知道阿浔的，那时候学习压力大，就靠听听歌调节情绪。

阿浔很有才华，他的歌总是可以给人力量。

他写梦想、写生活、写社会、写未来，但从来都是写积极向上的一面，即使粉丝们都能看出来，有时候他的生活也并没有那么如意。

时笙最困难的那一年能顺利度过，其实也有阿浔的功劳。

这大概就是偶像存在的意义。他是指引道路的人，是抚慰心灵的人，带给你力量和希望。

在你功成名就之时，你也许还会记得他，也许会忘记他。但他的存在，总会激励到依旧需要他的人。

台上的阿浔简单地给吉他调了一下音就开始这天的演唱了，他唱的第一首歌就是时笙第一次听的那首歌。

时笙看了看周围人的反应，应该没有多少人认识阿浔。她的心情有些矛盾，一边开心着自己的宝藏没有被发现，又一边遗憾着这样的宝藏就应该闪闪发光。

时笙的眼泪来得不算突然，听着听着她就有些绷不住了，有见到偶像的激动，也有从歌声里听到的高三那年奋斗时的心情。

喻文州再次坐到了时笙的身边，伸手将她揽进了自己的怀里。

喻文州背靠着墙，时笙就靠在他的怀里，眼睛一眨一眨地看着歌台那边。

唱了五首歌，阿浔暂停了一下，说是喝口水再继续。

时笙仰头看向喻文州，说："我还要喝刚刚的饮料。"

喻文州笑着点头："嗯，喝。"

阿浔再次回到歌台上，服务员刚刚端着"椰林飘香"过来。

接下来的时间，时笙就靠着喻文州，手里端着杯子听阿浔唱歌。

阿浔整整唱了十首歌，这天的演唱活动结束了。在阿浔对着台下鞠躬说谢谢的时候，时笙的眼泪没绷住又掉了下来。

阿浔走了后，时笙就眼巴巴地看着他离开的那个方向。

喻文州摸了摸她的头："不去看看吗？"

时笙看向他："可以吗？"

喻文州点头，时笙"噌"的一下从座位上站了起来："那你等我一下。"

时笙快步跑到了酒吧外面。

天已经暗下来了，只有路灯朦胧的光洒在路上。阿浔背着吉他，一步一步地往前走着，身影倔强又孤寂。

"阿浔！"时笙在后面喊人。

被喊到名字的阿浔转过身来，就看到一个女生对着他这边招手。

刚刚虽然他在唱歌，但台下的情况他还是注意到了。他记得时笙，他唱歌的时候她全程都在听。

因为光线不亮，中途他见到了她擦眼睛的动作，也不知道是不是哭了。

时笙快步往他这边走来，阿浔也礼貌地选择往回走。

看到站在自己面前的偶像，时笙激动得有点儿语无伦次："阿浔，我是你的粉丝，我关注你很久了，我真的很喜欢你。"

阿浔点头："谢谢你的喜欢。"

时笙看着他和煦的笑有点儿想哭："谢谢你的歌陪伴我度过了人生特别难熬的一段日子，真的谢谢你。"

阿浔笑了笑："很荣幸我的歌声可以陪伴你。"

时笙看着他："阿浔，你会红的。你是宝藏，值得被全世界知道。"

想到最近的不如意之事，阿浔笑得有些苦涩，但谁会不喜欢这样真诚的安慰呢？他对她微微鞠了个躬："谢谢你的支持。"

时笙惶恐地看着他的动作，阿浔一下笑了出来。

"要一个拥抱吗？"语毕，他张开了自己的双臂。

时笙犹豫地问："可以吗？"

阿浔笑着点头："当然。"

时笙略显激动地抱住了阿浔，但也只是很短的时间。

阿浔看到另一头路灯下的人，问："是你男朋友吗？"

时笙转过去就看到了喻文州，笑着说："是我先生。"

阿浔想起来刚刚两个人在台下的那些互动，说道："你们很相爱。"

时笙不好意思地点了点头："嗯。"

阿浔看了看天："很晚了，跟他回家吧。"

时笙奋力地点了点头："阿浔，期待你的新作品，希望你每天开心。"

阿浔点头："祝你和你先生也每天开心。"

时笙转头看了看喻文州，他在对她招手了。

时笙不舍地看了看眼前的偶像，对他摆摆手道别后，还是跑向了另一头的喻文州。

看着灯光下相拥的恋人，阿浔心里泛起了一阵涟漪。这大概就是爱情，相爱的人永远会毫不犹豫地选择对方。

喻文州看着时笙径直地往他这边跑，早早地张开了双臂等待着她的到来。

时笙撞进了他的怀里，喻文州稳稳地接住了人。

“州州，我刚刚真的近距离接触阿浔了，我真的好激动！”

她“噼里啪啦”地说了一通，才发现一旁的喻文州一直都没有讲话。

时笙有点儿不确定地问：“你不会吃醋了吧？”

喻文州摇头：“没有。”

他反而有些感谢，感谢有人能在他不在的时候陪伴时笙。

每每想到时笙那些不快乐的经历，他都在懊恼自己为什么没有早一点儿遇到她。

他承认自己对时笙是有占有欲的，但还不至于到连她有喜欢的偶像都剥夺的地步。

“回家吧。”他抚过她的脸颊。

时笙点了点头，只是刚刚走出去几步就觉得有点儿不对劲。她说：“州州，等一下，我刚刚可能有点儿过于激动了，现在头有点儿晕。”

喻文州停下脚步，看着眯着眼睛的时笙有点儿想笑。

对时笙这种毫无酒量的人来说，连喝了两杯“椰林飘香”基本已经到酒量极限了。

刚刚她又是蹦又是跑，还有见到偶像那么激动，她能撑到现在才觉得头晕已经算是很不错了。

时笙揉了揉太阳穴，疑惑地开口：“椰子汽水难不成还有后劲？”

喻文州轻笑：“那不好说。”

语毕，他已经在时笙面前蹲下来了，说：“上来吧。”

时笙倒吸了一口气，随后还是乖乖地趴在了喻文州的背上。

酒吧在巷子里，车停在了外面很远的地方，两个人要走很长一段路。

路过一个桥的时候，有歌声传过来，时笙睁开眼睛看了看，外面还围了不少人。她拍了拍喻文州，随后指了指人群：“要去那边。”

喻文州笑道：“想听歌？”

时笙闷闷地用额头在他的肩膀上撞了两下：“嗯嗯。”

喻文州忍着笑，背着时笙慢慢走了过去，找了旁边的石凳把她放了下来。

“我马上就过来。”他摸了摸她的头。

喻文州挤进了人群站在了第一排，将钱包里的百元大钞全部都放进了打开的琴盒里。

大多数人给一块或十块，偶有一张五十块钞票，看到喻文州一次给几张百元大钞，歌手吓得都差点儿走音了。

一曲结束，歌手走到喻文州的面前：“先生，您有想听的歌吗？可以点歌，今天晚上到结束我都可以只唱您想听的歌。”

喻文州笑着摇了摇头：“可以把你的吉他借给我用一下吗？一首歌的时间就可以。”

歌手点了点头，一边说“好”一边把吉他递了过来。

喻文州礼貌地道谢后才接过了吉他。

听到那边安静下来了，时笙其实就有点儿猜到是怎么回事了。

但看着喻文州抱着吉他，一步步地朝她走过来，最后坐在她身边的时候，她还是没忍住掉了眼泪。

Dal rumore del mondo（置身于世界的喧闹声中）

Dalla giostra degli attimi（我在高处不停地旋转）

Dalla pelle dal profondo（从我显露在外的情绪里）

Dagli miei sbagli soliti（也从我常犯的错误中）

Dal silenzio che ho dentro（从我平静的内心深处）

...

Volevo dirti che ti amo（我想告诉你我爱你）

Volevo dirti che sei mio（我想告诉你“你是我的”）

Che non ti cambio con nessuno（我不会让任何人改变你）

Perche'a giurarlo sono io（因为发这个誓的人是我）

...

本来围在歌手那边的人全部都围了过来，但是时笙的眼里没有全世界，只有喻文州一个人。她用一只手撑着脸，静静地看着嘴角始终带着笑意的喻文州。

生活从来都不枯燥，总有人会在不经意间制造小惊喜，全篇不说爱你，但处处都是将你放在心上的小细节。

一曲结束，喻文州重复了那句“volevo dirti che ti amo”。

“回家吧。”他又说道。

时笙点了点头，两个人手牵着手走回了歌手那边。

喻文州把吉他还了回去，拨开人群往外走去。

“州州，刚刚那首歌，是你第一次给我讲的那个故事对吗？”时笙问。

虽然她听不懂，但是她的记性还不错，刚刚听了一会儿，就隐隐约约觉得是听过的。

喻文州点头：“是。”

时笙望着他：“那现在可以告诉我，你刚刚重复的那句话是什么意思了吗？”

“volevo dirti che ti amo，我想告诉你我爱你。”他的声音磁性又温柔，眼睛里满满的都是对她的宠溺之意。

时笙的心跳有些过速了。原来，喻文州这么早就对她告过白了。

“可以教我说那句话吗？”时笙问。

喻文州笑道：“只用学后面那一点点就好了。”

时笙点头，见他用手指了指自己的唇，随后一点点地发音教她。

时笙学得仔细，一个音节一个音节地往外蹦：“ti，a，mo。ti amo。”

虽然单词简单，但时笙总觉得自己说的就是和喻文州说的不一样。她有点儿生气：“算了，不学了。”

喻文州直接笑了出来：“嗯，不学了。”

时笙轻哼了一声，开始较劲，转头对他说：“我爱你。”

很多情况下，难以启齿的话好像用另一种语言说出来就会很顺畅，这种现象被称为母语羞耻。

可是一个人表达对恋人的爱意，没有什么是羞于启齿的。

时笙依旧有点儿头晕，两个人在路上走得很慢。

在车上坐好了时笙才猛地想起来：“州州，你喝酒了，不可以开车！”

喻文州看着义正词严的时笙哭笑不得，无奈道：“我没有喝酒，喝了酒的是你。”

椰林飘香虽然听起来像椰汁，但也是名副其实的鸡尾酒。

十五度对时笙这种几乎从不喝酒的人来说，也算是高度数了。

时笙一脸震惊的表情：“你没喝酒？！”

喻文州非常确定地点头：“我喝的是椰汁，你喝的是椰子味的酒。”

“骗子。”时笙小声开口。

刚刚他都不跟她说她点的是酒，幸好她只喝了两杯。

喻文州笑着侧身过来给她系了安全带：“那想想你是骗子的谁吧。”

“哼。”时笙气呼呼地转过头去不理喻文州了。

第二天是喻文州的闹钟先响的。他起身去关了手机，转身就看到时笙的眉毛都蹙在一起了。

但是这天是时笙拍毕业照的时间，她收拾打扮总是需要时间的。喻文州捋了捋她的头发，附在她的耳边轻声喊人：“宝贝起床啦。”

时笙撇嘴，眯着眼睛抱怨：“我好困。”

其实她下一句话是想说，都怪昨天喻文州诓她喝酒。

喻文州似是猜到了她想说什么，于是快速道歉：“我的错，我的错。”

时笙抬手挡住了眼睛：“就是怪你。”

喻文州笑道：“怪我，但是今天拍毕业照你是不是得美美地去？”

对女生说美不美这种话题总是奏效的，时笙手撑着床要起来，喻文州在旁边拉了她一把。

时笙坐起来的第一个动作就是叹了一口气。她耍赖，对着喻文州说道：“走不动。”

喻文州无奈，先站下了床，然后直接将她抱了起来。

时笙抬手揽住了他的脖子，又将头埋在他的脖颈处蹭了蹭。

两个人一起站在镜子面前洗脸刷牙，没一会儿就听到了敲门的声音。

喻文州摸了摸她的发顶：“我去看看。”

时笙点头，微微侧头看着喻文州出去。

喻妈妈看到喻文州来开的门，瞥了他一眼，问：“笙笙呢？”

“在洗漱。”喻文州回。

喻妈妈这才把手里的裙子递了过去，是昨天给时笙买的那条白裙子。

昨天他们小的去玩了，回来以后她先把新裙子拿去洗了，就为了这天时笙可以穿。

“谢谢妈，辛苦了。”喻文州笑着对喻妈妈开口。

喻妈妈看了他一眼，说：“别谢我，你对笙笙好点儿比什么都强。”

喻文州无奈。他总觉得这话像是丈母娘对女婿说的，而不是亲妈对着儿子说的。

这算不算是从侧面证明，时笙才是他们家的宝贝？

喻文州回到浴室时，时笙刚刚洗完脸。

见她疑惑地抬头，喻文州笑着说：“刚刚妈把你昨天买的新裙子拿过来了。”

时笙点了点头：“那我今天就穿那条裙子。”

时笙先出了浴室，把喻文州留在了里面。

时笙拎着裙子走到了穿衣镜前。裙子被洗过了，摸起来比新的更柔软了，还带着洗衣液的香味。

时笙刚刚把睡裙的肩带拉下来，镜子里就出现了喻文州的身影。

明明有心理准备，但被他从背后抱住的那一刻时笙还是没忍住颤了一下。

喻文州忍着笑，手揽住他的腰，然后将头抵在了她的肩头。

时笙只能双手挡在胸前，生怕随便动一下睡裙就掉下去了。

时笙不说话，喻文州也不动，两个人就这么站了至少一分钟。

“我要换衣服。”时笙开口。

喻文州在她的脖颈处蹭了蹭：“嗯，你换。”

时笙耸了耸肩：“你再抱紧点儿，我都能晕过去了。”

喻文州还真的就又缩紧了自己的手臂，说：“晕过去我给你换。”

时笙叹气，喻文州到底是怎么越来越无赖还幼稚的？

喻文州见她一副生无可恋的模样，笑得不行：“不逗你了，你先换吧，我去看看早饭做好没有。”

语毕，他松开手出去了。

时笙看着喻文州的背影，有点儿怀疑他怎么突然就这么配合了。不过时笙还是留了一个心眼，他一出去她也跟着去把门关上了。

喻文州走到楼梯口，本来是准备杀个回马枪的，结果传来的就是门上锁的声音，还怪清脆的。

喻文州无奈地摇头，他家时笙不只酒量见长，最近心眼也见长了。

他走到楼下，长辈们已经在餐桌那边坐着了。

“笙笙呢？”喻老爷子问。

“在收拾，今天她要回学校拍毕业照，可能要久一点儿，你们先吃吧，我等她。”

喻老爷子明显是反对这说辞的：“那笙笙饿到了怎么办？什么都没吃饭重要，你把早饭给笙笙端上去。”

说完，喻老爷子起身亲自去厨房拿了空的碗碟，把餐桌上的东西每一样都夹了点儿放进去。

喻文州看着喻老爷子的动作忍不住摇头。他家以前是绝对不允许不上桌吃饭的，果然规矩是死的，人是活的。

“你别偷吃，全是笙笙的。”将托盘递给喻文州的时候，喻老爷子没忍住叮嘱道。

喻文州无奈：“爷爷，我在你心里到底是什么形象？”

喻老爷子嫌弃地看了他一眼：“你还有形象？”

似乎是觉得只说他一个人不行，喻老爷子说完又看向了正准备动筷子的儿子。

喻爸爸轻咳了一声，无辜地看向喻妈妈。

喻妈妈赶紧笑着开口：“爸，我们先吃吧，笙笙的事情文州知道操心。”

喻老爷子这才点了点头，又开始叮嘱喻文州一定要监督时笙多吃一点儿。

喻文州无奈地点头，然后端着托盘上了楼。

知道门被锁了，喻文州就一边敲门一边喊人。

时笙正在画眼线，别说动了，连呼吸都小心翼翼的。

“笙笙？”喻文州喊了第二次。

时笙看着画失败的眼线叹气，应了一声：“来了。”

时笙推开门，入眼的就是喻文州端着一堆东西站在那里。

她在感动喻文州给她送早饭，喻文州看到的却是她眼角歪歪扭扭的眼线。

时笙抬头想道谢，结果看到的就是喻文州极力忍笑的样子。

她本来想抬手去挡脸，但转念一想，改成了骂喻文州。

时笙瞪了他一眼："你太讨厌了。"

喻文州看见时笙气呼呼的样子更想笑了。

"你再笑……"她接下来的话还没说出来，就被喻文州塞过来的蒸饺直接堵在了嘴里。时笙就是这样，小脾气来得快去得也快。

嚼了两口觉得蒸饺味道不错，咽下去以后她又对着喻文州开口："还要吃。"

喻文州笑道："小馋猫。"

时笙望着他眨了眨眼睛，干脆自己伸手去抓了一个蒸饺塞进嘴里。

看着时笙进去的背影，喻文州笑着跟了进去。

全程时笙就坐在梳妆台那边化妆，他就负责在旁边投喂。

只是他端上来的东西太多了，时笙吃不完的最后全都进了喻文州的肚子。

喻文州先把空的碗碟端了下去，再上楼的时候时笙正站在镜子前做最后的整理工作。他绕到床头柜那边去，将东西从盒子里拿了出来。

时笙从镜子里看到了喻文州的身影逐渐靠近，两个人的目光也在镜子中交会。

待离得近了些，喻文州还是没有讲话。

时笙想转头去看他，这时听到他开口："别动。"语毕，他抬手将项链绕在了她的脖子上。

因为链子很细，扣起来也不太容易。喻文州怕扯到她的头发，全程都小心翼翼的。

扣好项链，喻文州又将她的头发拉了出来，一点点捋顺，说：“祝我的笙笙毕业快乐。”

时笙从镜子里看着他笑，但眼底有些湿润。

被人时时刻刻放在心里的感觉真的太好了，生活中处处都是他带来的小惊喜。

喻文州扶着她的肩膀，自己绕过去挡在了镜子前，让她只能看到他。

“喜欢吗？”他用指腹抚过她的眼角。

时笙捏着项链的吊坠，点了点头。

喻文州笑道：“向日葵永远都向着太阳，希望笙笙也能像它，永远向着理想，积极向上，永不言弃。”

时笙望着他，简直感动得说不出话。

喻文州摸了摸她的脸：“走吧。”

时笙点头，两个人手牵着手往楼下走去。

到楼下时笙才发现家里一个人都没有了。她疑惑地看向喻文州：“爷爷他们呢？”

喻文州不假思索地说：“爸妈上班去了，爷爷去找他的牌友了，其他叔叔和阿姨应该是去买菜了吧。”

这个理由好像没什么值得怀疑的，时笙点了点头。

他们很快到了学校，两个人手牵着手往里走去。

柳熙先看到他们，站起来对着时笙招手：“宝，这里！”

时笙也冲着她招了招手，然后转头看向喻文州：“那我先过去了？”

喻文州笑着点头，在她的嘴角上印下一吻：“去吧。”

时笙三步两回头地走了。柳熙见她过来没忍住调侃：“啧啧，你们才分开十秒钟。”

时笙有点儿脸红，不好意思地看了柳熙一眼。

学士服是昨天发的，时笙的是柳熙帮她领的。室友都穿了，现在三个人都围着她帮她穿学士服。

没一会儿人到齐了，主持人先站了上去。

和众多大型活动的流程一样，先是升国旗、奏国歌，下一步是院长讲话，然后是优秀毕业生代表演讲，再是各种颁奖环节。

本来下一步是颁发毕业证书和拨穗了，但是这年在辅导员的争取下，活动多加了一个环节。

辅导员是他们的直系学姐，毕业以后就留校了。这一批人算是她带出来的第一批毕业生，感情总归是不一样的。

辅导员准备了一个视频，里面全是她收集的他们平时的照片。

很多学生活动本来老师是可以不去的，但为了看他们，辅导员几乎每一场都去了。

一开始大多数学生还沉浸在即将毕业的喜悦情绪中，现在也开始有点儿绷不住了。离别的感觉突然变得真实，有些学生已经开始抹眼泪了。

最后还是院长出来打圆场：“这是以后不用看到我高兴哭了？”

院长是个名副其实的老顽童，平时对大家的要求很高，但对他们的爱也是实实在在的。

回答他的是下面的一阵哄笑声。

接下来颁发毕业证书和拨穗的环节进行得很顺利。

拍完大合照以后，辅导员就宣布原地解散了，大家可以自由拍照。

学校是允许家长过来看毕业典礼的，结束以后大家几乎都是先去找自己的家长了。

时笙没有跟任何人提过这件事情。她往旁边走了走，准备等着柳熙她们几个回来再一起拍照。

“笙笙？”

在这种人多眼杂的场合，时笙都不太能确定这是不是在喊自己。

声音不大，来源也不清晰，她茫然地抬头去搜索着声音的来源。

她先看了看左边，并没有人。她再往右边看的时候，入眼的是站在那里的家里人，所有人都是盛装出席。

喻老爷子穿了中山装，喻爸爸和喻文州穿了西装，喻妈妈和一旁的时娆都穿着长裙。

每个人手里都拿着东西，所有人的目光都看着她。

一家人的打扮很隆重，加上颜值高，好多人在频频往这边看。

时笙激动得往那边跑去，几个人也往她这边的位置走来。

她喘着气站定在大家面前，听到的却是所有人整齐划一地开口："祝笙笙宝贝毕业快乐！"

时笙有点儿想哭又有点儿想笑，而且被周围的一群人盯着还有点儿"社死"的感觉，但最终取代一切的情绪还是感动。

一家人对她是真的很用心，对她的祝福也是发自内心的。

喻文州先走到她面前，将一大捧向日葵递了过来。

"毕业快乐。"他重复了早上的话。

时笙直直地撞进了喻文州的怀里："谢谢州州。"

喻文州摸了摸时笙的头，然后拉着她先走到了喻老爷子的面前。

喻老爷子满意地看着两个人，随后把手里的礼物盒子递给了时笙，说："毕业就是新的征程了，希望往后的每一天你都能够勇敢，凡事做到问心无愧就可以了，也不用太累，家里人永远都支持你。"

时笙忍着眼泪点头："嗯嗯，谢谢爷爷。"

她走到喻爸爸面前，他也将礼物盒子递给了她，说："爸爸也不太会说话，就祝笙笙以后都开开心心的，有什么事情都可以跟家里人讲，我们都会支持你的。"

时笙的眼泪就是在这种情况下决堤的。

和喻爸爸道完谢，她又走到了喻妈妈面前。

和前面一样，喻妈妈先把礼物给她了才开口：“祝笙笙毕业快乐，以后健健康康、快快乐乐就可以了，有想做的事情就尽管去做，家里人永远支持你！”

“谢谢妈妈。”时笙道谢。

见她哭，喻妈妈也跟着红了眼睛。她走过来摸了摸时笙的脸，哄道：“不哭，妆哭花了怎么办？我们笙笙最漂亮了。”

时笙吸了吸鼻子，挪到了时娆的面前。姐妹俩盯着对方看了半天愣是一句话没讲出来。

喻文州见状接过了时笙怀里抱着的东西。

时笙这才一下扑进了时娆的怀里，抱着她的脖子不撒手。

时娆从来都不是一个多愁善感的人，但这天在这个场合还是没控制住。她将时笙从怀里拉出来，用纸巾小心翼翼地擦掉了时笙的眼泪。

“我们笙笙长大啦。”时娆笑了。

时笙点头：“嗯，以后也可以保护姐了。”

时娆怜爱地摸了摸妹妹的脸：“嗯，笙笙很棒。”语毕，她将准备好的礼物塞给了时笙。

“前程似锦。”时娆祝福道。

最简单的四个字，却是她对时笙最衷心的祝福。虽然过程艰难，但她们终于都活成了自己想要的样子。

时娆又抱了抱她：“今天周五，爸妈在学校都还有事情。”

时笙闷闷地点头：“嗯嗯，我理解的。”

时娆笑着点头，难得主动地在时笙的脸颊上亲了一下。只是亲完了她才想起来，这天自己很隆重地化了全妆，连口红挑的都是正红色。

看着时笙脸上突然多出来的红唇印，时娆实在是有点儿控制不住地想笑。

时笙有点儿不好意思地捂住了脸，只是脸上的一片绯色痕迹怎么都挡不住。

她以前喜欢赖着时娆，还喜欢跟她亲近，但这还是长大以后时娆第一次主动亲她。

时笙偷偷看了一眼时娆，趁她不注意也给她的脸颊上盖了个章。

时娆无奈又好笑：“心眼还挺多？”

时笙笑着点了点头：“嗯嗯。”

一旁的几个人看着姐妹俩这样子也跟着笑。

“我们拍一张合照吧？”喻妈妈提议。

众人点头，时笙转头去搜寻可以找谁来帮这个忙。

柳熙就在不远处，看到这边的情况直接冲了过来，说：“是不是要拍照？我来，我来！”

她又对着众人打招呼：“爷爷好，叔叔阿姨好，姐姐好，喻教授好。”

时笙笑着给大家介绍：“我的室友，柳熙。”

一家人笑着点头开口说“你好”。

喻妈妈看着柳熙也喜欢得不行，她家笙笙的朋友一个个都这么乖。

喻妈妈从包里把相机拿了出来，说：“就辛苦熙熙帮我们拍一下合照了。”

柳熙接过相机，非常诚恳地点头：“没问题，包在我身上。”

最后地点就挑在了大礼堂这边。

喻老爷子站在中间，喻爸爸和喻妈妈一起站在了喻老爷子左边，时笙和喻文州一起站在了喻老爷子右边，时娆站在了时笙的边上。

柳熙一边拍照还不忘告诉大家怎么调整姿势，最后连着拍了好几张照片，喻妈妈一看都很喜欢。

“辛苦熙熙了。”喻妈妈开口。

柳熙赶紧摆手："小事，小事。"

柳熙的父母也从南城赶过来了，时笙怕他们久等，跟着柳熙过去打了个招呼就约了待会儿再见。

一家人在这边站着也不是办法，最后还是喻老爷子建议说想看看校园。

虽然以前也来过，但是作为喻文州的家长，这天几个人完全是抱着全新的心态来参观的。

时笙很少一次讲这么多话，一路上都在给大家介绍学校的情况。

走到正大门的时候，喻文州明显停了一下。他附在时笙的耳边说："我第一次见你就是在这里。"

时笙只知道喻文州是在校庆的时候见到她的，但具体在哪里、是什么时间她也没问。

时笙看着他，说："那时候我在干什么？"

喻文州想了一下，说："有个男生想过来抱你。"

时笙蹙眉："是吗？"

她不太喜欢跟不熟的人有过多肢体接触，更何况是男的。大学四年她连朋友都没几个，男性朋友更是一个都没有。

喻文州点头："嗯，第二次我看到你是在外面的那个巷口，那个男生在跟你告白。"

时笙又蹙眉。这都多久了，她都不太记得请了，怎么喻文州门儿清？

喻文州见她想不起来，提示道："好像是你参加那个社团里面的男生。"

说到这里，时笙才猛地想起来是怎么回事。

上大学以后她有意想改变自己没有朋友的现状，也努力地想出去社交，所以就加入了社团。

结果后来社团里的那个学长跟她告白了，吓得她连夜给社长写了退团申请书。

再后来，她就基本上干什么都一个人了，生怕又突然钻出来些什么人。

时笙看着喻文州摇头："好大的醋味。"

和她没什么关系的男生，喻文州倒是不会吃醋，比如阿浔；但凡是跟她有关系的男生，喻文州的醋劲是真的大，比如前面的林深和现在这个。

隔了这么久他还能记得住，真的是难为他了。

时笙看了看相机在喻妈妈手上，便撒娇道："妈妈，麻烦你帮我跟州州拍张照吧。"

喻妈妈笑着答应："好。"

时笙拉着喻文州的手，踮脚在他耳边问："你以前在哪个位置看到我的，我们去拍照？"

喻文州这才勾起了嘴角，伸手指了指不远处。

时笙有点儿想笑，总觉得喻文州现在的样子特别像受气的小媳妇儿。

"那走吧。"时笙拉着他往那边走去。

被一家人盯着拍照，两个人都显得有些僵硬。不过好在只是拍一张，两个人僵硬得并不明显。

喻文州拿着相机看了看，这才满意地点了点头。

午饭是一大家人一起出去吃的，见时间差不多了，时笙开始问大家下午有没有安排。

喻爸爸和喻妈妈说要回公司，喻老爷子说要去给牌友过生日，时娆说这天上午是从律所请的假，下午必须得回去。

时笙点头，最后看向喻文州。

"我下午要去院长那里。"喻文州开口。

时笙这才想起来，他们的事情还没结束，脸上的表情也一下从喜悦变成了担忧。

喻文州对着她笑着摇了摇头，说：“不会有事的。”

时笙微微叹了一口气，喻文州摸了摸她的头发。

最终一群人在餐厅门口分别，喻文州把时笙送到宿舍门口就先走了。

时笙回了寝室，其他三个人刚好吃完午饭。

时笙的脚都还没踏进去，整个人就被柳熙拉了出来：“走，走，走，拍照去。”

阿清和娇娇也跟着出来了：“对，对，对，赶紧的。”

四个人去了操场、教学楼，打卡了学校所有的标志性建筑。最终，一切还是在寝室里结束。

里面的东西能收拾的她们都已经收拾好了，这天结束，这里将不再属于她们。门一关上，属于她们的青春也就结束了。

到了九月，又会有另外四个女生住进来，开启属于她们的大学四年生活。

场面变得伤感起来。

柳熙平日里看起来不着调，现在哭得最凶，还非得要在每个人脸上亲一口，然后说她的感想——

“娇娇你知道吗？我第一眼看你就觉得你是腹有诗书气自华那种气质，你懂吗？呜呜呜，我爱你。”

“阿清，你真的特别像你的名字，看起来清清冷冷的，但其实你真的好热心。呜呜呜，我爱你。”

“笙笙，第一面见你的时候，我都不知道你竟然那么厉害。呜呜呜，你还长得那么乖，怎么能有人不喜欢甜妹呢？所以你能不能嫁给我当老婆？”

时笙本来都快要被说哭了，结果硬生生地被柳熙最后一句话给堵了回去。

时笙替她擦了擦眼泪，无情地开口：“不行，我已经嫁给喻先生了。”

柳熙接过纸巾擦眼泪，又转身看向娇娇和阿清，问：“那你们愿意嫁给我吗？”

阿清将眼睛都瞪大了，说：“干什么？你这样我会很担心你是不是已经觊觎我四年了。”

“你……你……你……你别看我。”娇娇也赶紧摆手。

时笙正想问柳熙这天是不是有什么情况，就听到她开始哭诉：“呜呜呜，可是我跟我男朋友分手了，你们还都不要我。”

虽然大学她就谈了这一个男朋友，但最终还是没逃过分手的命运。因为他们都不是本地人。

她是从一开始就决定以后要回南城发展的，但是男生想留在这里，两个人对未来的规划起了很大的分歧。

从实习开始他们就断断续续地吵过几次架，前段时间算是冷战，这天两个人彻底提了分手。

大家都跟着叹气，也应了大学毕业季就是分手季的那句话，几个人抱在一起安慰柳熙。

“拜拜就拜拜，下一个更乖。”

“分手就分手，下一个更长久。”

“旧的不去，新的不来。”

…………

明明柳熙是有点儿难过的，结果听到逐渐离谱的话又想笑，最后变成了四个人抱在一起又哭又笑。

娇娇的电话最先响，她的父母已经等在外面帮她搬东西了。

几个人依依不舍地分开，帮着娇娇把东西搬出去。

然后是阿清，再是柳熙。

时笙那天走的时候已经把大部分东西带走了，这天剩下的东西一个箱子就能装完。而且就她是本地的，自然是要留到最后一个走的。

看着室友们一个一个离开，寝室一点点地变空，她们，最终还是分别了。

时笙在椅子上坐了好一阵子才缓过来。她擦了擦眼泪给喻文州打了电话。

听着她瓮声瓮气的声音，喻文州问：“哭了？”

时笙长长地舒了一口气：“已经哭完了。”

喻文州忍着笑，还是说了一句老话：“有缘会再相见的。”

时笙“嗯”了一声，又开始问喻文州那边是什么情况，结果得到的是他支支吾吾的回答，时笙担心得不行。

喻文州安慰道：“你先回家，我这边还有点儿事情，待会儿回家再给你细说。”

时笙一再确认：“真的没事吗？”

她在担心喻文州的事情，结果喻文州却在扯其他话题：“记得补个妆。”

时笙不以为意地回了一声“嗯”，又听到他继续补充：“是回我们的家，不是回老宅。”

“哦，好。”时笙总觉得这天的喻文州废话特别多。

喻文州说没办法跟她一起走，所以给她打了车。

两个人刚刚挂断电话，她的微信上就收到了喻文州发过来的打车的信息。

时笙收拾好东西，锁好寝室门以后将钥匙交给了宿舍阿姨。

明明已经看过学校好多次了，时笙这天还是刻意放慢了脚步。

到了校门口，她还在对着微信看车牌号，司机已经下车走了过来。

跟司机再次确定了信息以后，时笙这才上了车，给喻文州发消息。

宝贝：“我上车啦，待会儿就到家了，你早点儿回来。”

收到微信的喻文州刚刚到家门口。他回了一句“好”，然后赶紧推门进去了。

从学校回去大概要四十分钟的车程，时笙靠在后座上，挑了很久才选了几张满意的照片。

想说的话很多，最后她删删减减却只剩下了一句。

时笙：“我们从五湖四海来，到天南地北去，愿我们在彼此看不到的岁月里熠熠生辉。”

很快她就收到了几个人的回复，眼眶又有些湿润了。

一直到车停下，时笙还在不停地看那些照片，有些高兴又有些难过。曾经她不想上课，以后是想上也没有了。

司机把她放在了门口，她拖着箱子往里走去。

因为情绪依旧不佳，她全程都闷闷的，走路也慢吞吞的。

终于到了家门口，路过院子的时候，她总觉得哪里和以前不一样，但具体哪里不一样一时又说不出来。

她将箱子放在了台阶下面，走上去准备先开门。

时笙低着头按了指纹，推开门的一瞬间是礼花筒炸开的声音。

“毕业快乐！”众人的声音传来。

喻老爷子，喻爸爸、喻妈妈还有时娆，一人拿着一个礼花筒站在那里，大家的脸上都带着笑，就时笙望着里面有点儿蒙。

“快进来。”时娆一把将时笙拉了进来。

第十章
余生有你

喻妈妈将准备好的头纱戴在了她的头上，一眼看过去，和她身上的白裙子挺搭。

时笙好像猜到是怎么回事了，怪不得买裙子的时候喻妈妈一直要说隆重一点儿也没关系。

时笙的心跳开始有些不受控制。她抬头往里面看，喻文州朝着她一步一步地走了过来。

“走吧。”他牵起她的手。

时笙这才反应过来，看了看四周，家里全部都是布置过的，从玄关处开始又是花又是气球的。

客厅那一片更是精心装扮，四周挂着捕梦网和星星灯，闪烁的光亮像是浩瀚的星海。

正对着门口的方向是一个很大的由气球圈成的月亮，月亮中间是星星灯围成的字：Would you marry me（你愿意嫁给我吗）。

茶几上铺了一层白纱，上面放着一个很大的蛋糕，而蛋糕的款式是一款婚纱。

蛋糕旁边放着一大束娇艳欲滴的红玫瑰，上面还放着一个戒指盒。

他们走过的一路，地上都是花瓣和蜡烛。

离那边越近，时笙的心跳就越快。

终于走到了茶几面前，喻文州停下了脚步。他转身面对着时笙，将她的另一只手也牵了起来。

两个人面对面站着，喻文州看着她的眼睛，说："接下来我想说一些话，笙笙准备好要听了吗？"

时笙的眼眶已经有些湿润了，她看着他点了点头。

"时笙你好，我叫喻文州，医学院博士毕业……"

这是相亲后他们第二次见面喻文州对她的自我介绍。

只是这天除了这一段，喻文州还加了别的话。

"遇见你之前，我的生活确实很枯燥无味，每天只有实验和论文，不会爱别人。

"很感谢你的出现，让我一点点学会怎么去爱一个人。

"教会我一切的人是你，最后的那个人也是你。

"从前我是不相信一见钟情的，但现在我信，我们的相遇是命中注定的。

"娶你，是我第一次见你以后就认定的事情了。但是真的很抱歉，我们没能像普通情侣那样，先恋爱再求婚，最后再是步入婚姻的殿堂。

"所以我想尽最大的努力来弥补这些遗憾。

"今天我在此起誓：余生，我都会敬你，疼你。

"我爱你，是我这辈子的承诺。

"笙笙，你愿意嫁给我吗？"

喻文州说得很慢，甚至偶尔还会停顿一下。他全程望着时笙，温柔又深情。

时笙的眼泪却像决堤了一样，完全不受控制地往下掉。

喻文州双手捧住她的脸，用指腹擦拭着她滑落的眼泪，继续问："笙笙，你愿意嫁给我吗？"

时笙看着他，虽然视线有些模糊，但还是点了点头，回道："我愿意。”

得到她肯定的回答，喻文州笑了起来。

早就等在一旁的几个人赶紧围了过来，在一阵欢呼声中，礼花筒再次在头顶炸开。

伴随着漫天飞舞的花瓣，喻文州将戒指盒拿了下来，然后将那捧玫瑰递给了时笙。他单膝跪在她的面前，用着近乎虔诚的动作，将戒指套在了她的手指上。

吻，随即落在了她的手背上。

“新婚快乐！”一旁的几个人又开始欢呼。

时笙赶紧把花放下，将喻文州从地上拉了起来。

浅浅的一吻后，喻文州紧紧地将她抱在了怀中。他用着只有两个人才能听到的声音，告诉她：“笙笙，谢谢你爱我。”

时笙的眼泪又往下掉了两颗：“我爱你。”

曾经的梦想终于还是成了真，他终于得到了心爱的姑娘的爱。余生的相伴，就是他们给彼此最好的回答。

这场求婚仪式喻文州计划了很久，几经纠结后他选在了时笙毕业这天。

场地设计是他一点点跟着工作室那边确定好的。

因为要在学校陪着时笙，东西是工作人员帮忙准备的，但是里面的布置，都是他和家里人一点点亲手弄好的。

下午他确实是去了院长那边，但结束的时间要早一些。

他骗时笙让她自己回来，就是为了能提前回来换身衣服，再确认一下场地。

不过还好一切都很顺利，求婚很顺利，时笙答应得也很顺利。

“给新郎新娘拍照！”看着两个人就这么不动了，喻妈妈在旁边出声。

听到用这样的称呼指代自己，时笙的脸“噌”的一下就红了。

喻文州笑着看了看她，替她擦了擦眼泪，又低头在她的嘴角上亲了一下。

时笙重新抱起了花，两个人手牵着手紧紧地靠在一起，照片定格了这画面。

婚纱款式的蛋糕虽然好看，但终究还是吃的，时笙拍完照之后还是选择把它分了。

这边她刚刚切完蛋糕，门铃就响了。

喻文州去开的门，时笙转身就看到了站在门口的父母。

她顿了一下，时爸爸和时妈妈已经跟着喻文州一起进来了。

时笙把手里的碟子放下，规规矩矩地喊了一声："爸、妈。"

时爸爸点了点头，笑着过来抱了抱她："毕业快乐。"

时笙扯了扯嘴角："谢谢爸。"

时爸爸伸手拍在了她的肩膀上，解释道："爸今天在学校开会，待会儿就又要去外地了。"

时笙还是点头，其实这天能见到他们已经是在意料之外了。

"嗯，那注意安全，注意休息。"时笙回答。

时爸爸点了点头，父女俩最终还是没有更多的话了。

时笙微微偏头看到了旁边的时妈妈，短暂纠结后主动走过去喊了一声："妈。"

时妈妈先点了点头，片刻后还是往前两步抱住了她，说："毕业快乐，还有，新婚快乐。"

时笙忍着眼泪点了点头："嗯，谢谢妈。"

这是她从小到大第一次听到"毕业快乐"这样的字眼，也是她和喻文州领证这么久才听到的一句来自时妈妈的"新婚快乐"。

"妈待会儿还要回学校，晚饭自己吃。"时妈妈拍了拍她的背。

九中从初中开始都是周六放学，时妈妈这天晚上还得去守着学生。

昨天喻文州联系过他们，希望他们这天可以过来参加时笙的毕业典礼。但学校的事情实在是走不开，现在他们能过来已经是下午下课以后紧赶慢赶了。

时笙除了点头也没有任何办法，和自己比起来，确实是几十个学生更重要。

他们就是这么忙，小时候她都这么过来了，现在更是早就习惯了。

跟时笙说完话，时爸爸、时妈妈又简单跟喻老爷子他们说了几句话就准备走了。

时笙有点儿急："吃个蛋糕再走吧。"

两个人点了点头，时笙赶紧拿碟子去切了蛋糕。

时爸爸、时妈妈走的时候是时娆和时笙两个人去送的。

一家人本来就难得聚在一起，难得这天还都心平气和的。望着父母远去的背影，时笙还是没忍住叹了一口气。

时娆一下拍在了她的屁股上："叹什么气？"

"姐！"时笙气得直接跺了一下脚。

姐妹俩你追我赶地回到了里屋。

喻文州本来还担心这会影响到时笙的心情，但现在看来是没有的。

这天毕竟是毕业加上求婚，喻文州一开始就觉得时笙还是希望父母来的。

虽然现在他们没有陪她全程，但好歹也是出现过了，就算有遗憾，也不至于像以前那样。

晚饭大家是在家里吃的，不过是喻文州订的外送。要不是他认识餐厅的老板，这天这顿饭还真的吃不上。

吃过饭一家人又坐着聊了会儿天。

天色渐渐晚了，大家选择把空间和时间都留给时笙和喻文州。

看着家里只剩下他们，时笙坐在沙发上盯着一屋子的装饰眼睛都没眨一下。

喻文州笑着坐了过来，伸手将她拉进了怀里，吻上她的发丝，说：“怎么了？”

时笙在他怀里蹭了蹭：“就是觉得今天一整天都好梦幻。”

上午她参加了毕业典礼，哭着跟室友和青春道了别；下午是喻文州准备的求婚仪式，虽然她也是哭着的，但对未来憧憬不已；晚上一家人一起吃了饭，想见的人她都见到了，想听的话也都听到了。

这天，是真的很圆满。

“笙笙。”喻文州唤她。

时笙在他怀里翻了个身，下巴抵在他的胸口处，抬头望着他，问：“怎么了？”

喻文州捏了捏她的脸：“我们办一场婚礼吧。”

看到时笙犹豫，喻文州连忙解释：“就我们的爸妈，加上爷爷和姐，我可能还要叫上师兄和大学的室友，就举办一个小小的仪式就可以了。”

他始终觉得，不管仪式大小，总还是要有才是圆满的。

时笙想了想，都是他们亲近的人，有他们见证真的就已经够了。

“那我想请我的室友。”时笙回答。

算来算去，她们三个人已经是她这二十多年里除了家人以外关系最好的人了。

喻文州笑道：“好。”

“那日期就定在你的生日那天吧。”喻文州补充。

时笙的生日就在下个月，他想让特殊的日子变得更特殊。

时笙凑过来在他的嘴角吻了一下：“好。”

大概是那场求婚仪式多多少少又制造了一些热恋的感觉，这段时间，时笙深刻体会到了原来一个男人也可以这么黏人。

时笙去上编剧课，喻文州有空就非得跟着一起去。她不让他进去，他就坐在机构的大厅里望眼欲穿。

时笙在书房里画稿子，喻文州就搬个凳子坐在对面。她不让他讲话，他就全程盯着她看。

曾经两个人都觉得就算婚后也要给彼此空间，但现在看来完全就是偏离预期了。

喻文州害怕她生气，每次黏着她之前一定会先问：“老婆，你会不会嫌我烦？你会不会生气？”

时笙无奈，这都先问了，自己还有脾气就有鬼了。

时笙坐在画板面前，接过喻文州递过来的草莓。嚼了几下，将草莓咽下去以后，她才开口：“你变了。”

喻文州使劲在她的唇上亲了一口，问：“我怎么了？”

时笙瞪了他一眼，喻文州这才又捏了一个草莓喂给她。

时笙嚼着草莓，伸手比了一个“三”，含糊地吐槽：“喻三岁。”

喻文州凑在她的耳边，轻咬了一下她的耳垂。

温热的呼吸，湿热的唇瓣，让时笙直接被激得微微颤了一下。

要不是手机在这个时候响了一下，时笙都有点儿担心接下来事情的走向了。她一把推开喻文州去拿桌子上的手机，喻文州轻笑着退到了一边。

“老公，去帮我拿一下快递吧……”时笙看了一眼手机，对着喻文州撒娇。

喻文州转身，对着她摊了摊手：“跑腿费呢？”

时笙眨眼：“是给你买的东西。”

喻文州这才点了点头，将碗放在桌子上后嘱咐道：“记得吃完。”

时笙想笑，看着他微扬的嘴角，果真是喻三岁。

普通的快递不会送上门，全部都放在小区的驿站里。

喻文州很快就去将东西拿了回来。虽然说是给他买的东西，但毕竟快递单上还是时笙的名字。

喻文州回家叫了时笙过来拆快递。

时笙将盒子里的长衫拎了出来，走到喻文州面前比画了一下，严格按照尺寸选的，应该没什么问题。

“这就是给我买的？”喻文州看着时笙手里的衣服。

时笙点头：“对。”

喻文州摸了摸下巴：“没有场合穿。”

“穿给我看，给我当模特。”时笙踮脚在他耳边回答。

她见过喻文州穿西装、穿风衣、穿其他休闲装，但就是没见过他穿国风的衣服。

前面画过喻文州的素描，这次她想画油画。

国风的衣服，配上油画的质地，也算是跟她的毕业设计有点儿关系了。

喻文州摇头：“不。”

时笙拉着他的手，晃了晃手臂撒娇：“老公最好啦……”

喻文州笑着捏了一下她的脸：“好，穿。”

时笙这才笑了起来。

喻文州补充：“那我去洗个澡，你把衣服扔洗衣机里去吧。”

时笙赶紧点头，生怕喻文州反悔了。

衣服和模特的问题解决了，她又开始愁地点。家里并没有什么古香古色的地方，她看了一圈都觉得不合适，估计待会儿画的时候，背景全都得靠想象。

几经纠结后，时笙把地点挑在了客厅里。

那边有面落地窗，窗帘一拉开后屋子很敞亮。还好家里有实木的椅子，时笙搬了一张过去，然后又去书房找了一本装订古朴的书。

一切准备就绪，她把画板和颜料盘都搬了过来。

很快衣服就被烘干了，时笙拿着衣服进了房间，喻文州正穿着浴袍坐在床边。她走过去，将手里的衣服递了过去。

喻文州看着她笑道：“你给我穿。”

时笙现在是有求于这位大爷，也只能乖乖照做。

明明是她在给他穿衣服，结果最后被占便宜的还是她。

感受着自己腰上的手逐渐上移，时笙赶紧把人推开了，一边说话一边往门口走：“我先去客厅等你，换好了自己下来。”

“咯噔”一声，门关上了，喻文州看着门板有点儿想笑。他起身走到全身镜前，将长衫的盘扣一个个扣了起来。

时笙跑下了楼，洗了个冷水脸才把脸上的温度降了下来。她坐在画板面前，等着喻文州下来。

听到身后的脚步声，时笙并没有回头。

喻文州径直走到落地窗前，将椅子上的书拿起来，随后坐到了椅子上。他捋了捋长衫，背靠着椅背，随后跷起了二郎腿。

随着他抬头，时笙觉得心跳都慢了半拍。

这样的喻文州，多了丝书卷气，更多了些清冷的气息。

“怎么了？”他笑。

时笙吐了一口气，起身将放在旁边的东西拿了起来。她走到喻文州面前，将手里的金丝框眼镜戴到了他的脸上。

时笙用手描绘着他的骨骼，他一把拽住了她的手，说：“去吧。”

时笙抿唇，还是点了点头。

一如她第一次画喻文州一样，室内安静得出奇。

喻文州微微低头在看书，时笙一开始还是仔仔细细地观察他，到后面抬头次数就逐渐变少了。

整整三个小时，喻文州除了翻书，基本没有动一下。时笙也跟粘在椅子上了一样，全程就只有两只手在动。

两个人几乎是同时抬的头，看向对方的瞬间都笑了起来。

喻文州把书放下，问她：“画完了？”

时笙点头，不只是画完了，这天的画她还很满意。

喻文州站了起来，转身将窗帘拉上了。

外面还是白天，即使拉上了窗帘室内依旧不暗，相反，倒是多了些朦胧的美感。

时笙看着喻文州一步步朝着自己走了过来。她仰头去看他，迎来的是他的吻。

一吻结束，两个人都喘着气，静静地对视着。

这样的时刻莫名其妙地令人安心，两个人都没有说话也没有动作，只是默默感受着彼此眼中蕴含着的万千情愫。不知过了多久，喻文州才开口打破沉默："你画了这么久也累了，先休息一会儿，我去做晚饭。"

时笙仍然沉浸在刚刚那种静谧又安宁的氛围中，只是眨了眨眼，代替她的回答。

喻文州笑了笑，便转身去了厨房。

时笙想了想，还是起身去了书房，处理了一下这几天画的漫画，没过一阵子就听到了喻文州喊她的声音。

吃过饭，时笙瘫在椅子上不想动。喻文州将她拉了起来："走吧，我们出去逛逛。"

时笙理解的出去看看就是去外面散散步，结果喻文州把车开了出来。

"要去哪儿？"她问。

喻文州下车给她开了车门："去了你就知道了。"

看着眼前逐渐熟悉的景色，时笙侧头问："摄影工作室？"

喻文州笑着点了点头："对。"

婚纱照拍了这么久，总算是出图了。

只是时笙有点儿奇怪，前期都是她和摄影师在沟通，怎么最后是喻文州先知道的这事？

现在正是下班的时间，时笙也没想到会在这个时间点过来拿照片，而且走进去一看，又只有他们这两个客人。

摄影师看到他们来，亲自把他们带到了休息区，然后让人把相册搬了出来。

时笙简单地翻了几页，里面的照片她很喜欢，杂志御用造型师果然有她成为“御用”的道理。

看得差不多了，时笙跟摄影师道了谢，准备问喻文州什么时候回去。

她侧过头，喻文州笑容灿烂地看着她：“不急。”

时笙不解，喻文州牵起了她的手。

摄影师站了起来：“跟我来吧。”

摄影师走在前面，喻文州和时笙就跟在后面。

时笙有点儿不明白这是要干什么。

很快几个人到了试衣间外面的那一片休息区。

因为来过，时笙记得这里是开放式的，但这天全部都被帘子挡了起来。

喻文州牵着她的手，两个人站在那里没有动。

帘子从左边被一点点拉开，里面挂着的婚纱也逐渐映入眼帘。

时笙的眼睛都没眨一下，然后她听到喻文州问：“还喜欢吗？”

时笙这才转头看向他，眼里满是惊讶之色。

喻文州笑着摸了摸她的头，回答：“是一样的。”

一开始他确实想过自己设计婚纱的，但这对外行而言，难度太大了。

他发现时笙喜欢复古宫廷风的款式，这件婚纱是他寻了很久才寻到的，只是设计师是国外的。他是通过这个摄影师才联系到了设计师本人。

任何一个设计师肯定都不愿意别人修改自己的作品，喻文州跟设计师沟通了很久，最后设计师被他的诚意所打动，才答应修改。

婚纱被运了回去，喻文州几乎全程保持着跟设计师的交流。

婚纱虽然不是他设计的，但修改的想法，几乎都是他提的。

设计师也确实是结合了他的想法进行了调整，所以才有了现在这件适合时笙、属于时笙的婚纱。

下午收到了摄影师这边发过来的消息说婚纱到了，他就有些迫不及待地想带时笙过来试试。

时笙一眼就认了出来，婚纱的款式，和求婚那天的蛋糕是一样的。只是蛋糕没有做出来的层次，婚纱上全都体现了出来。

蕾丝的繁与艳、浪漫轻纱的飘与透在这件婚纱上体现得淋漓尽致。纯净温润的绸缎散发出珍珠般的象牙色光泽，方领和泡泡袖的设计带着少女的甜美气息。珠钻拼贴出的蕾丝高贵优雅又不失柔美，轻纱笼罩在绸缎裙摆上，营造出朦胧的柔波轻动质感。云朵般堆叠的裙尾，优雅垂坠。

简而言之，有童话般的梦幻，有少女般的灵动，这件婚纱，从内到外，都是符合时笙的长相和气质的。

时笙的眼睛有些湿润。

在这天之前，她一直都以为那婚纱只是蛋糕店随便做的样式，但现在看来，全都是喻文州的精心准备。

“喜欢吗？”喻文州再次重复了这个问题。

时笙看着他眼神有些复杂，最后还是笑着对他点了点头。

那天他问过她想要什么样子的婚礼，但她确实没什么想法，只说简单点儿就好了。

喻文州说好，让她不用操心，一切交给他就好。事实上却是，他的一切准备都不简单。

但她转念一想，他对他们的事情从来就没有敷衍过。

喻文州摸了摸她的脸：“去试试吧。”

时笙笑了笑，点头道：“嗯嗯。”

有工作人员从外面过来，帮时笙把婚纱拿进了试衣间。

婚纱的重量不轻，穿起来也有些麻烦。工作人员没让时笙动，她就全程站在那里等待着她们帮忙。

婚纱穿好了，工作人员先退了出去。

时笙正对着镜子看细节，喻文州又从外面进来了。他从后面将她拥入怀中，问："还合身吗？"

时笙点头，各个地方的尺寸，全都是刚刚好。

喻文州笑了笑："嗯，那就行。"

两个人带着婚纱照和婚纱一起回了家。

喻妈妈一开始是不同意他们办这么简单的婚礼的，但因喻文州极力保证自己会好好准备才妥协了。

传统婚礼的流程太多，要请的宾客也很多，这些都是时笙不喜欢的。最后他们决定只有两边的长辈和朋友来参加，仪式也简单些。

因为没有长辈插手，加上想给时笙一个惊喜，婚礼的全部细节都是由喻文州一个人敲定的。

许家恒、乔远还有宋修远都在本地，请帖是喻文州亲自送过去的，程杰的请帖是快递过去的。

时笙的几个室友都在外地，时笙打电话跟她们说这事的时候还挺不好意思的。

婚礼在周中，她们三个人才刚刚参加工作，如果要来就都得请假了。但是三个人都答应得很干脆，时笙心里很感激。

除了强调不要份子钱，给她们寄请帖和喜糖的时候，时笙还准备了口红、香水之类的小礼物。

跟几个人确定好过来的时间以后，时笙直接帮她们把机票也买了。

婚礼的场地定在了郊区的一家私人会所里，两家人都准备提前一天过去。

时笙跟着喻文州倒是先过去了，只是她的活动范围被限制得死死的，只能在各种休息区活动，不能去后面的空地。

时笙的好奇心就是这么被勾起来的。

她尝试过悄悄溜到会客厅那边，准备从楼上往下看。结果走楼梯走到一半她就被喻文州抓住了，还直接被扛走了。

“乖一点儿。”喻文州把时笙送回了房间。

时笙拉着他的手撒娇：“真的不用彩排一下吗？明天我要是很紧张怎么办？”

喻文州笑道：“你现在已经开始紧张了。”

时笙无言以对。

虽然第二天人很少，但是不提前走一下流程她心里就是没底。

“一切有我。”他安慰道。

时笙看着他，最终还是点了点头。

反正在这里什么都看不到，时笙决定早点儿去机场那边接人。

喻文州说要跟她一起，她非常自觉地把手里的车钥匙递了过去。

谁知道喻文州摇了摇头：“我开爸的车去。”

时笙不解，听到喻文州解释：“我去接程杰，一辆车坐不下。”

时笙这才点了点头，只是自己想偷懒不开车就行不通了。

几个人的航班时间相差不太远，阿清和娇娇先出来，就跟他们一起站在那里等柳熙。

刚刚没问，以至柳熙跟着程杰一起出来的时候，时笙还有点儿惊讶。

“宝！”柳熙先看到他们，隔很远就开始招手打招呼。

时笙也笑着招了招手，柳熙就开始往这边跑。

程杰在后面一点儿，看到这一幕下巴都要惊掉了。他走过来，先跟喻文州打了一声招呼。

时笙看到他，嘴里的一句“大哥”还没喊出来，就听到他开口：“嫂子！”

这声音中气十足，吓了时笙一跳。

反观喻文州，好像对这个称呼很满意。

她表情疑惑地看了一眼程杰，然后又看了看喻文州，总觉得这两个人有点儿奇怪。

“走吧。”最后还是喻文州先出声。

时笙跟三个室友走在前面一点儿的位置，两个大男人就跟在后面。

喻文州瞥了程杰一眼，笑而不语。

程杰有点儿不自然地轻咳了一声：“那个，老喻。”

喻文州忍着笑：“你有事。”

这是陈述句，而且是肯定句。

程杰摸了摸鼻子，问：“就刚刚那个女生，是不是我妹子的室友？叫什么名字？可以把联系方式给我吗？”

喻文州没忍住笑出了声，这算是图穷匕见了。他看着程杰，说：“刚刚你喊什么？”

程杰立刻改口：“不是，老喻，哥，刚刚那个女生是我嫂子的室友吧？”

说来也巧，两个人是同一趟航班。

在南城那边登机的时候他就注意到柳熙了，但忍了一路还是没有主动去搭讪。他也没想到他们来这里竟然是同一个目的。

缘分都到这里了，他再不行动都对不起自己了。

喻文州这才满意地点了点头：“待会儿我帮你问问笙笙。”

到了停车场，几个女生自然是坐一辆车，程杰就跟喻文州坐一起。

很快又回到了郊区的私人会所里，时笙带着她们简单地转了转就被喻文州带走了。她本来还以为是有什么大事，听喻文州说完后，她想了想，说道：“我要问问熙熙，她同意我就给。”

还是要讲究本人的意愿，就算程杰是喻文州的朋友她也不能随便给柳熙的联系方式。

会所这边有住的地方，时笙给她们每个人都准备了房间，但现在几个人都窝在柳熙那边。

看到时笙这么快回来，几个人调侃：“哟，新郎这就放你回来啦？”

时笙脸红地看着她们，然后对着柳熙开口：“熙熙，有事情跟你说。”

作为时笙的室友，加上程杰又是喻文州的朋友，柳熙怎么都不好意思拒绝的，反正也就是加个微信，也不是什么大事。

就这样，晚餐的时候所有要参加婚礼的人聚在了一起。

程杰全程就跟个花孔雀一样，不停地在柳熙面前献殷勤，弄得所有人的目光都在他们身上。

吃过晚饭，几个长辈都先离场了，准备把外面留给他们年轻人。

婚礼场地要用鲜花，为了保证花的新鲜度全部都得在这天晚上弄，这个任务自然全部都落在了几个男士的身上。

按道理来讲，宋修远也是要去帮忙的，但是他还带着念念。他怕小孩子万一过去捣乱，还可能破坏了喻文州的惊喜。

时娆先发现了宋修远的犹豫，直接对着念念招手：“念念，跟着姐姐玩好不好呀？爸爸有其他事情要忙。”

念念认识时娆，非常乖巧地从宋修远那边跑了过来。

宋修远感激地看着时娆，点了点头说道：“麻烦你了。”

几个男士就这么走了，留了几个女士坐在前院里。

一开始她们还只是坐着聊天，后面觉得不过瘾就拿了些酒过来。只是可惜，没有一个人有酒量。

喻文州他们一回来就看到几个人歪歪扭扭地坐在那边。

时娆听到动静最先醒了过来。她刚刚喝得不多，是困得睡着了。

她看着靠在怀里睡过去的小丫头，没忍住在念念的脸上捏了一下。

宋修远过来把念念抱了起来：“不好意思，真的麻烦你了。”

时娆打着哈欠站了起来：“念念很乖的。”

刚刚她们几个在讲话，念念就乖乖地坐在那里吃东西，不乱跑也不闹。

要不是时娆问她要不要睡觉，小丫头困得不行了都没打算主动跟她说。

时娆把念念抱进了怀里，小丫头抱着她的腰没一会儿就睡过去了。

时娆看着东倒西歪的几个人，说：“我去叫人过来送她们回房间，你们该休息就去休息吧。”

虽然都是两边的朋友，但毕竟不是很熟，男男女女的也不是很方便。

时娆去叫了几个女工作人员过来，把时笙的三个室友送回了房间。

喻文州和时笙留到了最后，看到所有人都离开了，喻文州才蹲在了时笙的面前，捏了捏她的手说：“回去睡好不好？”

时笙眯着眼睛打了个哈欠，摇头回道：“不好。”

“那要干什么？”喻文州笑了。

时笙仰起头，指了指天上：“要看月亮。”

指完时笙才意识到问题，蹙眉看着喻文州：“完蛋了，我刚刚指月亮了。”

喻文州笑了起来，起身坐到了她旁边去。他凑在她耳边吹了吹气，又伸手捏了捏：“好了，不会被割耳朵了。”

时笙这才满意地点了点头，直接靠在了他身上。

喻文州揽着时笙，两个人就这么静静地坐着，到后面喻文州都有点儿不确定她到底是睡着了还是没睡着。

“笙笙？”他试探着喊人。

时笙没动，只轻声回答：“嗯。我们回去吧。”

喻文州点头，起身直接将她抱了起来。

时笙双手环着他的脖颈，贴在他的胸口上蹭了蹭，小声地呢喃：“我太幸运了。”

喻文州没听清：“嗯？怎么了？”

时笙又摇摇头不说话了。

一生能遇到一个爱人是幸运，一生能只爱一个人更是何其有幸，她是被上天眷顾，才能遇到喻文州。

喻文州抱着她回了房间，洗完澡两个人相拥而眠。

第二天没有接亲仪式，两个人睡到了八点多才起来。

时笙睁眼就看到喻文州正侧躺在旁边看着她。

她突然有点儿紧张待会儿的婚礼，喻文州笑着捏了捏她的脸：“宝贝，生日快乐。”说完，他侧过身去把床头那边的礼盒拿了过来。

时笙顿了一下才笑了起来。她光想着婚礼，把生日的事情忘得一干二净。

她坐起来打开了礼物盒子，里面是一套首饰，项链、手链和耳环，全部都是珍珠的，和婚纱的款式很搭。

“谢谢州州。”时笙笑了。

两个人洗漱完打开门，摄影工作室那边的人都已经到了。

请帖上当时写了希望大家盛装出席，喻文州就拜托工作室那边多带几个造型师过来，尽量保证照顾到每一个人。

喻文州把时笙交给造型师，摸了摸她的头，说道：“我等一下来接你。”

时笙点了点头：“好。”

场地昨天晚上基本上是布置好了，但这天早上他还要再去确认一下细节。所有人收拾好以后都先去了场地，连造型师帮她做好造型后也先走了。

时笙一个人坐在房间里，有些紧张，又有些期待。

门外传来了敲门声，时笙小心翼翼地挪到了门口。

喻文州从外面推开门，两个人的视线交会。

喻文州穿着跟她的婚纱同系列的西装，头发也打理得一丝不苟。

两个人看着对方，几乎是同时开口：

“今天很美。”

“今天很帅。”

说完，两个人都笑了起来。

喻文州将捧花递给了时笙，随后一把将她抱了起来。

将时笙轻轻地放在床边后，他去衣柜那边将鞋盒拿了出来。

时笙手撑着床，晃着腿，问：“你到底在房间里藏了多少惊喜？”

喻文州走过来，笑着在她的嘴角上吻了一下：“就藏了一个你。”

帮她把拖鞋脱掉后，喻文州小心地帮她穿好了高跟鞋，说：“起来走走？”

时笙点了点头，喻文州扶着她站了起来。

时笙低着头，小心地走了两步，鞋子大小很合适。

喻文州松开她的手：“看看自己走有没有问题？”

时笙笑着往前走了两步：“肯定没问题。”

她自己拎着裙摆走到了门口，一边转头一边对他说道：“你看，我……”

喻文州看着她，点头道：“嗯，很棒。”

他看着她笑，时笙看到的是他手里的头纱。

喻文州一步步地走向她，随后小心翼翼地将头纱戴到了她的头上。

头纱是发箍款式的，前面是几朵仿真的栀子花，花蕊和旁边都镶嵌着珍珠。头纱很蓬，有整整三层，下摆处都零星地缝着小珍珠。

喻文州替她戴好头纱，又帮她捋了捋耳边的碎发，赞美道：“很美。”

时笙看着他笑，但是眼睛已经有些酸涩了。

喻文州抚在她的脸上：“不哭。”

别人在婚礼上可能哭得稀里哗啦，可是他这天做的一切，都只想让时笙笑。

“准备好了吗？”他问。

时笙使劲点了点头：“准备好了。”

没有太多的过场，两个人就这么手牵着手，一步一步地走到了后院。

看着逐渐清晰的婚礼场地，时笙的眼眶控制不住地蓄上了一层泪水。

她告诉过喻文州，觉得全白的婚礼场地没有温度，眼前的婚礼场地则是姜黄色和豆绿色为主色调的装饰搭配。

凳子都是原木色的，后面绑着白纱，旁边的各种装饰桌子都是相似的搭配。

花环和花束也都是这种暖色调的搭配，看起来温暖又活泼，不过最引人注目的还是最里面的立牌。

看她有些愣住了，喻文州捏了捏她的手，笑着问：“准备好要嫁给喻先生了吗？”

时笙一下就笑了。

前一阵子她在微博上发布了自己画的漫画，就是以她和喻文州的日常作为蓝本的漫画。

喻文州的形象是一开始设计好的狐狸，她给自己设计的形象是兔子。

现在，两个放大版的狐狸先生和兔子小姐就立在那里。只是兔子小姐和狐狸先生的衣服换成了这天他们的同款，甚至兔子小姐手里的捧花都和她手上的一样。

而喻文州刚刚那么问，大概是因为漫画的名字叫《嫁给喻先生》。

时笙笑着看向他："准备好了。"

看到新郎和新娘出现，那边坐着的众人都站了起来。有人手上拿着泡泡机，有人手上拿着礼花筒。

在他们的欢呼声中，时笙和喻文州一步步地走到了最里面。

虽然人不多，但毕竟是在室外，喻文州将早就准备好的话筒从桌子上拿了起来。

两个人相视一笑，默契地对着下面的众人鞠了一躬。

喻文州先开口："谢谢大家今天来参加我和笙笙的婚礼。"

下面又是一阵鼓掌和欢呼声。

"长久以来，我都有一个梦想，但是这个梦想并没有完全实现，所以为了实现它，才有了今天的这场婚礼。"喻文州转身看向了时笙，说，"我，喻文州，想要娶时笙，做我的妻子、我生命中的伴侣和我此生唯一的爱人。

"不论是现在、将来，还是永远，我都将珍视我们的爱情，永远爱你。

"我会信任你，尊敬你，和你一起欢笑，如果可以，希望你永远不要哭泣。

"我会忠诚地爱着你，无论未来是好的还是坏的，是艰难的还是安乐的，我都会陪你度过。

"无论以后会迎接怎样的生活，我都会一直守护着你，直到永远。

"所以，时笙，你愿意嫁给我吗？"

喻文州真诚地看着时笙，满眼期待地等着她的回答。

她看着喻文州，好几秒钟都没有讲话。

下面的人着急了，不停地喊"嫁给他""嫁给他"。

时笙忍了很久的眼泪还是掉了下来。

她将喻文州手里的话筒拿了过来。看到她有了动作，下面的人又都安静了下来。

时笙长长地舒了一口气，缓缓开口道："我这一生从来没有过什么誓言。

"但是今天，面对着大家，我决定要做出我此生的第一个承诺，也是最后一个。

"喻文州，在以后的漫漫人生中，不论发生什么，我都会永远陪在你身边。"

语毕，时笙看到的是喻文州红了的眼眶。他重复了刚才的问题："时笙，你愿意嫁给我吗？"

时笙点了点头："我愿意。"

得到她肯定的回答，喻文州笑着捧住了她的脸。

时笙知道，婚礼的最后一个步骤是新郎亲吻新娘，但是现在他们还差一点点。

时笙转身看向台下的柳熙，柳熙赶紧抓着戒指盒上来了。

喻文州好像猜到了什么，抬手摸了摸才发现自己挂在脖子上的项链不见了。

"下面有请新郎新娘交换戒指！"柳熙出声。

语毕，她将两个戒指盒打开，里面放着的是喻文州设计的对戒。

也顾不上该谁先戴了，时笙抓起喻文州的手，将他手上的戒指摘下来以后，立刻将设计的戒指套了上去。

喻文州被她这个动作逗笑了："应该我先给你戴的。"

时笙不管："那就当你嫁给我了吧。"

听到这样的回答，不只是喻文州，大家都直接笑了起来。

接着，该到喻文州了。他小心地将时笙手上的戒指摘下来，然后将戒指盒里的戒指给她戴了上去。

看着两个人都盯着对方看，柳熙跑了下去，随后充当了一下司仪：“接下来，新郎可以亲吻你的新娘了！”

喻文州这才重新捧上了时笙的脸，吻落在了她的唇上。

一吻结束，两个人都紧紧地抱住了对方。

“我爱你。”两个人异口同声地告白。

一见钟情，再见倾心，三见相许，四见相依，始于初见，止于终老。

两个人抬头，在对方眼里看到的是余生。

【正文完】

番外一
喻初遇

晚宴过后，所有人都各回各家了。

时笙和喻文州现在正在回家的路上，但是喻文州发现，时笙总是会时不时地转过头来看他。

不过时笙好像没有意识到她已经看了喻文州一路了。

婚礼结束，她觉得自己的心态好像变了。

跟喻文州领证的时候，他们不过见过几面，一开始她对他还是礼貌性地疏远；后来搬到了一起，因为他说话的一些用词，让她怕了他好长一段时间；再后来，她一点点地发现了他的心意，自己随之也深陷其中。

她确实认定了两个人的婚姻关系，但也仅仅觉得这是他们的事情。但有了婚礼，好像就是向全世界宣布，他们结婚了，他们的未来里有了彼此。

“还没看够？”车停在了红绿灯路口，喻文州侧头问时笙。

时笙愣了一下，但并没有偷看被戳破后的窘迫之色，小声说道：“要看一辈子的。”

她怎么可能看得够？

喻文州也没想到会听到时笙这么直白的话，伸手过去捏了捏时笙的手。

很快到了家，两个人做的第一件事情都是去洗澡。

他们脸上化着妆，头发上还喷了那么多定型用的发胶，加上在外面闹了一天，身上都快有些黏了。

时笙先进了浴室，喻文州随后拿着浴巾和睡衣也进去了。

时笙站在镜子面前，一边打哈欠一边卸妆。

他笑道："这么困？"

时笙点了点头。要不是嫌弃自己，她刚刚指定直接躺上床睡觉了。

看她眼睛都快闭上了，喻文州没忍住摇了摇头。他出去换了身短袖和短裤才重新进了浴室。

时笙都还没问他干吗要去换衣服，就听到他说："过来吧，我给你洗头。"

时笙笑得眼睛都眯起来了："老公最好啦！"

喻文州抱着时笙放进了浴缸里，用毛巾垫在了她的脑后。

水温很合适，喻文州的动作也很轻柔。要不是两个人在有一搭没一搭地讲话，时笙快要睡过去了。

洗澡的时候，她也跟个软体动物一样，就靠在喻文州身上不动。

等一切收拾好，两个人是一起出的浴室。

"我去书房一下。"喻文州开口。

时笙正蹲在床头柜那边，听到他突然开口又被吓了一跳。她赶紧抬头："嗯，好。"

时笙把东西拿出来藏在了枕头下面，然后盘腿坐在床上，眼睛一眨不眨地看着门。

喻文州小心翼翼地推门进来，想看看时笙在干什么，结果看到的就是她望眼欲穿的眼神。

他将手背在了身后，笑着走了过去："困了还不睡？"

"等你呀。"时笙笑着拍了拍自己前面的位置。

喻文州上床坐了过来。

“闭眼睛。”两个人几乎同时开口。

随着两声轻笑，两个人又是异口同声：“你先闭眼睛。”

“那我数‘123’一起闭。”时笙说道。

喻文州忍着笑回答：“好。”

“1、2、3。”时笙开始数数。

只是两个人都耍赖了，三个数数完了，两个人还直直地看着对方。

时笙笑了起来：“你学坏了，竟然耍赖！”

“你不也是。”喻文州也跟着笑。

两个人都猜到了对方大概是有东西要给自己，喻文州提议：“那数完‘123’就把东西拿出来吧。”

时笙思考了一下，还是点了点头。

这次是喻文州数的数。他的话音刚落，两个人的手里都被塞了一个礼物盒子。

“那数‘123’一起拆吧。”喻文州继续提议。

时笙赶紧摇头：“不行，你自己转过去看。”

见喻文州不动，时笙干脆自己先转了过去。

时笙打开的盒子里躺着一把梳子，复古的款式。

时笙拿起来摸了摸，这天真是随时随地都想哭。

结发同心，以梳为礼。古人有用梳子做定情信物的习惯，寓意白头到老。

喻文州看着时笙转过了身了，干脆就那么坐着打开了盒子，一眼看到的是手表，还有一个粉色的信封。

他已经不知道收到情书这种情况是多少年前的事情了。

他将信封拿了起来，小心翼翼地拆开。

亲爱的州州：

你好。

当你看到这封情书的时候，一定是我们的新婚夜。

但是你安安静静地看看就好了，千万不要念出来，我会害羞。

初见时，我是代替姐姐去相亲的。

我记得清楚，那天是初雪，你穿着黑色的大衣，撑着一把伞出现了。

在不知道你是谁之前，我就在心里夸过你好看。但知道你的身份后，其实我是有点儿害怕的。

我承认，答应跟你结婚是别有目的，但好在后来我们都说清楚了。

在认识你之前，我从来没有喜欢过谁，也没有谈过恋爱。

直接和你步入了婚姻的殿堂，我惶恐过。但你总是对我耐心又关心备至，我回想了很久，我喜欢上你的时间应该比我想象中的要早。

曾经的那个我并不好，懦弱又别扭，谢谢你包容我，教会我勇敢。

我其实是个敏感的人，有时候很容易多想。

如果以后我有做得不好的地方，你一定要告诉我。

如果有我不会的东西，你一定要教我。

我珍视我们的一切，希望我们可以永远好好的。

说出来怕你不信，以前我也是作文会获奖的那批学生，但不知道为什么，在写这封信的时候总觉得词不达意。

我真的不善言辞，曾经的我恐惧在任何人面前表达自己。我想了很多要说给你听的话，最后还是决定写信给你。

喻先生，我爱你，很爱很爱。

未来还很长，我也不知道会发生什么事。

我能承诺的，只是无论未来生老病死，我都陪着你。

不管将来是好是坏，只要有你在，我就可以勇敢地面对一切。

喻先生，新婚快乐。

我们还有好长好长的未来。

笙笙

喻文州看完信的时候，眼眶已经湿润了。他的笙笙怎么能算不善言辞呢？她的每一句话都写进了他的心里。

人与人本就不同，有人张扬，有人内敛，所以每个人表达爱的方式本就不一样。

张扬的人，也许会毫不避讳地把爱挂在嘴边；而内敛的人，也许只是看到对方就会脸红。

他表达爱的方式就是对她耐心些再细心些，她表达爱的方式就是对他勇敢些再依赖些。

喻文州从背后抱住了时笙，听到了她细细的哭声。

喻文州有些无奈又有些心疼，自己有一个多愁善感的太太。他抱着她，轻言细语道："笙笙，我们会好好的。"

时笙闷闷地点头，转身扑进了他的怀里。

"永远都会好好的。"她补充。

结婚三周年纪念日其实并不是两个人的三年之约，但时笙还是主动提了要孩子的事情。

就这样，备孕的事情被提上了日程。

只是谁都没想到，喻宝贝会来得这么快。

正式备孕的第二个月，喻文州带着学生去了外地参加科研交流会，预计时间是半个月。

这还是这么久以来，他们第一次分开这么长时间。

时笙现在作息调整得还不错，她每天晚上十一点睡，早上八点起。但自从喻文州走了以后，她发现自己根本起不来。

一开始她还只是觉得是没有喻文州喊她的原因，但后面已经不只是早上不想起的问题了。

明明她才起床，吃过早饭就又开始困，睡午觉有时候能一觉睡到天黑。

喻文州白天很忙，两个人都是晚上八点准时打电话。

这天吃过晚饭，时笙就去外面散步了。

她回来的时候，给喻小宝和时小贝买的鱼刚刚到。只是才把鱼从袋子里拿出来，时笙就蹙起了眉头。她总觉得这天的鱼腥味太重了。

把鱼切开的一瞬间，一阵浓烈的腥味席卷而来。时笙只觉得一阵恶心，甚至都没来得及跑去厕所，直接蹲在旁边的垃圾桶前吐得昏天暗地。

等吐完，时笙直接有些脱力地坐在了地上。

她现在不是什么都不懂，两个人前段时间还一起看过一些孕期知识的书。

联想起最近嗜睡、胃口不佳的各种症状，时笙有了猜测。

她驱车去了一趟药店，因为怕测不准，她把各种验孕棒都买了一支。

看着说明书建议早上再测，时笙只能忍着自己不知道是好奇还是紧张的心情。

她戴上了口罩，忍着不适给喻小宝和时小贝喂了鱼。

喻文州准时打了视频电话过来，只是明显能感觉到这天的时笙情绪不佳。

“是不是哪里不舒服？晚饭吃了吗？”喻文州问。

走之前他本来是想让时笙回老宅住一阵子的，但是时笙又要画稿子，不想把东西搬来搬去，在她极力保证自己会好好吃饭以后他才同意了她自己住。

时笙也会很乖地给他报备每天吃饭的情况，每天拍照发微信给他。

时笙对着镜头笑了笑：“吃过了。”

“那今天怎么看起来不太好？”他问。

时笙叹气：“就是想你了。”

喻文州也跟着叹气，有些无奈道：“明天晚上就回去了。”

他也很想时笙，虽然每天都打视频，但毕竟不是现实中见面，感受不到她的呼吸和她的体温。

“好。”时笙点头。

两个人又闲聊了几句就把视频挂断了。

第二天早上，时笙在闹钟响第一遍时就起来了。她把昨天买的验孕棒全都拿进了浴室，焦急地坐在旁边等着结果。

时间到了，时笙拿了一支验孕棒看，上面是若隐若现的两道杠。她有点儿不确定，直到把所有的验孕棒都检查了一遍，才得到了这个结果——他们的喻宝贝来了。

不知道为什么，时笙突然很想哭。

她坐在马桶上缓了很久，最后抬手抚上了自己的小腹。

她要当妈妈了，喻文州要当爸爸了，这真的是一件让人开心的事情！

她怕喻文州在忙，几经纠结后选择了发微信。

宝贝：“恭喜州州要当爸爸啦！”

时笙故意给喻文州发的是喻小宝和时小贝的图片。

这天是交流会的最后一天，上午就是一个表彰会。收到时笙的微信的时候，喻文州刚刚入场，坐到了自己的位子上。

看着图片他有点儿无奈，这不是已经养喻小宝和时小贝好久了？他回了微信。

州州：“知道了。”

时笙看到他的回复就知道他没有多想，马上把拍的验孕棒的照片给他发了过去。

喻文州点开照片，放大了又放大，反复确认了两遍才相信了自己的眼睛。他先是短暂地愣了一下，然后嘴角的笑意怎么也遮不住。

旁边的学生先发现了他的不对劲："喻老师，发生什么事情了吗？"

喻文州笑着抬头："没有，你帮我把机票改签成今天下午的吧。"

下午本来还有一个庆功宴，他一开始是打算晚上再回去的，但是现在有点儿等不了了。

"下午庆功宴您不参加吗？"学生问。

喻文州摇头："家里有事情，我先回去，待会儿我知道给那边打招呼，你们几个下午不想参加庆功宴就去玩吧。"

就这样，上午的表彰会一结束，饭都没来得及吃一口喻文州就走了。

坐在飞机上，离家越近，他越能感受到自己疯狂跳动的心脏。

时笙没有收到喻文州的回信还以为他在忙，吃过午饭后她又去睡了。最近她随时随地都犯困。

喻文州上飞机之前在花店订了一束花，下飞机以后，以最快的速度去取到花以后就回家了。

他只觉得自己开门的手都有些抖，结果开门看到家里安安静静的。

他轻手轻脚地回了房间，窗帘拉着，室内很暗，他看到了床上拱成一团的人。

时笙是侧躺着的，他坐在她的脸朝向的那个方向，什么也没做，就是盯着她看。

时笙这一觉也是睡得沉，睁眼的时候也还迷迷糊糊的。看到喻文州坐在床边，她的第一反应是自己还在做梦。

她打了个哈欠，准备翻个身继续睡。

喻文州被她这个反应逗笑了，出声喊她："笙笙。"

时笙这才愣住了。片刻后她着急地起身，喻文州赶紧伸手扶着她。

时笙一下扑在了他的怀里，无端地觉得有些委屈。

喻文州拍了拍她的背："对不起，没有第一时间陪在你身边。"

大概他们谁都没想到喻宝贝会来得这么快，想到时笙可能会不知所措，他就有些自责。

时笙从他怀里出来，问："你开心吗？"

喻文州笑道："开心的。"

时笙抬手抚在了他的脸上："恭喜州州要当爸爸啦。"

"恭喜笙笙要当妈妈了。"他答。

两个人就这么看着对方，喻文州终于伸手抱住了时笙。

等时笙洗漱好，喻文州牵着她下了楼。

时笙一眼就看到了茶几上的花，不过是一束康乃馨。她侧头看向喻文州，喻文州笑道："是喻宝贝送给妈妈的。"

时笙一下就笑了起来："喻宝贝真乖。"

时笙去找了花瓶插花，喻文州钻去了厨房做晚饭。

要不是她突然进去，估计都看不到他愣在那里发呆，偶尔还要傻笑的样子。

"州州。"时笙忍着笑喊人。

喻文州轻咳了一声，难得窘迫地看向她，转移话题："我们明天再去医院检查一下吧。"

时笙点头："嗯嗯。"

没有确定的消息，他们也不太好告诉长辈这件事。

喻文州怕她累，就去搬了一张椅子进来。

时笙就坐在那里看着喻文州洗菜、切菜。见他不说话，她主动说起了最近发生的趣事。

最开心的莫过于阿浔终于火了。

那次在酒吧外面分别以后，阿浔几乎销声匿迹了。

时笙在微博上私信过阿浔，阿浔只说家里有些事情，但是并不会放弃音乐梦想。

就在前几天，在一个聚集了创作歌手的电视节目上，时笙再次看到了阿浔的身影。只是这次他一改以前不写情歌、不唱情歌的惯例，初舞台演唱了一首自己创作的情歌。

阿浔说到创作经历，时笙才觉得是在说她。

“两年前我经历了人生很黑暗的一段时间，我去一个酒吧演唱的时候遇到了一个粉丝。

“她说我的歌陪她度过了人生很难的一年，她说了一些感激的话，也说了一些激励我的话。

“其实她的那些话，也给了我坚持下去的勇气，让我觉得，我也在被人需要。

“这首歌的创作灵感就来自她和他的先生，虽然不知道他们之间具体的故事，但我可以看出来他们很相爱。

“那天在灯光下看到的两个相拥的身影，就是这首歌的创作灵感，我要在这里再次感谢她。”

歌名叫《余生》，歌词很动人，阿浔的演唱也很深情。

节目播出，阿浔迅速得到了关注。

看到自己的宝藏慢慢被人发现，时笙只觉得开心。

喻文州看着说得眉飞色舞的时笙也跟着笑。

要开始炒菜了，就算有抽油烟机，喻文州还是让时笙出去了。

吃过晚饭两个人一起去外面散步，看花、看草、看天空、看着对方。

时笙犯困，很早就洗漱完躺上了床。

喻文州拿了书来给她念睡前故事，时笙没一会儿就开始意识模糊了。

她只记得，睡过去前听到的最后一句话是喻文州附在她耳边说：“笙笙，谢谢你。”

跟大多数孕妇怀孕比起来，喻宝贝已经是个小天使了。

有的孕妇可能是从孕早期吐到生，时笙就只有前期吐过一阵子。

家里人对她也很照顾，吃什么完全看她的喜好和口味，从来不会因为吃什么对小孩好就强迫她吃。

喻妈妈最喜欢做的事情就是给时笙买各种各样好看的孕妇装，理由很简单，孕期时笙也要漂漂亮亮的，而且妈妈心情好了小孩子才会好。

孕中期算是整个孕期最轻松的时候了，只要喻文州有空就会带着她到处去玩。但是很快到了孕晚期，时笙一下又变得不太好了。

肚子越来越大，时笙的行动已经开始有点儿不方便了。

某个周末，喻文州刚刚从浴室里出来就看到时笙正坐在梳妆镜前面掉眼泪。看着她乱糟糟的头发，还有前面放着的梳子和皮筋，他就猜到是怎么回事了。

“不哭，不哭。”喻文州赶紧过去安慰时笙。

听到他的声音时笙就更绷不住了，眼泪越掉越凶。肚子大了不方便，她连自己扎个头发都成问题，刚刚扎了好多次都扎不好，越扎就越生气。

她现在觉得自己很没用，连弯腰都做不到，每次换鞋子全靠喻文州，更别说日常的洗头洗澡这种事了。

肚子大了压迫到了膀胱，时笙每天晚上要起夜很多次。每次她都尽量让自己的动静小一些，结果她一动喻文州还是会醒。

她白天在家倒还可以继续睡，喻文州却经常连一个整觉都睡不成。

一个孕期下来，她是胖了几十斤，喻文州都瘦了快十斤了。

大概是感受到了妈妈情绪不佳，喻宝贝也在肚子里动了动。

时笙被喻宝贝这一脚踹得有点儿蒙，她赶紧捂着肚子安抚：

“对不起，对不起，妈妈不是有意要哭的。”

喻文州也蹲了下来，耳朵贴着时笙的肚子，温柔地说道：“喻宝贝要听话一点儿，妈妈已经很辛苦了。”

语毕，他伸手在时笙的肚子上摸了摸。

喻文州每天晚上雷打不动地给时笙讲故事，美其名曰胎教。

现在喻宝贝应该是熟悉了他的声音，被爸爸这么一说，很快就安静下来了。

喻文州叹气，去找纸巾给时笙擦眼泪。

“州州，要不我还是把头发剪了吧？”时笙突然出声。

为了孕晚期和坐月子的时候方便，好多妈妈选择了剪短发。之前时笙虽然舍不得，但为了方便还是提了。

也许是她的不舍神色过于明显，喻文州当时没有同意。他说会帮她打理头发。

但现在看到自己要麻烦喻文州的地方越来越多，时笙舍不得喻文州这么累。

喻文州叹气，蹲着跟她对视：“笙笙，不要有负担，照顾你是应该的，同时我也可以照顾好你。”

时笙摇摇头，刚刚止住的眼泪又有点儿控制不住了。

喻文州最看不得她哭，只能赶紧安慰：“好，你决定就好。”

时笙这才破涕为笑，喻文州见了她的举动也是哭笑不得。

“那你帮我剪吧。”

喻文州看着时笙那么真诚的眼神，现在也只能赶鸭子上架。

他让时笙先在这里等着，自己先去楼下把洗头的躺椅搬了出来。

椅子是自从时笙怀孕开始就买了，每次都是他帮时笙洗头，只是这天扶着时笙躺上去是准备剪头发的。

看着乌黑的长发一点点变短，喻文州有点儿不舍。

结果到头来变成了时笙安慰他：“我的头发长得很快的。”

喻文州看得不忍心，赶紧转移话题："那就顺便洗个头吧。"

时笙笑着点了点头。

喻文州现在手法都练出来了，加上外面还有点儿太阳，时笙没一会儿就舒服地睡了过去。

只是喻文州怕她着凉，洗完以后没办法还是只能喊她起来，一路扶着她回房间。

自从时笙肚子大了，他都不太敢抱她，生怕哪里磕了碰了。

喻文州帮她把头发吹干，说："困了就再睡会儿吧。"

时笙点了点头，重新躺回了床上。

喻文州帮她盖好被子以后才出去。

时笙这一觉并没有睡多久，醒来的时候室内一片安静。她穿好鞋子出去，想都不用想就去了书房。

她没有先敲门，只悄悄开了个门缝，探了个脑袋进去。

喻文州正拿着毛笔站在书桌面前。

时笙以为他是在练字，准备悄悄过去看看他写的什么。结果看到一整张纸上乱七八糟的名字以后，她愣住了。

谁敢信这些名字是一个大学教授起出来的：喻时、喻笙、喻时笙、时喻、时文、时州、时喻文、时文州……

按照这个排列组合，估计他就差把"时喻文州"给补上去了。

时笙扶额，那个曾经嘲笑她起名废的人到底是谁！

亏得喻文州还信誓旦旦地说自己会好好给喻宝贝起名字。

时笙赶紧出声阻止："我怕喻宝贝以后拔你的氧气罩。"

喻文州无语。

"说好的好好起名字呢？"时笙问。

喻文州难得窘迫。一想到喻宝贝是他们的爱的结晶，他就恨不得把他们的名字都安上去。

时笙轻咳了一声："那不如就叫喻宝贝吧。"

喻文州看着她说："我怕喻宝贝以后也拔你的氧气罩。"

时笙也无语了。

喻宝贝确实不爱折腾，以至到了预产期都还不愿意出来。

预产期的前几天喻文州就紧张得不行了，结果时间到了，喻宝贝是一点儿都不急。

时笙先去医院做了检查，医生确定没有问题，只是再过一周还不发动就需要打催产针了。

就这样，一大家子人又回了家。

晚上两个人一起躺在床上，喻文州照旧给时笙讲睡前故事。

她总觉得喻宝贝不愿意出来是因为名字还没有起好，怎么都睡不着。她看着喻文州，问："名字起了这么久了，能不能有点儿实际的进展。"

喻文州不好意思地轻咳了一声："你先睡，我知道想名字。"

见他有些窘迫，时笙忍着笑说了好。

接下来两天，两个人为了喻宝贝的名字操碎了心。

时笙甚至已经让喻老爷子起名字了，结果喻老爷子说喻爸爸的名字就是他和喻奶奶起的，喻文州的名字也是喻爸爸和喻妈妈起的，所以喻宝贝的名字，只能他们自己起。

时笙现在除了吃饭睡觉，其他时间全都用来想名字了。

晚上时笙迷迷糊糊地睡过去了，没一会儿就开始做梦。

她第一次以喻文州的视角，看到了校庆那天的自己，那是他见她的第一面。

没一会儿视角又变成了她自己的，但场景变成了相亲的那天，那是她见他的第一面。

梦做完，时笙一下就醒了过来。

她稍微动了一下，喻文州就睁开了眼睛。

"是要去厕所吗？"他一边问，一边已经起身过来准备扶她了。

时笙摇头："不是。"

喻文州探手过来摸了摸她的额头：“那是怎么了？有没有不舒服？”

时笙一把抓住他的手：“你先躺着吧。”

两个人在黑暗中对视，时笙一直没有讲话，喻文州就一直牵着她的手。

“州州。”时笙突然出声。

喻文州捏了捏她的手指表示自己听到了：“嗯，我在。”

时笙停顿了一下，说道：“如果喻宝贝是男孩儿，大名就叫喻初遇，如果是女生，大名就叫喻初见吧。”

他们都是彼此的初见，缘分都来自见对方的第一面，初遇或者初见，刚好是一切的开始。

“初遇、初见。”喻文州念了两遍，一下就笑了起来。他起身小心地伏在了时笙的肚子上，说，“喻宝贝，听到没有，妈妈给你起名字了，喜欢吗？”

时笙被他的样子逗笑了：“这么晚了，喻宝贝肯定睡了。”

喻文州这才重新躺好：“那我们也快点儿睡吧。”

大概是喻宝贝对自己的名字很满意，第二天中午突然就有了动静。

喻文州正在厨房里做饭，时笙在沙发上看电视。她先是觉得喻宝贝踢了她一脚，结果肚子一下就痛了起来。

“州州。”她喊人。

喻文州以为她是在等吃饭，在厨房里喊：“马上就好。”

时笙手托着肚子：“我肚子痛。”

话音刚落，厨房里发出了一声清脆的响声，然后喻文州直接跑了出来。他赶紧蹲在她面前，安抚道：“不怕，我们马上去医院。”

待产包早就已经收拾好了，喻文州拎着东西就下了楼。

一切都是井然有序的，一路上他也在不停地安慰时笙。

生孩子这种事情，女人本来就要去鬼门关走一遭。时笙本来就很害怕了，要是他再稳不住，更是给她增加心理负担。

一直到了医院，喻文州才有时间给家里人打电话，很快两边的一大家子人全都出现在了医院里。

只是检查过后，时笙现在宫口还没有开，只能先办理住院观察，做胎心监测。

谁也没想到，那么乖的喻宝贝会在出来的时候这么折腾。

宫缩持续了整整三十个小时，时笙疼得几乎吃不下东西。

喻文州心疼得不行："还是剖吧。"

时笙摇了摇头，觉得自己还可以再坚持一下。而且医生判定她有顺产的条件，现在一切正常，也没有手术指征，医生并不建议剖腹产。

只是宫缩这么长时间宫口还没有开，最终时笙还是没能逃脱打催产针的命运。

打完催产针，宫缩慢慢从七八分钟一次变成了两三分钟一次，这个时候的时笙已经疼得整个人都在发抖了。

喻文州什么办法也没有，只能在旁边陪着她，不停地鼓励她。

终于又过了一个多小时，医生来检查说已经开一指了。

时笙只觉得终于在黑暗里看到了曙光，突然又觉得有希望了。

打过无痛以后，时笙终于觉得好一些了，终于主动提出要吃点儿东西。

她怕待会儿生的时候没力气了，趁没有宫缩的时候就赶紧吃两口，痛的时候就坐在那里缓缓。

一直熬到清早，时笙终于被推进了产房，喻文州也跟着进去陪产。

这个时候的时笙反倒是没什么感觉了，喻文州在旁边紧张得不行。

时笙笑他："好歹是个医学教授，你这样子我想笑你。"

喻文州低头吻她的眼角，吻去她刚刚浸出来的泪水，继续鼓励她："笙笙，你很坚强。"

清早四点多正式开始生产，经历了整整两个小时，喻宝贝终于出来了。

听到喻宝贝的哭声，时笙一下就哭了，喻文州红了这么久的眼眶也掉了眼泪下来。

看着累到虚脱的时笙，他吻了吻她的额头："宝贝辛苦了，谢谢你。"

脐带是喻文州亲手剪的，也是他第一眼看到喻宝贝降生。

医生还在检查喻宝贝的情况，喻文州拍了照过来给她看，说道："是初遇。"

时笙笑了笑："真好。"

从大肚子变成了小宝贝，他们期待了这么久的场景终于实现了。

实体番外
时初见

喻初遇上小学三年级的时候，同桌那个男孩儿的妈妈又生了一个女儿。

在学校里，那个男孩儿一直很亢奋。应该是家里人给他准备了一张小婴儿的照片，他逢人都要拿出来炫耀一下。

喻初遇看着照片上皱巴巴的小婴儿，实在很难理解，这有什么好兴奋的？但一年后，他就后悔自己曾经说那么武断的话了。

有一天放学，他跟着同桌一起在学校门口等妈妈来接。

同桌的妈妈来得早一些，手里还牵着一个刚刚学会走路的小粉团子。

小女孩儿皮肤白白的，眼睛大大的，还扎着两个小辫子，随着她走路的动作辫子一晃一晃的。

最重要的是，小女孩儿看到了哥哥直接“咯咯”地笑了起来，喊了一声“哥哥”后就要松开妈妈过来抱哥哥。

同桌怕妹妹摔倒，赶紧两步过去将妹妹抱了起来。

小粉团子直接一口亲在了哥哥的脸上，又冲着他“哥哥、哥哥”地喊个不停。

这一幕，总算是让喻初遇理解到有妹妹是什么感觉了。要是每天有这么一个小可爱管他叫哥哥，他肯定也恨不得全世界都知道他有妹妹。

时笙这天先去学校那边给喻文州送了资料，来接喻初遇的时间比平时要晚十分钟。还隔着一段距离，她就已经发现自家小崽崽好像有点儿不太开心了。

时笙加快了脚步，快步走到了儿子面前。但是她的话还没说出来，喻初遇就一头扎进了她的怀里，抱着她的腰不撒手。

喻初遇算是同龄孩子里长得比较快的，才上四年级，身高就已经过了一米四。他也一直觉得自己是大孩子，很少跟时笙撒娇。

时笙怜爱地摸了摸儿子的头，说："宝贝对不起，妈妈临时给爸爸送资料去了，所以没有提前通知宝贝，让宝贝久等了，下次要是有事情，妈妈会提——"

她的话还没说完，就被喻初遇的一声"妈妈"给打断了。

时笙总觉得他情绪不对劲，托着他的脸让他仰起来看着她，问："我们喻宝贝今天怎么啦？是在学校遇到什么不开心的事情了吗？"

喻初遇撇了撇嘴，妈妈每次哄他的时候就喜欢叫他的小名。他摇了摇头，说："不是在学校里遇到了不开心的事情。"

时笙先点了点头，随后才理解这句话好像是有别的意思，问："那就是在其他方面遇到了不开心的事情？"

时笙的第一反应是父子俩之间有什么小摩擦，毕竟喻文州在喻初遇的教育问题上一直都是很严格的。

"跟爸爸吵架了？"时笙试探着问。

喻初遇摇头："不是。"

"那是什么？"时笙生怕他有什么事情不说，到时候憋出心理问题来。

喻初遇在思考，时笙也不催他，母子俩就站在学校门口，无视了周围人打量的目光。

"妈妈。"过了好一阵子，喻初遇终于又出声喊了人。

时笙弯下腰后才点头：“嗯，怎么了？”

“妈妈，你可不可以给我生个妹妹啊？”

这天喻初遇看到同桌的妹妹那么可爱，实在是很羡慕。

时笙有点儿蒙了，没明白话题怎么一下被扯到了这里。她只能先含糊地应了一声，随后带着喻初遇先回了家。

这么几年的时间，她也学会了一些简单的家常菜。

只是在厨房里，她一直在消化喻初遇刚才的那个问题。

喻文州加班回来，刚好赶上开饭。

本来是开开心心准备吃晚饭的，结果一家三口坐在饭桌边，他明显感觉到母子俩的情绪有点儿不对劲。

喻文州先问了时笙，然后又问了喻初遇，结果都没有问出个所以然来。但母子俩现在这个样子，很像在冷战。

时笙脾气好，很少生气，喻初遇上小学以后也懂事了很多，很少闯祸，喻文州一时都不敢随便猜测他们之间发生了什么。

吃饭的时候不适合说这些话题，喻文州准备待会儿再说。

一顿饭结束，他主动承担起了洗碗的工作。

“今天是不是累了，回房间早点儿休息？”他摸了摸时笙的头。

时笙想着下午儿子的问题，确实是需要跟喻文州商量的，于是就点了点头。

看着愣在旁边的喻初遇，喻文州又对他说：“你先回房间吧，待会儿爸爸再来找你。”

喻初遇也乖，点点头后就先上了楼。

喻文州以最快的速度收拾好了厨房里的事情，然后就去了楼上的儿童房。

他敲了敲门，喻初遇过来开门，喊他：“爸爸。”

喻文州点头，“嗯”了一声后跟着喻初遇一起走到了他的书桌那边，书桌上摆着纸笔和开着的台灯，看样子儿子还在写作业。

“今天跟妈妈吵架了？”喻文州坐好后问的第一句话就是这个。

喻初遇否认得很快：“没有。”

“那刚才怎么都不见你主动跟妈妈讲话？”喻文州又问。

喻初遇撇嘴。其实他也不知道这天妈妈是怎么了。

他组织了一下语言，对着喻文州开口：“我下午跟妈妈说想要妹妹，然后从回家到刚才吃饭，妈妈就不太讲话了。”

时笙不只是不讲话，情绪也不明显了，所以喻初遇也不敢随便讲话。

得到这样的答案，喻文州明显愣了一下。

他还从来没想过二胎的事。而且他不提，时笙肯定也不会主动往这边想。

这天突然一下从喻初遇嘴里听到这个提议，别说时笙了，连喻文州都消化了一下。

“为什么突然想要妹妹了？”喻文州还是耐心地问。

喻文州知道，喻初遇从来都不是无理取闹的孩子，能让他主动提出来的想法，肯定也是思考过的。

喻初遇只能把同桌有妹妹的事情讲了一遍，还把这天下午见到小粉团子的画面绘声绘色地给喻文州描述了一遍。

诚然，听到喻初遇形容小女孩儿有多可爱，喻文州也在脑子里脑补了一遍。但等到喻初遇说完，他还是恢复成了一贯的严肃脸，问：“你们学校的科学课上到生物的部分了吗？”

喻初遇差点儿没有反应过来这么跳跃的话题，但还是点了点头回答：“学到了。”

“那学到男生和女生的身体构造的区别了吗？”

“嗯。”喻初遇继续点头。

喻文州看过小学的科学教材，接着问：“既然你知道男生和女生的身体的区别，那你知道妈妈是怎么把你生下来的吗？”

喻初遇有点儿蒙，怎么突然有一种在考试的感觉？他凭借着记忆，努力搜寻着课本里的专有名词。

"子宫。"他答。

喻文州点头，随后又问："那孕育的过程呢？你知道吗？"

喻初遇思索了片刻，最终还是摇了摇头："我不知道。"

这个课本上并没有讲。

喻文州一下从椅子上站了起来："先写作业吧，爸爸过一个小时后再来。"

从喻初遇的房间里出来后，喻文州并没有回旁边的主卧，而是去了书房。还好他是个医学教授，家里医疗方面的书籍多的是。

他快速在脑子里想了一下待会儿应该怎么讲，然后又从书房里找了些教具出来。

一个小时后，房门被准时敲响。

喻初遇刚好把作业写完，赶紧过来开门。看着喻文州抱着一个人体模型还有几本书，他一时都不知道该帮忙接哪一个。

"先过去坐着吧。"喻文州先出声，喻初遇就又回了书桌那边。

学校里教的那些内容很保守，喻文州曾经单独给喻初遇讲过男生的身体构造。他最近一直在找时间准备再给喻初遇讲讲女生的，这天算是择日不如撞日了。

喻文州站在人体模型面前，一边比画着，一边解释。

给喻初遇看的书是他挑过的，专业性并没有那么强，饶是如此，他还是用更简单直白的话语说了一次。

从一个生命最初的状态到出生，他都仔仔细细地讲了一遍。

课本上的知识结束了，喻文州在旁边的椅子上坐了下来。

对十岁大的孩子而言，接收这样的知识其实是需要一定的承受力的。

见喻初遇的脸色还算可以，喻文州又将手机拿了出来。他说了那么多，都不如实实在在看点儿真实的照片。

他记录了那么多关于时笙孕期的照片，换手机了都没舍得删，没想到这天还能派上用场。

“这个是妈妈有你之前的照片。”喻文州挑了几张他们以前去春游的照片。

时笙穿着碎花裙、戴着草帽，对着镜头笑得很开心。

“这个是妈妈刚刚有你的照片。”喻文州记得清楚，这是他们第一次一起去产检的那天拍的。

那是第一次做B超，第一次清晰地看到自己的肚子里还没有成型的小崽崽，时笙那天回去以后时不时地就会傻笑一下。

时笙的孕初期并没有经历太长时间的孕吐，直到孕中期肚子大起来之前，照片里的她都还是以笑为主的。

到怀孕五个月的时候，时笙的肚子几乎像是一夜之间鼓起来的。即使每天都在很认真地擦精油，但最终她还是没能逃过长妊娠纹的命运。

时笙是爱美的，看着自己的肚子突然长了纹，她是有点儿难过的。但是怕喻文州会担心，她只敢躲在衣帽间里哭。

喻文州来叫她吃饭，看到他的小姑娘正哭得难受，心也跟着揪了起来。

到了孕晚期，时笙的身体笨重了起来，随便动一动她都会觉得很累。还因为肚子太大压迫到了膀胱，她晚上基本睡不了整觉。

整个孕期，因为激素的变化，她情绪多变、皮肤变差、身体浮肿。但前面的这些种种，都比不上生产那天的痛。

虽然喻文州也在尽全力想让她好过一些，但终究还是无法替她承受这一切。

如果时笙要生二胎，意味着这一切又要再经历一次。

喻文州不愿意时笙再受这样的苦。

“现在知道妈妈生下你有多辛苦了吗？”给喻初遇讲完了时笙孕期的事情，喻文州问道。

喻初遇的眼眶已经有些红红的了。他使劲点了点头，说：“知道了。”

“那现在还想要妹妹吗？”喻文州继续问。

喻初遇顿了一下。他知道爸爸肯定是想听否定的答案，但是脑子里同桌的妹妹的样子挥之不去，妹妹的诱惑力实在是太大了。

见儿子不答，喻文州还能不知道他心里在想什么？喻文州只能有些无奈地站了起来，说：“先睡吧，有事情明天再说，但是短时间内不要再和妈妈说想要妹妹的事情，知道了吗？”

喻初遇点头：“好。”

“去吧，去给妈妈说晚安。”喻文州摸了摸喻初遇的头。

这是一家人的约定，每次出门要互相道别，晚上要互道晚安。

喻文州将教具抱了起来，父子俩走到门口以后就分道扬镳了。

喻文州去了书房，喻初遇拐去了隔壁的主卧。

时笙正躺在床上玩手机，听到敲门的声音就知道是喻初遇，要是喻文州，那肯定就直接进来了。

“妈妈，我可以进去吗？”果然，时笙刚刚坐起来就听到了喻初遇的声音。

“进来。”时笙偷懒没有选择下去开门。

喻初遇推开门，先探了一颗脑袋进去，又喊了一声：“妈妈。”

时笙笑着冲他张开了双臂：“过来呀。”

喻初遇抿了抿唇，这才将门推开了些，又跟下午一样，直接扑进了时笙的怀里。

时笙拍了拍他的后背，很显然他现在这个状态还是跟平常不一样的。

“刚刚跟爸爸聊什么了？没有聊好吗？”她试探着问。

喻初遇是想点头的，但最后还是摇了摇头。不为别的，只是因为他已经听到逐渐逼近的脚步声了。

“没有。”

前脚回答完，后脚他就听到了喻文州喊他的大名：“喻初遇。”

喻初遇的背脊都挺直了，他赶紧从时笙怀里出来：“妈妈晚安。”

时笙都还没反应过来，喻初遇已经往门口走了，走之前还小声地补了一句：“爸爸晚安。”

看着父子俩这天这奇怪的样子，她没忍住笑了出来。

时笙起身冲着门口的方向喊：“宝贝晚安！”

话音刚落，门被关上了，还有落锁的声音。

时笙转了转眼睛，看向喻文州问：“你跟初遇又怎么了？”

喻文州撇了撇嘴，那样子跟受了什么委屈一样，心里埋怨，老婆只知道关心儿子，不知道关心他。

“我还没问你跟喻初遇怎么了呢？”喻文州走到床边坐下。

这句话一出来，时笙彻底不知道能说什么了。

刚刚喻文州在喻初遇那边待了那么久，该知道的不该知道的肯定都知道了。

时笙主动挪了过去，将头靠在了他的肩膀上。

两个人就这么静静地坐着，听着彼此的呼吸声。

也不知道过了多久，时笙先开了口：“州州。”

喻文州微微侧过头：“嗯，我在。”

“你想要女儿吗？”时笙问。

“不想。”

喻文州回答得太干脆，时笙不得不重新坐直了身体。她直接挪到他的腿上去坐着，两个人总算是面对面了。

时笙抬手抚上喻文州的脸，问：“为什么？”

回答她的不是他的声音，而是他的动作。

喻文州低头，盯着她的小腹看了很久。因为妊娠纹，时笙夏天都没有穿过露腰的衣服了。

还有……

“太痛了。”他伸手抚上她的小腹。

时笙的鼻子突然有些泛酸。很多人会觉得女人生孩子是天经地义的事情，尤其是结婚后，但是在她和喻文州这里，并不是这样的。

喻文州爱她、敬她，连她愿意生下喻初遇，他都是感恩的。

有了孩子以后的家庭，大人都会不自觉地把孩子放在第一位，但是在她和喻文州这里，也不是这样的。

即使过了这么多年，喻文州还是永远以她为中心。

时笙吸了吸鼻子，说："不痛的。"

喻文州抬头，看她眼角有泪，抬手用拇指轻轻地将它擦干。

"小骗子。"他开口道。

时笙有点儿想哭，又有点儿想笑，她反驳道："真的。"

看着喻初遇健健康康、快快乐乐地长大，她只觉得当初的痛都是值得的。

喻文州叹气，一把将时笙揽进了怀里，说："好了伤疤忘了疼。"

他的怀抱一如既往地有安全感，时笙在他怀里拱了拱，寻了个舒服点儿的姿势。

"州州，我喜欢小孩子。"过了片刻，时笙又出声了。

从下午喻初遇说了妹妹这个问题以后，她一直在思考。她思考了那么久，得到的结果就是她也想要一个女儿。

"你真的不想女儿……"

"不想。"时笙的话都没说完，喻文州率先抢答了。

"你……"

"快点儿睡觉。"

喻文州就着这个姿势一下站了起来，时笙被吓了一跳，双手立马抓紧了他的肩膀。

他绕到床的另一边，弯腰准备将她放下来。

时笙转而搂住了他的脖子不撒手，撒娇道："老公。"

谁知道喻文州目不斜视，将她的手掰开以后直接拉过被子将她裹了个严实。

“喻文州！”看着已经往浴室那边走的喻文州，时笙没忍住直接喊了他的大名。

“不要。”喻文州头也没回地答道。

时笙语塞，要是没有前面的那些对话，差点儿就要以为这是喻文州在撒娇了。

对二胎，喻文州有着自己的坚持。

洗完澡出来，时笙主动往他怀里凑他都无动于衷。

第二天早上是喻文州先起的床，时笙和喻初遇都多睡了一会儿，母子俩是在楼梯口遇上的。

时笙过去将喻初遇揽进了怀里，说：“走，吃早饭去。”

只是现在有多激动，看到一桌子菜的时候他们就有多狼狈，桌上是山药糕、西红柿炒鸡蛋、胡萝卜炒肉、红烧茄子。

说来也是神奇，时笙和喻初遇一样挑食。这倒也方便了喻文州，他刚好两个一起治。

看见母子俩愣在原地，喻文州赶紧招了招手：“过来吃饭。”

大早上的，一桌子油腻的菜不说，他还特意放弃粥专门煮了一锅米饭。

看着母子俩端着碗坐在那里磨磨蹭蹭，喻文州又帮着夹菜：“快吃。”

时笙蒙了。她就算是提了想要二胎，也罪不至此吧。

“州州。”她撒娇。

她的后话还没说出来，喻文州就先摇了摇头：“不是要生妹妹吗？孕期的时候为了补充营养不能挑食的。”

因为他的一句话，时笙的眉头都蹙起来了，满脑子都是怀着喻初遇的场景。

当初家里人并不限制她的饮食，但去产检的时候，医生说她缺某些微量元素。

都说药补不如食补，最后是时笙自己决定要吃曾经她不愿意吃的那些食材的。

一旁的喻初遇以为自己可以躲过去了，默默地将碗往旁边挪了挪，结果喻文州直接把红烧茄子的盘子推到了他面前，说：“吃吧，如果要妹妹，家里就要将就妈妈的口味，可能要吃十个月的红烧茄子。”

喻初遇抬头睁大了眼睛，这是认真的吗？

一顿早饭，就只有喻文州吃得开心，母子俩就跟戴了痛苦面具一样。

早饭结束，喻文州站了起来，喻初遇很自觉地跑回楼上拿了书包，准备蹭爸爸的车一起去学校。

只是喻初遇刚刚下来，就被爸爸把书包接了过去，眼睁睁地看着爸爸放了两个小哑铃进去。书包再回到他手里的时候，重了不知道多少斤。

“背在前面，一共二十斤，今天试试做什么事情都背着它，包括午休。”喻文州说道。

喻初遇抬眸看着他，有点儿没懂。

喻文州又补充：“感受一下妈妈怀着你的时候方不方便、累不累，妈妈要这个样子好几个月，要是生妹妹，又要再累好几个月。”

喻初遇抿唇后点了点头。他确实是想感受一下的。

那天放学也是喻文州去接的喻初遇。隔着一段距离他就看到了正叉着腰的儿子。

出了校门，看到是爸爸来接的，喻初遇还是开心的。但是他现在根本没力气跑过去了，他的腰好酸、腿好痛，浑身都好难受。

“感觉怎么样？”看到喻初遇过来，喻文州问的第一句话就是这个。

喻初遇撇嘴摇了摇头：“妈妈好辛苦。”

喻文州轻笑了一声：“还要妹妹吗？”

喻初遇继续摇头。其实他还是想要妹妹的，但是不想要妈妈这么辛苦。

喻文州点头，带着他一起上了车。

车子驶出去，看着不是回家的路，喻初遇转头看向喻文州："爸爸，我们要去哪里啊？"

"到了你就知道了。"喻文州答。

这天他预约了一个分娩体验馆，准备带喻初遇一起去体验一下。

父子俩一起坐在椅子上，工作人员还有点儿不确定，这么小的孩子到底可不可以？

结果父子俩一起对着工作人员点头，异口同声道："可以。"

从一级到十级，一开始他们还能笑，到后面喻文州开始蹙眉，喻初遇痛得直接喊了出来。

结束后，喻文州疼出了一身冷汗，喻初遇直接哭了。他不是故意要哭，但是太痛了，根本就控制不住。

喻文州牵着喻初遇走出体验馆，问："还要妹妹吗？"

这次喻初遇摇头否定得很快："不要了。"

这次他哭，不是因为身体上的痛了，是真的因为觉得妈妈太不容易了。

喻文州找纸巾给他擦眼泪："那以后就不要跟妈妈提了。"

喻初遇点头："嗯，知道了。"

时笙在家里做了晚饭等着父子俩回去，本来还指望着喻初遇跟她一起劝喻文州生妹妹，结果到头来变成了父子俩一起劝她不要生。

时笙郁闷，儿子变卦怎么变得这么快？

说来大数据就是这么神奇，从这天开始，时笙玩个手机随时都能刷到那些家里生女儿的晒娃视频。

时笙是越看越喜欢，想要女儿的情绪满得都快要溢出来了，但父子俩都不同意。

接下来的几周，因为这个事情时笙差点儿跟喻文州闹了矛盾。

好不容易到了周末，喻文州把喻初遇送回了老宅，想着跟时笙一起过二人世界。

“走吧，我们去花鸟市场买花。”

时笙“哼”了一声不理他：“不要。”

喻文州叹气，知道时笙在气什么。他走过去蹲在她面前，抓着她的手耐心解释：“笙笙，生孩子那么痛，我不想你再经历一次。”

“我不痛。”时笙还是这样反驳。

“但是我会心痛！”他的声调不自觉上扬了一些。

时笙看着他，有点儿蒙了。

喻文州赶紧摸了摸她的脸：“对不起，不是有意要凶你的，我们有初遇不就够了吗？”

时笙不说话，只是盯着他的眼睛，说：“州州。”

“嗯，我在。”

“一个长得像我的女儿，你也不想要吗？”她反问。

有了这句话，喻文州马上就脑补出了一个长得跟时笙一样的小粉团子的样子。

见他不搭话，时笙知道有希望，继续说：“你说的，女性拥有生育决定权，我想要妹妹。”

喻文州抬眸看着她：“笙笙想好了吗？”

时笙没有说话，直接凑过去吻住了他的唇。

这些年他们的饮食和作息都很规律，每年的体检也没落下，身体都很健康。于是跟第一次一样，二胎来得也很顺利。

只是等真的怀上，时笙才开始担心性别问题：“要是不是妹妹怎么办？”

父子俩对着她坚定地摇头：“肯定是妹妹。”

时笙本来是想说打个赌的，但想想还是算了，毕竟她也想要女儿。

对她而言这次孕期跟上次也差不多，没有特别难挨的时候。而且以前只有喻文州照顾她，这次还多了一个喻初遇。

十个月很快过去了，时笙的肚子是半夜开始痛的，父子俩着急忙慌地送她去医院。

喻文州负责开车，喻初遇就负责给曾爷爷、爷爷奶奶还有外公外婆、姨妈姨夫打电话。

二胎比一胎要顺利很多，等所有人都到医院时，喻文州已经陪着时笙进产房了。

喻老爷子、喻爸爸、喻妈妈还有时爸和时妈都焦急地坐在外面等着，喻初遇则在角落里蹲着。

时娆和宋修远还有念念住得稍远，来晚了一些。

刚刚出电梯，时娆就看到在旁边可怜巴巴的外甥。

喻初遇看到时娆，跑过去抱住了她，慌张地说："姨妈，妈妈看起来好痛啊。"

说起来喻初遇又想哭。明明他都是男子汉了，但是根本控制不住。

时娆心疼地摸了摸他的头，哄道："不哭，不哭，妈妈知道初遇心疼她，妈妈会没事的。"

旁边的念念也跟着着急："小姨还好吗？小姨什么时候才能出来啊？"

时娆和宋修远结婚后，念念对时笙的称呼终于从笙笙姐姐变成了小姨。

一大家子人都期待这个二胎，但是到了这个时候，所有人都在担心时笙的安危。

喻老爷子是大家长，过来摸了摸念念和喻初遇的头，说："你们明天还要上学，先回去睡觉，等小姨、妈妈出来，曾爷爷给你们打电话。"

“不。”两个人都回答得干脆。

反正现在谁劝谁都没用，没人愿意回去睡觉，最后只得一大家子人一起在外面等着。

产房内。

看着时笙疼到脸色发白，喻文州又开始自责，要是他当初坚持不同意，时笙不用又遭罪的。

时笙有些脱力了，旁边的助产士也着急地说：“孩子爸爸，你跟孩子妈妈说说话。”

时笙吸了一口气，微微侧头看向喻文州：“州州……你夸夸我。”

喻文州的视线已经有些模糊了，他低头吻她的额头的那一刻，泪水也落了下来。他哽咽着说：“笙笙，我的笙笙真棒。”

听到了孩子的哭声，时笙长长地舒了一口气。

喻文州去剪了脐带，再过来就看到时笙已经在闭目休息了。

他抱着小婴儿，轻轻地将小宝贝贴在了她的脸旁，轻柔地叫她：“笙笙。”

时笙睁开眼睛侧过头，看着皱巴巴的小崽崽，笑道：“是初见。”

他们的女儿，从一开始就定下了名字。

时笙的眼泪开始往下掉。

助产士过来把孩子接走了，喻文州才空出手去摸摸时笙。他用指腹小心翼翼地擦去她的眼泪，而后抵着她的额头说道：“是初见，时初见。”

喻文州的嘴唇最后还是落在了时笙的唇上。他感激地说道：“老婆，辛苦了。还有，我爱你。”

这样的情话即使听了千次万次，时笙还是会心动。

时笙嘴角微扬，说：“我也是。”